徳 間 文 庫

妖草師

謀《む》 叛《ほん》 花《ばな》

武内 涼

徳 間 書 店

目次

天《てん》井《じょう》花《か》

　天空から舞い落ちる数知れぬ白い花が、この世を凍《い》てついた箱の中に、閉じ込めようとしている。

　京の都に、雪が降っている。

　宝暦《ほうれき》九年（一七五九）、一月七日（今の暦で二月上旬）。

　庭田重奈雄《にわたしげなお》は阿部《あべ》かつらと、白い息を吐きながら、屋根裏の小さな闇を這《は》っていた。

　埃《ほこり》や虫の屍《かばね》がついた蜘蛛《くも》の巣の帳《とばり》、ネズミの糞《ふん》の堆積《たいせき》が、明り瓢《ひさご》と呼ばれる妖草《ようそう》の黄緑色の光に照らされる。

「あったぞ」

　重奈雄の囁《ささや》きは白い息と一緒に出た。

　鉢巻をしたかつらが、一重の目を細める。

「これが天井花《てんじょうか》か……」

鉄鍋《てつなべ》のような飾り気がない声である。

かつらが指摘するように、花が数輪……天井裏の柱の陰に咲いていた。猩々袴《しょうじょうばかま》に似た花だった。沢山の葉をつけ、桃色の花から、長い雄蕊《おしべ》が出ている。円筒形の花茎を佇《たたず》ませた、闇夜をにぎわす花火のような、にぎやかな花だ。そんな妖しい花が重奈雄がもつ黄緑光に照らされている。

日差しがない、天井裏に咲いていること。

猩々袴が暖かい頃に咲くのに、これは雪の日に開花していること。

それらのことから、この花はまぎれもなく妖草と見てよかろう。

妖草──常世《とこよ》と呼ばれるもう一つの世界にそだち、人の心を「苗床」にこちら側にやってきて、様々な怪異をなす妖しの草である。

妖草師とは、この妖草や妖草より大きな力を振るう妖木《ようぼく》がなす様々な怪事件を解決する者である。

庭田重奈雄は京に住む妖草師であり、江戸の本草《ほんぞう》学者の孫、かつらは、その重奈雄の許《もと》で妖草について学んでいるのである。

重奈雄の桜桃《ゆすらうめ》に似た唇が開いて、

「では、かつらさん。天井花がいかなる妖草なのか、言ってもらえんだろうか？」

「妖草経五巻に出てくる」

かつらは、堺町《さかいまち》四条《しじょう》にある重奈雄の長屋の隣室で、様々な妖草の特徴とその刈り方がしるされた、妖草経の書写をおこなっていた。

「嫉妬《しっと》の心を苗床にし……」

かつらが言った瞬間、
ズウン、ズウン、ズッウン……。

という不快音が二人の鼓膜を襲っている。——耳の奥が、ざわつき、それが胃の腑《ふ》や腸《はらわた》に、重たい波動をおくってくる。そんな妖音《おと》だ。

「天井花は妬心を苗床に天井に咲き、不快な音で人々を苦しめる……妖草経に書かれた通りだなっ」

鼻から入った埃で、咳《せき》が出て、言葉の尻が乱れるかつらだった。かつらは不快音にたえるので精いっぱいだったが重奈雄はあまり気にならぬようだ。慣れているのかもしれない。

涼しい声で、

「で、どう対処する？」

答を知っている重奈雄に訊《き》かれたかつらは、

「ええと……楯蘭《たてらん》で根元近くを……」

「それは天井花の後ろに書かれている酔稲《すいとう》であろうよ」

重奈雄が、たしなめる。

京の早春の、体の芯《しん》からちぢこませるような寒さにかかわらず、生れてからついぞ聞いたこともない不快音に汗をにじませた、かつらは、

「わかったっ、砂糖と塩を一緒にかける」

「正解だ」

——妖草経には天井花の「刈り方」として甘葛《あまずら》もしくは砂糖と、塩を共にかける、と書かれていた。

かつらは早速、懐中から紙につつんだ黒砂糖と塩を出した。砂糖はともかく塩を苦手とする妖草は多いため、妖草師はこれを懐中に入れておくことが多い。

重奈雄が妖しの草を照らす傍で——黒砂糖と塩を猩々袴に似た天井花にかける。

しゅわ、しゅわ、しゅわ……。

と、音がして、ただちに妖草は枯れ、不快音は静まる。

念のため広い天井をさがしてみたが、他に天井花は見当らなかった。


「庭田はん、いつもおおきに。七草粥《ななくさがゆ》どす。召し上がっておくない」

角屋《すみや》の女将《おかみ》が蒔絵《まきえ》の椀《わん》に入った七草粥を重奈雄とかつらの前に置いた。

広い座敷には火鉢が置かれていたが、庭から入る青ざめた寒気を前にするや、その温気《うんき》は頼りなきものでしかない。縁側には昨日、客がこねたか、雪の体をもつ兎《うさぎ》が黒光りする盆の上で蹲《うずくま》っていて、その先の臥竜松《がりようのまつ》という名木が佇む庭は真っ白に雪化粧していた。

昨日、京を白くつつんだ雪は今日も静かに、降りつづけていた。

「寒《さぶ》おすなぁ……。いつになったら、止《や》みますやろ」

細面《ほそおもて》の女将が少し首をかしげ白息《いき》を吐いている。

「やはり、雪になると、客足が遠のいたりするか？」

重奈雄が訊《たず》ねると、

「そりゃもう。島原《しまばら》は……京の西の外れ。ただでさえ、祇園《ぎおん》や上七軒《かみひちけん》に行くお客さんもぎょうさんおりますさかい」

京の遊里は室町《むろまち》家の頃にはじまるが、秀吉《ひでよし》の頃、二条に、江戸の世の初めに六条にうつされ、三代将軍・家光《いえみつ》の頃、ここ島原にうつされた。島原は塀と堀にかこまれているが、江戸の吉原《よしわら》よりは、自由の気風が開花している廓《くるわ》であって、堀は狭く浅く、女性客の立ち入りも、拒んでいない。

この島原の最高位の遊女を——太夫《たゆう》と呼ぶ。あの有名な吉野《よしの》太夫を出した京の廓は、皇族や公卿《くぎょう》を得意客とするため、太夫ともなれば源氏《げんじ》伊勢《いせ》など古典の教養はもちろん、歌舞、楽器、茶道、花道、和歌に連歌、全てに通暁していなければならない。江戸にも初めは太夫がいたが、町人客が主体であったため、しだいに消えてゆく……。太夫不在となった江戸で最高位の遊女が花魁《おいらん》である。

ここ角屋は島原を代表する揚屋であった。重奈雄は幾度か、天井花の始末をたのまれたことがあった。

夜ごとくり返される宴《うたげ》の名残りだろうか。畳や柱から、なまめいた暗香が漂ってくる。

が——あらゆる音を吸い込む雪の庭のしんと冷えた気が、室内に漂うやわらかきものを、硬くちぢめる。

「ほな、ゆっくりしていっておくれやす」

女将が部屋を後にした。

七草粥を啜《すす》る重奈雄とかつら、二人だけになった。

重みに耐えられなくなった臥竜松が、風に似た声を立てて、粉雪の滝をやさしく落としている。重奈雄はふと、同じ光景を見たことがあるのを思い出す。

色白で細面、切れ長の双眸《そうぼう》が涼しい重奈雄。

重奈雄は十年以上前、今出川徳子《いまでがわとくこ》との狂おしい恋に破れた。その後、重奈雄は島原で歓楽の淵《ふち》に沈み――堂上家・庭田家を勘当されている。

以後、彼は堺町四条の長屋で草木の医者として暮しつつ、妖草師として、洛中《らくちゅう》を騒がす妖草の禍《わざわい》を解決しているのだった。

（あの頃、俺は自暴自棄と言っていい有様だったのかもな）

滝になった雪が、また松からこぼれる。

（それを立ち直らせてくれたのは蕭白《しょうはく》や待賈堂《たいかどう》さん、そして――）

ある一人の娘の顔が重奈雄の胸底に浮かぶ。

（椿《つばき》）

滝坊《たきのぼう》椿――花道家元・滝坊舜海《しゅんかい》の愛娘《まなむすめ》であり、重奈雄の許嫁《いいなずけ》だった。

昨年秋、重奈雄と椿は、いま少しで夫婦になる瀬戸際だった。ところが幕府から庭田家に、かつらを一人前の妖草師に鍛えてほしいという話があり、その教師役を重奈雄がやる形になってから、心苦しいことに、椿と会う頻度が減ってしまっているのだった。

「シゲさん」

長身でおちょぼ口、凜《りん》とした風情を漂わせたかつらが、匙《さじ》を置く。

「どうしたんだ？　何か昔を思い出すような目だな」

「……ああ。少しな」

「ここで、あれか、いろいろ悪さをしたのか？」

匙を豪快に置いたかつらは、ずいっと首をこっちにむける。

「さて、どうかな……」

「またそうやって誤魔化す。そう言えばさ」

「何だ？」

かつらは訝《いぶか》しむように、

「いつも妖草《くさ》刈りの時は……苗床をさがす。今日はさがさなくていいのか？」

苗床――妖草の種子《しゅうじ》を呼んだ、心のことである。

少し火鉢を近づけた重奈雄は匙を粥にむかわせ、

「よいのさ」

一口頬張って、

「揚屋や置屋では、しょっちゅう、天井花が咲く。いちいち、苗床をさがしていては女たちの間が険悪になる」

「そういうものか」

薄い唇をほころばせた重奈雄は話題を変えている。

「妖草経の方は、どれくらいまで書写したのかな？」

かつらは、つまらなそうに、

「……九巻だ。その後は妖木伝の書写がある」

そして、また七草粥を掻《か》き込みはじめた。

臥竜松が一際大きく、白い滝をこぼした。

――その時であった。

何やら店の中が慌ただしい。

すっと、濡《ぬ》れ縁に出た重奈雄は、走ってきた下女に、

「どうした？」

「へえ……」

風にはこばれた雪のかけらが縁側の端や、黒い盆にのった兎形の雪達磨《ゆきだるま》についた。

下女は不安そうな顔で、

「呉服屋の丹後屋長兵衛《たんごやちょうべえ》はん、ご存知どすか?」

「面識はない。だが、蕪村《ぶそん》さんがしたしいと言っていたな」

俳人・与謝《よさ》蕪村——重奈雄の知己であり、この頃、京に暮していた。

「そうどす。この前も蕪村はんと、ここにきやはりました」

下女は声を潜め、

「……その丹後屋はんに、賊が入ったとか。ひどい有様とか」

「——何だと」

*

重奈雄に野次馬根性はない。が、蕪村の知人が賊に入られたと聞いたら、黙っていられない。いそいで角屋を辞去。丹後屋にむかっている。

雪の中に緑と紫の花が咲くように、二つの蛇の目傘が開かれる——。

緑傘は枯葉色の小袖をまとった重奈雄、紫傘はねずみ色の綿入れをまとったかつら。

足駄で雪を散らしながら、二人は、置屋揚屋が整然と並んだ通りを急ぐ。瓦葺《かわらぶき》の大門をくぐった。出口の柳が重たい白雪を背負って、凍えそうになりながらうなだれていた。

――呉服屋・丹後屋長兵衛宅は大宮塩小路《おおみやしおこうじ》にあった。

ここは、西本願寺《にしほんがんじ》の南、東寺《とうじ》の北辺り。丹後屋は名高い古刹《こさつ》でつかう法衣も手掛ける老舗《しにせ》らしい。

よほど、血腥《ちなまぐさ》い凶行が、おこなわれたようだ。指の先まで凍りそうな日で、雪がしんしんと降っているにもかかわらず――店の前には人だかりができていた。緋色《ひいろ》の蛇の目傘をさした町娘、編笠《あみがさ》に雪をつもらせた髭《ひげ》の男、丈夫そうな番傘をさした近くの商家の手代風。

「何があったんだ？」

白い息をこぼしながら重奈雄は番傘をさした男に訊いている。

男は肩をちぢこまらせ、

「夜盗が入ったようや。……手引きする者が、中におったんやな。皆殺しらしい」

「――」

想像以上の凶行に、重奈雄とかつらは、大きく驚く。

と、店の中から、

「おう、お前たち、どけ。どくんや！　見世物やない！」

戸板にのせられ、コモをかぶせられた遺体が次々と、西町奉行所の者の手ではこばれてきた。

「血やっ」

町娘が小さく叫ぶ。

浮世の醜さを隠す白道《しらみち》の上に——戸板からこぼれた赤い滴が、ぼたぼたと咲いた。

逞《たくま》しい男たちがはこぶいくつもの戸板が重奈雄の前を通った。

丁稚《でっち》だろうか。コモの下から、童のものらしい小さい足が飛び出た戸板が通り、かつらがあっと呻《うめ》いて口をおさえた。

「ひどいことをしよる」

番傘をさした男が言う。

と——その後ろの戸板から、植物の葉らしいものが、ポトリと落ちる。童の戸板に注意をからめとられていた重奈雄は気づかぬ。

白髪頭の険しい目付きをした目明しが、葉っぱをひろい懐中におさめた。痩《や》せた男で眼窩《がんか》が窪《くぼ》み、その所作に一かけらの油断もなかった。

目明しは枯葉色の衣を着た重奈雄が気になり足を止める。

鋭く睨《にら》み、

「お前、名は？」

「庭田重奈雄。堺町四条で……草木の医者をしております」

「――左様か」

低く呟《つぶや》くと、立ち去っている。

十手持ち

目明しの重吉《じゅうきち》は格子戸を引いて六畳一間の我が家に入った。

雪は先程、止んでいたが、この、夏は蒸し、冬は凍てつく、千年の都の在る盆地は寒気におおわれていた。

「歳《とし》やなあ…。あかへん、あかへん」

痩せた体をふるわしながら重吉は火鉢の火を熾《おこ》す。赤い光が、深い皺《しわ》、陰鬱《いんうつ》に窪んだ眼、白い髪を下から照らす。豆腐料理の店につとめる妻、およねはまだかえっていない。

手をあぶりつつ重吉はさっきひろった葉を取り出す。

それは、青く楕円形《だえんけい》の葉であった。常緑の木蔓《つる》・定《てい》家蔓《かかずら》の葉と思われる。絞め殺されていた番頭の戸板から落ちた葉である。

その葉をひろった直後、重吉は枯葉色の衣の男が気になり、名を訊いた。大胆不敵な賊の中には、現場を見にもどる者もいるからだ。

庭田重奈雄の名に聞き覚えがあった重吉は奉行所にもどってから、与力・田中仁兵衛《たなかじんべえ》にたしかめた。

仁兵衛は——重奈雄について、よく知っていた。まず、重奈雄は賊ではないと前置きし、

『あれは、一昨年の冬のこと。丁度、お前がな、奉行所を辞めてすぐのことよ』

目明し重吉は、足を棒にした聞込みと、熱心な証拠集めによって、狙った下手人は何年かけても確実に追い詰める——と噂《うわさ》された、捜査の鬼で、十手術にも秀でる。特に殺しと押し込み強盗の検挙については、洛中一と言われ、先々代、および先代の西町奉行から高くかわれていた。

前の西町奉行は関東にもどる折、

『十分に取り立てるゆえ——江戸にこぬか』

と、言ったほどである。

だが、重吉はその申し出を固辞している。生れそだった京の治安を守るために全てを捧《ささ》げたい、それが、そこそこ豊かな町家に生れ、心無い火付けによって、我が家を

うしない、貧しい少年時代をすごした重吉が、初めて十手をにぎった日、清水《きよみず》の観音様に誓ったことだからだ。

そんな重吉だから捜査の進め方に強いこだわりがある。自分のこだわりと違えば、相手が与力でも、町奉行でもずけずけ言った。そこを理解してくれる上司ならよかったが……全くわかってくれぬ上司が現れた。

現西町奉行、蝮《まむし》の異名をとる松木行部《まつききぎょうぶ》だ。

拷問を主とする捜査をおこない、性急さを重んじる行部のやり方が、緻密さ、正確さ、長い手間暇を大切にする重吉は我慢ならなかった。

だから、行部と衝突、奉行所で斬られかけ――田中仁兵衛が間に入り九死に一生を得ている。

こうして西町奉行所を去ったのが一昨年の秋だった。東町奉行所から早速誘いがかかるも、かの奉行所には重吉に対抗心を燃やす十手持ちが多く、上手《うま》く行かず、そこも辞めた。

しばらく、妻、およねに食わせてもらっていた。

『あんたはんはな、皆が安心して暮せるよう、よう気張ったのや。そやさかい、誰にも気兼ねせんで、ゆっくり休みはったら、よろしおすえ』

およねはかく言ってくれた。

だが、何もせずに長屋でごろごろしていた重吉には、

『……七条で、殺しがあったそうや』

『九条で、押し込み強盗があったんやと。……前のお奉行様の方がよかったん違うか？』

などという話の一つ一つが、耳にズキズキと刺さるのであった。行部は拷問によって次々に下手人を挙げる。……それが、真の下手人か、わからない。十手を返上したことで、京の人々を苦しめる無法者どもの跳梁《ちょうりょう》が、激しくなっている気がする重吉だった。

昨年秋。そんな重吉を男が一人たずねている。

『重吉……お主がおらぬようになってから、西町は東町に水をあけられておる。このままでは所司代様の譴責《けんせき》を受けよう』

——仁兵衛だった。

『古株の与力同心連中は、みんな、ぼやいておる。ああ、重吉がおればなと……』

『田中はん』

埃をかぶった十手がある神棚を見上げて、

『もう一度、十手にぎれゆう話なら、止めときなはれ。わしはもう昔の男やさかい』

『まあ聞いてくれ。お前を斬ろうとしたお奉行様……あることがあって、所司代様に叱られてな、変られたのだ』

『……人間、そないに大きく変らんもん違《ちゃ》いまっしゃろか？』

『それがな、妖草なるものが奉行所に出てから……前にくらべて、拷問で自白をとるようなやり方をひかえるようになったのじゃ』

もう前の松木行部と違う、お前の方針に口を出すこともないと思う、京都西町奉行所はお前の十手を必要としている、このように仁兵衛に搔《か》き口説かれた重吉は一度はことわるも、次の日も、また次の日も仁兵衛は重吉をたずね、妻の説得もあって、再び十手持ちとなったのであった。

そんなことがあったから、今日、重吉から庭田重奈雄の名を聞かされた田中仁兵衛は、すぐさま、重奈雄が妖草師であること、重奈雄こそ、行部が心をあらためるきっかけをつくった男であることなどを、とうとうと語って聞かせたのである。

話を聞いた重吉は懐中からさっきひろった葉を出そうか迷った。

だが、それを出せぬまま、

『お前は、前のヤマからろくにかえっておらん。およねも心配しておるはず。このまま、つながってあたらしいヤマに入ったら……お前は倒れる。今日は他の者にまかせて早く帰れ』

こう仁兵衛にさとされ、今しがた帰宅したのだった。

重吉は懐から出した青い葉を、じっと、見つめる。

（丹後屋の通り庭に定家蔓があったんやろか……）

もし、そうなら、絞め殺された番頭が葉をにぎっていても、何ら障りはない。

重吉は明日、丹後屋に行き、通り庭の前栽《せんざい》をたしかめようと決めている。

（店の中……血で真っ赤いけやった）

丹後屋を浸した血の海が、眼裏《まなうら》を赤々と満たす。

主人、長兵衛はもちろん、内儀や子供、手代や飯炊き女にいたるまで、殺戮《さつりく》されていた。

斬られて死んだ者、何か長いもので首を絞められた者、叩き殺された者、全身に掠《かす》り傷や、小さな刺し傷がある者がいた。

京の町の辻には――木戸がもうけられていて、おのおの木戸番がいる。これらの木戸は四つ（午後十時）になると固く閉ざされる。

木戸番たちは、町人風の男から、

『島原で遊んどったら、おそなってしもうたのや。ほんまに、すんまへん。こないな雪の夜にな、外におったら凍えてまう』

と、言われ——木戸を開けたとたん、恐ろしい眠りの淵に引きずり込まれ朝まで目覚めなかった。

そうやって、複数の木戸番が眠りこけている間に、凶賊どもは雪夜の京を疾走。まんまと丹後屋まで行き、内通者——一人行方が分からない新参の奉公人と思われる——の手引きで店に侵入、一家を皆殺しにし、千両箱を盗んで行ったのだ。

賊の足跡は降りつづける雪が綺麗《きれい》に消してくれた。

丹後屋は、都の外れに近い。竹藪《たけやぶ》が茂った御土居《おどい》をまたげば——そこは、百姓地だ。朱雀《すじゃく》村という集落がある他は、田畑、野原、雑木林が広がっていて、いくらでも隠れ家はある。

眠りこけた木戸番を直線にむすんだ重吉は——連中がそちらに逃げたと読んでいる。

長火鉢の下にある小さな引き出しに例の葉をしまった重吉は横になりながら考える。

（たしか、三年前、大坂の米屋を襲った、青天狗《あおてんぐ》ゆう賊がおったな）

刀で斬られ、凶行の翌日まで息があった男の証言から——その賊は、青い天狗面をかぶっていたことがわかった。だから、青天狗と呼ばれる。

その者どものやり口と此度《こたび》の一件が似ている気がする、重吉だった。

＊

夜が明けると、雪は止んでいた。重吉は新雪を踏みしめながら早速、二条城の西、西町奉行所にむかう。

そこで、仁兵衛ら与力に、昨日考えたことを告げた。仁兵衛は、

「早速大坂の方にたしかめてみる」

と、答えている。

その足で重吉は現場にいそいだ。一昨日夜、丹後屋を襲った凄惨《せいさん》な悲劇を京雀《きょうすずめ》はもう忘れてしまったのだろうか。楽しげに語らいながら雪道を歩む町人たちと肩をすくめた重吉はすれ違う。

惨劇がおこなわれた丹後屋に入った重吉は通り庭や中庭を見てみた。こぢんまりした庭には小さなシュロや、幼子のように小ぶりな楓《かえで》、そして低い椿の木があるきりで、定家蔓などはなかった。

若い目明しをつれた重吉はお土居をこえ、朱雀村の幾軒かの農家、さらに丹波《たんば》街道沿いの村々をたずね、聞き取りをおこなった。

だが、目ぼしい成果は得られず、奉行所にもどっている。

足を拭《ふ》いていると、仁兵衛が細切れの白い息を吐きながら近づいてきた。

「大坂に早舟を送った処、答があったぞ」

「ほう……どないでした？」

「お前が読んだ通り。大坂の方でも、木戸番が坊さんに話しかけられたとたん、眠くなり、眠りこけている隙に米屋が襲われた」

「仏さんの方は？」

「……丹後屋と同じじゃ。斬られた者だけでない、叩き殺された者、縊《くび》り殺された者などがおる。……同じ連中と見て間違いない」

もし下手人が――青天狗なら、京を襲うのは初めてである。

朱印船貿易を止められて以降、京の経済界はゆるやかな衰退にむかった。大店《おおだな》はもちろんあるが、政治の中心たる、東都・江戸、経済の中心に躍りあがった大坂、これらあたらしき町の豪商にくらべれば小さい。青天狗と呼ばれる怪盗どももこれを知っていて、落日が差しはじめた古き町はさて置き、これまで襲ったのは大坂や名古屋の大店、灘《なだ》の船問屋、芸州《げいしゅう》広島の豪商などである。諸藩はもちろん、幕府も手を焼いている正体不明、神出鬼没の怪盗どもは、これまで濃尾《のうび》より西の、京から見たら「若い町」を襲ってきた。

それが遂に重吉が生れそだった都を狙った。

(青天狗……この目明し重吉の目の黒い内には、洛中で、思い通りにさせせん)

ふつふつと沸騰する血を、重吉は感じている。これが生涯最後の大仕事になるかもしれぬと思うのだった。

と——懐で、かさり、という音がした。

あの葉っぱだった。

仁兵衛が首をかしげる。

「どうした？」

「いえ……何でもありまへん」

＊

桓武《かんむ》天皇の母、高野新笠《たかののにいがさ》は百済《くだら》系の渡来人の血を引くと言われる。この新笠の祖先神を祀《まつ》っているのが、京の西北、平野《ひらの》神社である。

平野神社は古来、桜の名所として、名高い。

白い桜、薄紅色の大ぶりの桜、一重の桜、八重桜、枝を素直にのばす桜、枝垂《しだれ》桜。

春にはまさに、百花繚乱《ひゃっかりょうらん》という様になる。

三月二日（当代の暦では三月終り）。

庭田重奈雄は滝坊椿、池大雅《いけのたいが》夫妻、かつら、そして、与謝蕪村夫妻と、平野社に桜を見にきている。

「えらい人出やなあ」

椿が言う。

二十歳《はたち》になった椿はつぶらな瞳はいよいよ可憐《かれん》に、少しふっくらした頰からは、しっとりした大人の色香が匂い出ていた。

重奈雄は、白い地から、桜と短冊が今にもこぼれそうな着物につつまれた椿を、この平野社に花見にきている女人《ひと》の中でもっとも可憐と思った。

雪のように白い桜を無心にあおいでいた椿の横顔に思わず見惚《みと》れる。

春風が、ふんわりした花びらを、釣舟《つりふね》にゆった椿の頭《こうべ》にのせた。

椿がこちらをむき、

「ん、どないしたん？」

「……いや。何でもない」

そう言いつつ重奈雄は、もし二人きりだったら、ただ椿を見ていたのだと素直に言えるだろうか、などと思っていた。

強い春風が梢《こずえ》を揺らし、白と薄紅の、桜吹雪《ふぶき》が起きる。

妻のお染《そめ》をつれた蕪村は、腕をくみ考え込んでいるようであった。大きな福耳が目立つがっしりした顔は、縦皺が多い。昵懇《じっこん》の丹後屋の一件を、まだ悲しく引きずっているのか、それとも句を考えているのか。

「桜の散り際は寂しい。そやけど、花は散っても、桜はここで生きつづけるんやな」

と、呟いた椿の腹が、ぐーっと鳴っている。

蕪村がはたと手を打ち、

「ここで一句。……さくら狩、美人の腹や、減却す」

平野社には弁当持参できている娘たちや、熱燗《あつかん》を飲んで、扇片手に舞っている町人たちがいた。その町人たちは毛氈《もうせん》をしき、その傍らに熱燗を煮る器具を据え、老いた下男に火を焚《た》かせて、弁当に舌鼓を打っているのである。一方で重奈雄たちは買い食いをするつもりであったから食べ物はもってきていない。

大雅の妻、町《まち》が腹に手を当て、

「うちも美人やさかい、腹がへったわ」

「誰が美人や」

大雅が口をはさむ。

この夫婦は時折――深刻な夫婦喧嘩《げんか》をするのである。今は左様な冷戦期間で、重奈雄や蕪村が間に入っていた。

町が大雅の胸を扇で打つ。扇に描かれた絵は、むろん大雅が描いたもの。

「乱暴はあかん、乱暴は」

大雅が扇を、ふんだくる。

「うちの扇どす」

「わしが絵ー描いたもので、元はわしの扇や」

喧嘩をはじめた二人に椿が、

「二人とも、言い争い止めーや。ほら、あこに花見団子の屋台あるえ。かつらはん、みんなの分、買いに行きまひょ」

「……あこに？　ああ、そういうことか。……うん。いいよ」

若干のためらいの後、答えるかつらだった。

椿とかつらで皆の分の花見団子を買いに行く。その間に、重奈雄たちが場所取りをする。

八重桜の下に立つ、その屋台にむかいつつ、かつらが、

「探りを入れるつもりか？　椿」

編笠をかぶり、重そうな荷を背負い、片方の手に杖《つえ》、もう片方の手に念珠をにぎった、巡礼風の夫婦とすれ違う。

「つまり、あたしが、あとどれくらいで江戸にかえるかとか、そこを詮索《せんさく》する気なのか？」

「……別にそないなつもりはないけど」

「――ふ。無理をしおって」

「無理してまへんえ。あ、桜餅《さくらもち》もあるんや。かつらはん、どっちにしはるん？　三色花見団子と桜餅」

「んん……桜餅にしようかな」

ひょっとこに似た店主に椿が注文しようとした時だ――。

細く冷たい気が、横首をかすめる。

（妖気）

天眼通《てんがんつう》――滝坊椿はこの世に侵入した妖草妖木の放つ気を、察知する異能がある。

この能力《ちから》は古《いにしえ》の妖草師はもっていたが、重奈雄やその兄、重熈《しげひろ》など、当代の妖草師はうしなっていることが多い。

椿は、強張《こわば》った顔をはっとまわしている。

「どうした？」

かつらが訊いても、

「…………」

かなりはなれた所を——深編笠をかぶり、首に箱をかけ、片手に尺八をもった虚無《こむ》僧《そう》が歩いていた。椿はその虚無僧から妖気が漂ったと思った。

「うちも、桜餅。かつらはん、注文、まかせたわ」

花びらを踏み、足早に歩く。

「おい、椿っ」

後ろからかつらの声が追う。

念のため——虚無僧がさっきまでいた所に急いだ。妖気は感じられなかった。

（ほうすっと——平野社《ここ》に生えとる妖草《くさ》やない）

桜吹雪が、桃色の小さい竜巻を、足許で起す。

妖気は虚無僧と共に動いている。

とすれば、彼が妖草に憑《つ》かれているか、妖草を所持しているか、どちらかだろう。

どちらにしろ、見過ごせぬ事態に思えた。

重奈雄をさがして泳いだ椿の双眸には、焦りとためらいが、ふくまれていた。様々な齢《よわい》で構成された人の林、あらゆる色が溢《あふ》れた着物の壁、そして無数の声が、重奈雄と椿をへだてていた。

咄嗟《とっさ》に決断した椿は虚無僧が消えた方に駆ける。

ともすれば人込みに溶けてしまう墨色の背中を、懸命に追うも——下駄が脱げ、それをひろおうとした処に、子供がぶつかり、歯を食いしばって、転がり、あやまる母親に、

「気にせんといて」

と告げて素早く立ち上がった瞬間、見うしなっていた。

さがそうとするも、見つからなかった。

(……何か、よくないことが起きなければええけど)

桜雲《おううん》の下に立つ椿は、肩で息している。

「何処《どこ》に行っていたのだ？」

皆の所にもどると、重奈雄が訊ねてきた。

「んん……ちょっと、妙な気配がしたさかい」

「――何？」

重奈雄の切れ長の双眸が冷光を灯《とも》す。

大雅がもってきた敷物に腰を下ろした椿に、かつらがさっと、

「はい。桜餅」

「おおきに、ありがとう」

「水を飲むか」

重奈雄の竹筒が差しだされ、椿はこくりとうなずいた。

水を飲み、桜餅を一口かじった椿は、重奈雄に、

「……妖気を感じたんどす」

話を聞いた重奈雄は思慮深い面差しを伏せがちにして、

「……虚無僧か。たしかに、どちらにしろ、気がかりだな」

と、

「あれは……蘭山《らんざん》じゃないのか」

かつらが、言った。

「ほんまや。また、大勢の門人つれとる」

椿も顔を上げた。

丸太町《まるたちょう》に私塾を構える本草学者・小野《おの》蘭山は妖草を信じないと言いつつも、重奈雄を渋々みとめている。

その蘭山が二十人近い弟子をつれ八重桜の下で声高に講義していた。彼の学問は、植物にとどまらない。今日は、桜にあつまってくる様々な小鳥について、弟子たちに語っていた。

蘭山たちが近づいてくる。

「お、蘭山ではないか」

かつらが声をかけた。

重奈雄をみとめた、蘭山。苦い記憶が甦《よみがえ》ったか、かすかに眉根をよせる。

緑の袴《はかま》をはき、がっちりした顔をした本草学者は、

「……何だ、そなたらも、いたのか」

やはり同色、緑一色の小袖を着た重奈雄に言う。

重奈雄の薄い唇がほころび、

「まるで我らにあいたくなかったような口ぶりだな」

「そんなことはない」

可憐なる椿に、蘭山は会釈した。

蘭山の弟子たちをぐるりと見まわした重奈雄は、

「あれ、綾《あや》殿の姿が見えぬな？」

能登屋半十郎《のとやはんじゅうろう》は――御池《おいけ》通の問屋町に店を構える売物問屋である。主に北陸の物産を取りあつかっている。その娘、綾は鳥が好きであり、重奈雄は蘭山の許で学ぶよう勧めたのであった。

「うむ。綾殿にはめずらしく……今日は遅刻したのだ。衆芳軒《しゅうほうけん》に姿を見せなかった。急な風邪でも引いたのやもしれぬ。迎えをやらせたから、もし寝坊なら、おっつけくるだろう」

「左様か」

と、小ぶとりで赤ら顔の下男といった体《てい》の男が、桃色の吹雪に巻かれて、こちらに駆けてくる。

「伊助《いすけ》、こっちじゃ！」

蘭山が呼び止めた。

ひどく汗をかいた伊助は蘭山の前までくると――息を切らせ、

「大変や……蘭山先生……能登屋はんが」

「どうした？　落ち着いて話せ」

面貌《めんぼう》を真っ赤にした伊助は、

「能登屋はんに、賊が入ったんどす」

「何だと――」

蘭山はもちろん、重奈雄も、絶句した。

重奈雄と椿、かつら、そして蘭山は、花見を打ち切り、大急ぎで東洞院《ひがしのとういん》御池の近く、問屋町にむかっている。大雅夫妻や蕪村夫妻、そして門人たちは、平野社にのこした。

能登屋の前では、初春に見たような光景が、繰り広げられていた。

野次馬がかたまり、西町奉行所の人数が、立ちはたらいている。

京の治安は東町と西町、二つの奉行所が守る。両奉行は月番制で今は西町の当番月だ。

「一家皆殺しやと」

「何とも恐ろしい……」

町の者どもの立ち話を聞いた重奈雄は綾の安否を思い、気が気ではない。

さっきまでの光景と思いくらべた重奈雄は、この世が本来もっていた酷《むご》さを現した気がした。

重奈雄、椿は、野次馬を押しわける。

と、椿が、

「——妖気」

深く青ざめた声をもらした。

前に、能登屋にはさる妖草が出たことがある。またそれが茂ったのかと、重奈雄が咄嗟に思いをいたすと、椿が強く頭《かぶり》を振り、

「恐ろしい妖気どすえ。沢山の妖草妖木が、のこしていったものや……」

重奈雄は素早く考える。

（盗賊に襲われた能登屋さんで、おびただしい妖気？　もしや——妖草師が盗賊の中にいるのでは？）

さらにそのような妖賊に襲われた綾は無事なのだろうか、生きていてほしい、かく思った。

最前列に出た重奈雄は、

「妖草師・庭田重奈雄と綾殿の師、小野蘭山。火急の用件がある。誰か責任ある者と話させてくれ」

奉行所の者に、声をかけている。

「庭田殿ではありませぬか。西町奉行所与力・田中仁兵衛と申す。以前、奉行所に面妖なる草が出た時など、お目にかかりました。こっちは、目明しの重吉です」

重奈雄と重吉の目が合う。

「以前、丹後屋さんの前で……」

「……庭田はん。お噂《うわさ》はかねがね、聞きおよんでおります」

店に入った重奈雄の鼻孔を生臭い血の臭いが、鋭く突く。男たちの手で戸板にのせられている惨《むご》たらしい骸《むくろ》を見た椿は、袖で面を隠す。血にまみれた屍に、蘭山もたじろぐ。唇を小さく噛《か》んだかつらは、さすが武家の娘で、大きな動揺を見せなかった。

重奈雄は仁兵衛らに、

「……実は、この椿には妖草妖木を察する力がありましてな。能登屋さんの前で、只《ただ》ならぬ妖気を感じたとのこと」

「ほう……」

「故に、賊の凶行に——妖草がもちいられた怖れがある、と考え、お声かけさせていただいた」

光の風に叩かれたような顔を、仁兵衛は見せた。十手をにぎった重吉は疑い深そうな視線をこちらにむけていた。

「また、半十郎殿の娘、綾殿とは以前から面識がありましてな。その綾殿は、これなる小野蘭山の許で本草学を学んでいる。綾殿は……ご無事でしょうか？」

重奈雄はもっとも気になっている処を仁兵衛たちにぶつけた。

仁兵衛は、言う。

「能登屋半十郎には……娘がおったんですな？」

「ええ」

重奈雄が綾の年恰好《としかっこう》をつたえると、

「左様な仏は……？」

仁兵衛が重吉に問うている。

重吉は、強く頭《かぶり》を振った。

天井に開いた小穴から漏れ入る光のような、真《まこと》に細い希望が重奈雄の胸底に差した。

「綾さんは、この家の中で生きているかもしれない。皆でさがしましょう」

重奈雄は言った。

惨劇の赤い痕《あと》が廊下や障子に生々しくのこっていた。重奈雄は青ざめた椿をつれて、綾をさがしている。椿、かつらを、重奈雄は外に出そうとしたが、椿は天眼通の持ち主としての、かつらは妖草師見習いとしての責任感から、捜索にくわわった。重奈雄たちには重吉が同道していた。かつらと蘭山には、仁兵衛がつき、広い能登屋の別の場所をさがす。

重奈雄と椿が真っ先にむかったのは二階にある綾の部屋だ。

色とりどりの扇が飾られた棚や金蒔絵《きんまきえ》の香箱、豪奢《ごうしゃ》な双六盤《すごろくばん》、さらにいろいろの御所人形は埃一つなく綺麗に片づけられていた。

(前にきた時は……埃をかぶっていた)

悲しい過去に背をむけ、前向きに生きようとする綾の意志がつたわってくるようだ。それなのに——激しくも酷い惨劇が、ここを襲った。

(――許せぬ。生きていてくれ。綾さん)

重奈雄は歯を食いしばる。

「綾ゆう娘のお守《も》りをしていたらしい女がな……隣の部屋で死んどる。青天狗ゆう賊の仕業と、わしらは思っとる。……何ともひどい話や」

険しい面をうつむかせる、重吉の声色には怒りが燻《くすぶ》っていた。

「その部屋を見に行こう。椿は、見ん方がいい」

「いいえ。うちも行く」

銀杏《いちょう》模様の襖《ふすま》が開け放たれた向うで、下女が一人斃《たお》れていた。こぼれ落ちるほど隆起し血走った眼球、首にのこされた紫の痕跡《こんせき》が、痛々しい。

――首を絞められて殺されたようだ。

椿は小刻みにふるえている。

と――重吉の鋭い眼差《まなざ》しが、部屋の一隅にそそがれている。

「何や、あれは」

静かに歩みよった重吉はゆっくりしゃがんだ。

「何かありましたか?」

重奈雄が声をかけると、重吉は立ち上がった。

「……葉っぱや」

重吉が重奈雄に手渡したのは常緑の木蔓《つる》・定家蔓のそれに似た一枚の葉であった。

「――ほう」

鋭気が通った、重奈雄の声だった。

椿にそれをわたし、

「当然、妖気はあろうな？」

こくりとうなずいた椿は、

「ええ。ほんまに、少しやけど……」

もう一度その葉を受け取った重奈雄は、雪のような白髪頭をかしげている重吉に、

「間違いない。――首絞め蔓《かずら》という、人の首を絞める妖木です」

「――」

妖木・首絞め蔓は、人の世の定家蔓と瓜二《うりふた》つの蔓《つる》や葉、花をもつ常世の常緑低木である。

重吉は、静かな声で、

「前に丹後屋さんの店先でお目にかかった折、絞め殺された番頭の体から、葉が落ちたんどす」

「……ほう」

「間違いない。これと……同じ葉や」

重吉は、言った。深く溜息《ためいき》をついた重奈雄は、

「由々しき事態だ。丹後屋さんを襲った賊と、能登屋さんを襲った賊は、間違いなく同じ。そして、その一味には――妖草師がいる」

冷えた凄気《せいき》が切れ長の双眸に灯っていた。

「シゲさん！　綾殿が、見つかったぞっ」

かつらが入ってきた。

「何だと――」

はっと顧みた重奈雄に、かつらは、

「生きていた。綾殿は……」

誰も殺《あや》められなかった客間に綾は座り、奉行所の取り調べを受けていた。重奈雄を見ると、

「庭田はんっ！」

綾は思わず立ち上がり、泣きじゃくりながら重奈雄にしがみついている。綾の手には、しばられた痕があった。

「……大変な目に遭ったな。さぞ、恐ろしかったろう。よくぞ生きていてくれたっ」

重奈雄は一語一語噛みしめるように言った。

綾は、熱い涙をぽたぽたと、こぼしていた。蘭山から道すがら――綾が少しずつ元気になり、他の門人たちとも言葉をかわすようになってきたと聞いていた重奈雄は、悲しい気持ちになる。

その蘭山は部屋の一隅に硬い顔で座っていた。

仁兵衛がやわらかく、

「綾殿、斯様《かよう》な時に……いろいろ詮索して、わしらも心苦しい。だが、下手人をさがすためと思い、こらえてほしい」

「……はい」

涙をふいた綾が腰を下ろすと、仁兵衛は、

「では訊きます。貴女《あなた》は、どういう訳で物置に一人でおったのか？」

「物置の前に、井戸と……古いシイの樹がおます」

「うむ」

綾は、話につまった。椿がはげますように、温かみを込めて手をにぎった。

「……その樹に、梟《ふくろう》がおるんどす」

細切れの小さな声が、部屋にいる深刻な相貌をした大人たちを、惨劇の夜にみちびいている。

綾は昨夜、父、半十郎と口喧嘩をした。この処、綾が元気になってきたことを、半十郎はいたく喜んでいた。だが一方で、せっかく元気になった綾に、大店の娘らしい教養を身につけさせたいとも願っていた。傍《はた》から見れば、些《いささ》か性急すぎる、あるいは、細やかすぎる配慮であったが、半十郎なりの親心であった。そのことが自分の好きな本草学の学びにもっともっと打ち込みたいと願う綾との間に、衝突を起してしまったのである。

昨日、父と言い争いをした綾は、わざと父を困らせようと思っている。

半十郎からは夜に出歩くなと言われていた。

その言いつけを破り、夜の庭で梟を観察することで――ささやかな反抗をこころみたのだった。

夜。屋敷中が寝静まると、綾は行動を開始した。

窓から入り込む真にかすかな月明りを頼りに廊下を歩く。

――このことが、結果的には綾の命を救った。

かねてから、塒《ねぐら》を飛び立つ梟を観察したいと願っていた綾は、巣があると思われるシイの近く、物置に入った。薄く開けた戸の隙間《すきま》から件《くだん》の樹を見守っている。

どれくらい時が経っただろう。

気がつくと綾は、うつらうつらしていた。梟の洞《ほら》を注視しているうちに眠ってしまったのだ。

――その時であった。

綾は、不穏なる存在《もの》が、能登屋に忍び込んだような気がした。すぐ、たしかめねばと思う反面、恐ろしさが肩に取りつき、体が動かない。しばらくすると……広い屋敷の別々の所から、叫び声、争う音が聞こえた。

（盗賊！）

直感的に綾は思っている。

二月《ふたつき》前――呉服の丹後屋を凶賊が襲ったのを耳にした半十郎は、

『丹後屋はんがな……。不憫《ふびん》なことや。この能登屋は、京で五本の指に入る大店。丹後屋はんが狙われたなら、うちが狙われても全くおかしくない』

と、語り、元々やとっていた用心棒を、さらに三人ふやした。

「こないなことがあったので、うちは……うちはすぐに賊だと思いました」

綾は涙をこぼしながら言う。

「お父はんとは幾度も喧嘩しました。しゃぁけど、死んでほしくはなかった」

半十郎に急をつたえようと、綾は勇気をしぼって、物置から出た。忍び足で庭を歩くと——いきなり青い烏《からす》天狗面をかぶった賊が飛びかかってきた。

賊は綾を刀で刺そうとしている。恐ろしさが、漏れようとした叫びを、潰《つぶ》す。

不意に——殺気がやわらいだ。

飛びかかろうとした殺意が、何かの拍子にためらい、猛悪な牙《きば》をおさめた気がした。

賊はものも言わずに綾に当て身をくらわした。昏倒《こんとう》した綾が目を覚ますと——朝になっていた。物置に放り込まれ、猿轡《さるぐつわ》をかませられ、手縄でしばられていた。助けを呼ぼうにも声を出せず、音を出しても誰も来ず、奉行所の者がきても発見されず、ついさっき、ようやく蘭山たちが見つけたのだった。

「間違いなく青天狗。その賊は、男か？　それとも女か？」

「女の人のような気がしました」

「何歳くらいの女か」

仁兵衛の質問に、綾は首を横に振っている。

「何故、命を助けたのだろう」

「わかりまへんっ」

綾は、強く言った。

重吉が綾の隣に腰を下ろし、

「お父はんのこと、不憫やったな。……下手人は必ず西町奉行所が見つける」

十手を見せ、

「わしの十手にかけて誓う。――約束や、綾はん」

綾は、さめざめと泣いた。だが、やがて、首を縦に振る。

重吉は低い声で、

「大切なことやさかい、答えてほしい。昨日の夜、能登屋はんには綾さんをふくめ、幾人の者がおった？」

赤い目を腫《は》らした綾は指をおって数えはじめた。

「……飯炊きが三人、用心棒が八人……そやさかい、三十五人どす」

重吉は首をかしげ、

「おかしいな。仏さんの数が三十三。綾さん入れて、三十四人やないと数が合わん。……ん？　今、用心棒、八人と言わはったな？」

「ええ」

「――七人の間違いと違うか？」

綾はきっぱりと、言った。

「いいえ。うちには元々五人用心棒がおりました。丹後屋はんのことを聞いて、父は……三人ふやしました。八人で間違いありまへん」

重吉と仁兵衛は目を見合わせている。

昨日、能登屋で殺められた浪人風の用心棒は、七人であった。だから、重吉は「七人の間違いと違うか？」と言ったのである。斬られたり、突き殺されたり、縊られたり、叩き殺された七人の屍をあらためるという辛い役目を、綾がおこなうことになった。

寝ている処を一突きに殺められた半十郎に泣く泣く手を合わせた綾は、七人の浪人の骸に対面した。全員を見終ると、重吉に、

「村《むら》瀬《せ》甚内《じんない》はんが、おりまへん」

「どないな男や？」

御所人形のように顔を白くした綾は、答えている。

「……丹後屋はんのことがあった後、口入れ屋通して、父がやとった人どす。遠州《えんしゅう》の浪人で剣の使い手と、話していました」

「人相書きの上手い男をここに呼ぶさかい、もう少し詳しゅう、甚内ゆう男の特徴をおしえてほしい」

白髪混りの総髪に、無精髭。鋭い目つきに尖《とが》った顎《あご》。——刺々《とげとげ》しい男の肖像が瞬《また》く間につくられた。

「洛中辺土はもちろん、奈良に伏見《ふしみ》、大坂に大津《おおつ》、畿内《きない》の各所に、この男を手配せよ！」

田中仁兵衛の下知の許、村瀬甚内の人相書きが畿内とその近国にくばられた——。

重奈雄は、綾のことを小野蘭山にたのんだ。また、青天狗と思われる凶賊の捜索に、出来得る限りの協力をしたいと、重吉たちに申し出たのであった。

手がかり

丹後屋と能登屋を血で染めた青天狗一党の行方は杳《よう》として知れなかった。京都町奉行からは、大坂町奉行、奈良奉行、さらに大きな城下町を擁する西国諸藩に、青天狗に気をつけるよう知らせが行っていた。

二度京で暴れた青天狗。次は、近くの別の町で暴れるのではないかと、思われた。

能登屋の痛ましい一件から極度の緊張に満ちた十日がすぎると、西町奉行所では、火付けや詐欺事件などあらたな案件が飛び込んできたこともあり、何となく、青天狗はしばらく都で騒ぎを起すまい、というかすかな緩みが起きはじめている。

町奉行・松木行部、与力・田中仁兵衛からして、そうだった。

だが、老練なる目明し、重吉は違う考えをもっていた。

（こないな時が一番危ない。たちの悪い賊は——お上の裏を掻《か》く。あいつらは、またやる。近いうちにこの都で）

重吉は思う。

（連中はまだ、洛中におる。そないな気がするんや）

千年の都の暗黒街は、青天狗の隠れ家の一つや二つ、たやすく提供できる気がした。それを都に張りめぐらされた裏の道を行く者どもを、幾人も見てきた重吉は知っている。

——北野《きたの》天満宮の近く、鳥取藩池田《いけだ》屋敷で賭場《とば》が開かれる。そんな情報《ねた》が青天狗どもを追う重吉の嗅覚をぴくりと刺激した。

荒事をしでかした後、盗賊はよく賭場に出入りしたりする。

夕闇迫る大将軍社《だいしょうぐんしゃ》の境内で、重吉はその男をまった。

と、棒縞《ぼうじま》の衣を着た男がやってきて、社《やしろ》の前で柏手《かしわで》を打つ。

参拝客をよそおった重吉は男の後ろに立つ。

「ここらであまり見ーひん男なんやけど、えろう羽振りがいいのがおります」

——万蔵《まんぞう》という情報屋である。

「どないな男や」

重吉が問うと、

「見かけは町医者。そやけど、あれは——二本差しや。あれで、髪垂らして、髭のばせば、重吉はんが見せてくれた、甚内ゆう奴の人相画によう似てます」

「――でかした」

すれ違い様に重吉は銭をにぎらせた。


地蔵院《じぞういん》は椿寺《つばきでら》という。

鳥取藩池田屋敷から一条通をはさんだ南にあるこの寺の歴史は、行基《ぎょうき》の頃まで遡《さかのぼ》る。地蔵院には、豊臣《とよとみ》秀吉に寄進された五色散り椿があり、それが椿寺の異名のもととなっている。

一本の木で、白、紅、白地に紅の縦紋、様々な色の花を咲かす八重咲きの名木だ。散り椿は、ほとんど散っていた。根元に花の海ができていた。色とりどりの大輪が、土を隠している。白い花がほんの少し木にのこっていて、その隣で枝についたまま茶色く枯れた花がある。

重吉は椿を見にきた商家の隠居という体でさりげなく佇《たたず》んでいた。

地蔵院の門からは、池田屋敷の築地塀《ついじべい》につくられた、小さな通用口がうかがえる。そこは中間《ちゅうげん》部屋にほど近い。そして、この中間部屋に、半年ほど前から――賭場が立っているのである。

頬がふっくらした、商家の娘二人が、

「いくら散り椿でも、これは散りすぎどす」

「そうどすなぁ。もう少し早くくればよかったんや」

などと、はんなりと語らいながら、すぐ傍を通る。

いつもの癖でキセルを口にくわえた重吉は、

「御隠居はん。境内で、タバコはご遠慮下さい」

小僧に注意された。

と、通用口がことりと開いている。

富裕な医者と思《おぼ》しき男がのそりと出てきた。

夕闇の中、顔貌《がんぼう》は定かではない。髷《まげ》をきちんとゆい、髭をつるりと剃《そ》っているから、人相画とは大いに違う。だが——歳の頃、背の高さは、綾から聞いた話と同じ。

(奴か?)

重吉は男をつけはじめた。

相手はこちらに気づかず——一条通を東へ歩いた。

この辺りは、寺が多い。

いくつもの小さな寺院が、夕餉《ゆうげ》の米と精進物を炊く煙を、紺色の空に吹き上げていた。

大将軍社の前を通る。

男は千本通《せんぼん》に出ると、左にまがっている。

(大超寺《だいちょうじ》に清凉寺《せいりょうじ》の里坊、上善寺《じょうぜんじ》……)

千本通を北に行った所にある寺の甍《いらか》の数々が重吉の胸に浮かぶ。

その辺りに、寺家御用達《ごようたし》の医者がいただろうか。重吉は素早く思案をめぐらす。

かなり北まで歩いた男は、さる大寺院の門をくぐった。

もっと、小さい寺か、いかにも怪しい一軒家に入って行くと当りをつけていた重吉は、目をこする。

男は、広大な禅寺の参道をどんどん歩いて行く。

(紫野大徳寺《むらさきのだいとくじ》はんやと——)

大徳寺には——多くの塔頭《たっちゅう》がある。それぞれの塔頭は別々に築地や門、庭をしつらえていて、独立した寺院のようだ。

男が何処《どこ》の塔頭に消えるか、たしかめねばと思った重吉の足が急ぐ。

すると、男がさっと振り返った。

刃《やいば》の如《ごと》き眼差《まなざ》しであった。

（間違いない、甚内や）

重吉は素早く、傍の塔頭に入り込む素振りを見せる。男の視線が冷たくまとわりついてくるのを感じた。長年の勘が、これ以上の尾行は危ういと告げている。

重吉は門をくぐって往来に出た。

もっとも近くにある木戸に、むかう。木戸番に十手を見せ、

「大徳寺に、ほんまは二本差しなんやけど、医者の風体で出歩いとる男がおる。何か知らんか？」

若い番太は、考え込み、

「……金森《かなもり》浪人と違いますか？」

「ん？」

仕事帰りの宮大工が二人、木戸を通ってゆく。

それを見送った番太は、重吉に話した。

番太によると――大徳寺金龍院《こんりゅういん》は、近頃お取り潰《つぶ》しになった濃州郡上《のうしゅうぐじょう》藩主・金森家の菩提寺《ぼだいじ》である。

去年の冬――美濃《みの》郡上藩主・金森頼錦《よりかね》は郡上一揆《いっき》、石徹白《いとしろ》騒動を引き起した失政を、幕府より厳しく咎《とが》められ、郡上藩は取り潰し、五人の子供は親戚《しんせき》預け、多くの家来が

追放もしくは死罪にされるという憂き目に遭った。

今年の三月一日には、上使に郡上城が引き渡され藩士らは四散している。

番太によると、この時、国許《くにもと》側室・おます、おてう、彼女らが産んだ三人の子が、僅《わず》かな家来に守られ京にやってきた。この金森家族と家臣数名を大徳寺金龍院がかくまっているという。

「金森浪人は三月に京にきたのか。わしがさがしとる男はな……一月には、京におったんや」

村瀬甚内は今年の一月——能登屋の用心棒にやとわれている。

番太は言った。

「郡上藩が取り潰されたのは去年の師走《しわす》や。そのすぐ後、幾人かの金森浪人が京にきて、大徳寺さんにいろいろ根回ししてはった、とか」

「なるほどな」

かえるべき地をうしない絶望と憤怒を薪《たきぎ》とする炎を、胸底で燃やした甚内が、上洛。藩主側室の面倒を見てくれる寺をさがしつつ、青天狗に合流。口入れ屋に遠州浪人を詐称して登録し、能登屋の用心棒としておさまったとしても不思議ではない。

「いろいろおおきに」

番太に銭をにぎらせた重吉は、人相画を見せ、

「村瀬甚内ゆう男や。今は髪をゆい、髭も剃り、医者のような風体をしとる。こいつが、仲間と一緒におったり、何処かに出かける姿を見たら、すぐわしに知らせい」

翌朝、重吉は堺町四条、庭田重奈雄が住む長屋をたずねた。

＊

アジサイが若緑の命がしたたる葉を、日々大きくしていた。

そんなアジサイにかこまれた小さな地蔵の祠《ほこら》がある。

紫陽花《あじさい》地蔵。

重奈雄の長屋の近くにある地蔵だ。

寝ぼけ眼《まなこ》をこすった重奈雄は、旬《しゅん》の野菜と山吹の花が供えられた紫陽花地蔵に手を合わせている。

と、

「シゲさん」

椿の声がした。

重奈雄が顧みると、下男の与作《よさく》をつれた椿が立っていた。

「どうした、こんな朝早くに」

「うん。それがな……気になる話を聞いたんや」

「ほう」

切れ長の双眸《そうぼう》を細めてうなずいた重奈雄は、椿を長屋にまねき入れた。

硬い緊張が椿のかんばせに漂っていた。

夫婦《めおと》になるという約束をしたものの、いろいろなことが重なり、それは引き延ばされていた。いつまでもこぬ春に痺《しび》れを切らせた椿の父――舜海が、縁談自体を揺さぶろうとしているのではないのか。そんな危惧《きぐ》が重奈雄の胸の内に芽生える。

椿は言った。

「うちの門人にお徳《とく》はんゆう娘《こ》がおるんどす。洛北、北小山《きたこやま》村のお百姓さんの娘どす」

どうも違う話らしいと気づいた重奈雄は、密《ひそ》かに安堵《あんど》している。

お徳の村に二十日ほど前、ひどい傷を負った物乞いの女が流れ着いた。

女は、

『人殺し。青い天狗……』

という謎めいた言葉を呟《つぶや》き――こと切れたという。

「昨日の稽古《けいこ》の時、お徳はんから聞いたんどす。もしかしたら、青天狗のことと違うかなと気になって」

「でかした、椿。北小山村と言えば北山《きたやま》にほど近い。その物乞いの女は……北山の山中で何かを見たのだ。……そして、斬られた。青天狗の隠れ家があるのかもしれぬな」

こんなことを話していると、

「庭田はん。おりますか？」

重吉が、入ってきた。

「お、椿……きていたのか。あと、あんたはたしか、西町奉行所の……」

かつらも、きた。

重吉から甚内が大徳寺金龍院にいるらしいことがつたえられ、椿から今の話が告げられる。

重吉は深く考え込み、

「北小山村……。御土居廻り十二ヶ村の一つか」

御土居廻り十二ヶ村とは、北小山村、鳴滝《なるたき》村、西九条《にしくじょう》村など、京をかこむ十二の近郊農村だった。大根、蕪《かぶ》、牛蒡《ごぼう》、水菜に瓜《うり》など、新鮮な蔬菜《そさい》を都人の胃袋に提供していた。

重奈雄は言う。

「大徳寺と北小山村は近い。もし、青天狗の隠れ家が北山にあり、その金森浪人が一味なら、連絡は取りやすいだろうな」

重吉を見て、

「どうだ、重吉さん。この人数でこれから北小山村に行ってみるのは」

取りあえず探りを入れるには、大人数は邪魔である、此度《こたび》の一件には、妖草妖木がからんでいる、妖草師・庭田重奈雄が同道してくれた方が心強い、斯様《かよう》な判断が重吉にはたらいたようである。

与作は五台院《ごだいいん》にかえし、舜海に行き先をつたえさせる。

重奈雄と椿、かつらと重吉で北小山村にむかった。

北小山村は——鴨川《かもがわ》の上流に接している。この辺りは、鮎《あゆ》もどき、カジカなど清流に住まう川魚がよく取れる。

田んぼや篠原《しのはら》、蔬菜の畑が広がる、明るい緑にかざられた田園は、北山に程近い。

北山には船山《ふなやま》がある。

夏の京を彩る五山送り火は——有名な大文字《だいもんじ》、左大文字、「妙法」の字が夜空に浮かぶ松ケ崎《まつがさき》妙法《みょうほう》、鳥居形松明《とりいがたたいまつ》、舟形万灯籠《ふながたまんとうろう》からなる。このうち舟形万灯籠は火の船が夜の山肌にぼわっと浮かぶ。その松明《たいまつ》がつけられるのが、船山だ。

北小山村は船山の程近くにある村だった。

椿の弟子、お徳の家は、船山を背負い、収穫時をむかえた韮《にら》、空豆の畑に面していた。

川の流れる音や雀の囀《さえず》りが近い。

お徳は、十代後半。そばかす痕《あと》ののこる娘であった。

萱葺《かやぶき》屋根の民屋で話を聞く。

「その女の人、見たのはうちの弟たちなんどす。竹藪《たけやぶ》であそんどるのかもしれん。呼んできます」

日に焼けた、いかにも好奇心旺盛《おうせい》な、百姓の童が五人ほど呼ばれた。

お徳が出した温かい番茶を飲みながら話を聞く。

お徳の弟は言った。

「その女の人はなあ、円峯《まるみね》の方から出てきたのや」

「円峯の奥に、ずっと昔に建てられた行者堂があるんや。もしかしたら、そっちの方からきたのかも」

円峯というのは北山の一峰であり、ここから少し北に行った所にある。行者堂の大まかな所在をお徳から聞く。

重奈雄、天眼通をもつ椿、小太刀に秀でるかつら、そして町奉行からあずかった十手をもつ重吉は、早速円峯にむかっている。重奈雄の杖《つえ》にはしばらくの間、二本の鉄《てつ》棒蘭《ぼうらん》が生えていたが、今は子供の鉄棒蘭が一本ふえ、三本の黒い棒状妖草が生えている。かつらは動きやすいように男装である。

稲株が整然と並んだ田の傍らに黄色く楽しい敷物がしかれている。

ジシバリの黄色い花が、咲き乱れているのだ。

その隣で、綿毛をふくらませたタンポポ、はたまた綿の半ばを風に飛ばされたタンポポのあわいを、蜂《はち》が飛んで行く。

円峯は森閑たる北山杉の木立におおわれていた。林床には、ウラジロなどシダの仲間が茂っていた。

重奈雄たちは杉林にわけ入った。

独特の香りに満たされた林内は、さっきの百姓地より、鳥の声が少ない。

海の底のような青く深い暗がりを、しばらく、すすむ。

と、椿が、はっと胸を突かれたような表情を見せる。

重奈雄が素早く、

「いかがした？」

「妖気どす」

静かに答えた椿は——辺りを見まわした。

背が高いウラジロの茂みを椿は指した。

「……ほう」

鉄棒蘭を構えた重奈雄は、用心深く歩く。かつらは、鉄扇を固くにぎり、同道する。

「この叢《くさむら》か？」

椿が重奈雄の後ろから、

「そうどす」

「……見た処、妖草はないようだが」

「——気をつけて」

後ろから椿が言う。

重奈雄は一歩、ウラジロに歩み寄っている。

刹那《せつな》――

パーン！　パーン！

乾いた破裂音がひびき、重吉が、

「鉄砲や！」

重奈雄たちはいそぎ伏せる。重奈雄の上半身は――ウラジロの叢に雪崩《なだ》れ込む形になった。

間髪いれず、

――――ッ！

何かが猛速で動き、重奈雄の腕にからみつく。それは、スゲに似た草だ。ウラジロの陰に成育していたようだ。その草どもが、重奈雄の腕に素早く巻きつき、恐ろしい力で締め付けてきたため――痛みが走った。

腕から、血が垂れている。

「しまった、血吸い草か！」

重奈雄の面は青ざめる。

「血吸い草って……羅刹紅葉《らせつもみじ》みたいなもん？」

少し後ろに伏せた椿が問うと、

「ある意味、羅刹紅葉より手強《てごわ》いかもしれぬ。みんな、あの筒音におびえてはならん！　あれは、鉄砲によく似た音で人を驚かす妖草《くさ》・鉄砲豆の破裂音だ。今恐るべきはこの林の下に生えている血吸い草の方だっ」

妖草・血吸い草――人の世のスゲによく似た、常世の吸血植物である。血を吸う妖草で名高いのは、紅葉の葉に似て、蛙《かえる》の如く飛びまわる、羅刹紅葉だろう。その増殖の速さによって、深刻な害をあたえる羅刹紅葉だが……葉を引き千切ればやっつけられる。

血吸い草の繁殖力は、弱い。しかしこの妖草、極めて丈夫な葉をもち、人力ではおよそ引き千切れぬ。羅刹紅葉のように長い距離を動きまわる力はないが、根を中心に活発に葉を動かし憐《あわ》れな獲物をつかまえる。葉の裏に三つの吸盤をもち、この吸盤には蛭《ひる》と同じように、歯がある。この歯で人や獣を噛《か》み、吸盤で血を吸う。

重奈雄は手を、重吉は足を、血吸い草につかまったようだ。

椿とかつらは今の処無事だった。

重奈雄が叫ぶ。

「血吸い草は、硬いもので叩き潰すか、妖草を枯らす妖草・楯蘭で叩く他ない！」

かつらが重奈雄をとらえた血吸い草めを鉄扇で打ち据え、重吉はスゲによく似た妖草を十手で乱打した。

――二株の血吸い草めはひるむ。

血まみれになった重奈雄の手と重吉の足は何とか救われた。

「ひどい、血やっ」

顔を真っ白にした椿が、重奈雄に駆け寄る。椿が素早く晒《さらし》を巻いてくれる。なれている重吉は手拭《てぬぐ》いを裂いて止血した。

「鉄砲を真似る草に、血を吸う草。何かを守ろうとしているような……」

重奈雄は呟く。

刹那――がさっという葉音がしたため、重奈雄はそちらに鉄棒蘭をむけた。黒い旋風が吹きウラジロに隠れていた三株の血吸い草が蹴散《けち》らされている。

重奈雄は茫然《ぼうぜん》としている重吉に、

「これが……妖草です」

重吉、小さく首肯し、

「青天狗の根城はきっとこの近くや」

もはや敵が――妖草をつかう賊なのは明らか。全員の認識だった。

北山杉の林が終り雑木林に入る。

ひょろひょろした低木や篠を、腕で漕《こ》ぎながら重奈雄たちはすすんだ。

落葉樹は若葉をそのすっきりした梢《こずえ》でふくらませていた。春の暖かさに押されて、領域を次々に広げている青草と、落ち葉や石が転がった地面が、せめぎ合っていた。

椿は――冷たい妖気がすっと額にふれ、すぐに遠ざかってゆく気がした。

タンポポの綿毛に似たものが近くを飛んでいる。

次の瞬間、石が飛んできて、椿の肩に当った。

「痛っ」

また、綿毛が横切る。

林床に転がっていた石がいきなり飛び上がり――重奈雄の頭すれすれを飛んだ。

次なる石が、鋭気の矢となり、かつらに襲いかかるも、鉄扇に弾《はじ》かれる。

天狗礫《てんぐつぶて》という言葉を椿は思い出す。誰もいないのに、山中で石などが飛んでくる怪異のことだ。

「何だ、今度はっ」

鉄扇を油断なく構えたかつらの言葉尻で赤い怒りが弾けた。

重奈雄は白い綿毛をみとめている。

「……けさらんぱさらん」

妖草・けさらんぱさらん――タンポポの綿毛にそっくりの草で宙を漂う。持ち主に幸運をあたえると言われ、古来、好事家《こうずか》にそだてられてきた妖草である。けさらんぱさらんを雨乞いにもちいたという記録もあることから、持ち主を想像をこえる神通力で助けたと思われる。
青天狗にそだてられた、けさらんぱさらんは、持ち主に幸を呼び込むべく、重奈雄らを攻撃していた。

重奈雄が口を開き、

「あのタンポポの毛のようなものをやっつければ、この天狗礫は止る」

「タンポポの毛だなっ。承知した！」

かつらが、跳ぶ。

抜き打ちに薙《な》がれた一閃《いっせん》で――真上を飛んでいた白い綿毛が真っ二つにされる。着地しざま、かつらは、左手にもちかえていた鉄扇を高速で放つ――。

鉄扇が、別のけさらんぱさらんを散らす。

「これで、全てかな？」

椿はまだ、妖気を感じていた。

「あっ、シゲさん、足許！」

慌てながら叫ぶ椿。重奈雄の足許に、かなり大きい茶色の石が一つ転がっていて、その上に、けさらんぱさらんが二つ、ふんわりとのっていた。今、けさらんぱさらんは、大石を浮かび上がらせ、草鞋《わらじ》をはいた重奈雄の足に落とし、足の趾《ゆび》を叩き潰さんとしていた――。

――――！

鉄棒蘭が黒い嵐になり浮かぼうとした石を打ち据える。

石は地面にめり込み、二体のけさらんぱさらんは、幾本かの白い綿毛となって散っている。

腰を下ろした重奈雄は綿毛の一本をひろう。悲しげに、

「けさらんぱさらんは、大切にそだててくれた人に恩返しをしようとする。……持ち主にささやかな幸福をもたらす霊妙なる妖草なのだ。それが……青天狗の手にかかる

と、このように、人に仇《あだ》なす悪草となってしまうとは」

その行者堂は林の中を少し行った所に在った。

板葺屋根の簡素な堂であったが、山伏が幾人かくつろぐには障りない。

扉は固く閉ざされていた。中をのぞくも、人気《ひとけ》はなく、がらんとしていた。

が、埃《ほこり》の臭いにまじって、消し様のない酒の香り、嘔吐《おうと》物の悪臭が、むわっととぐろを巻いていた。重吉は険しく眉根をよせている。

念のため、扉を開けるが——無人であった。

裏の方に、竹の柵でかこまれ——人の身の丈ほどの、大きな筍《たけのこ》の如き草が二本、寂しげに立っていた。葉を枯らした芭蕉《ばしょう》であった。夏には雨傘になり得る大きな葉をつける、木と呼んで差支えないほどの大草に、重奈雄は歩み寄る。

「芭蕉精《ばしょうのせい》の話を聞いたことは？」

重奈雄は、椿、かつらを、顧みている。

かつらがかざらぬ声で言った。

「芭蕉が夜、人の姿に化けて嚇《おど》かしてくるというような話か？」

江戸時代の絵師・鳥山石燕《とりやませきえん》の『今昔百鬼拾遺』には「芭蕉精」という植物妖怪の図がある。

「人の世の木は、長いこと生きると……稀《まれ》に妖木化なる事象を引き起す」

妖草師・庭田重奈雄は、双眸に冷光を灯《とも》しながら、語る。

「つまり、常世の木、妖木とほとんど変らぬ妖しの力を振るう存在になるということさ。通常、草には妖木化に当る現象はない。一年で死んでしまう草も多いし、妖気をためる器も小さいからな」

魔除《まよ》けの力をもつ銀の小刀を取り出し枯れた芭蕉を傷つけながら、

「ただ、例外もある。何年も生き妖気をためる器が大きい草。たとえば、芭蕉。このような草は……妖木化とほとんど変らぬ現象、妖草化と呼ばれる変異を引き起すのだ」

「シゲさんはこれが妖草化した芭蕉やと言うの？　なるほど、たしかに妖気が……」

椿は、二株の芭蕉から真に微弱な妖気を感じた。

「うむ。芭蕉精の活動は、夜にかぎられる。恐らく夜には相当強い妖気の放出が見られるだろう」

重吉が、重奈雄に、

「ほうすっと、あんたは、この芭蕉が……青天狗と関りある、こう考えてはる？」

「夜に人の姿をして動きまわる妖草・芭蕉精。夜の町の大店《おおだな》を脅かす青天狗。当然関りはあるでしょうな。ただ、それがいかなる関りなのか、まだ見えない」

思慮深い面持ちで口にする重奈雄だった。

重奈雄はさらに銀の小刀で傷つけ、その傷口に塩をまいている。

「これで、ただの芭蕉にもどるか、枯れるか、どちらかだ」

と、かつらが、

「もっと山奥に行く道があるぞ」

芭蕉が二本植わったさらに奥は鬱蒼《うっそう》たる樹叢《じゅそう》になっていた。アラ樫《かし》、モチなどの常緑の高木が瘤々《こぶこぶ》しい肩、腕を怒らせていた。その木下闇《このしたやみ》を潜《くぐ》る形で小道が一本はじまっていた。

椿は、暗い道の奥に、世にも寒い気が淀《よど》んでいる気がする。

それをつたえても、重奈雄はひるまず、

「——面白そうだな」

唇を薄くほころばせている。

樹がつくる冷えた闇が、肌に張りついてくる。枝葉、埃が、瞳に入ろうとする。

四人は暗く狭い道を慎重にすすんだ。嘲《あざけ》りを孕《はら》んだような、烏《からす》のしゃがれ声がつづいていた。

視界が開ける。

イチイ樫、スダジイといった巨木が緑の濁流の如き枝葉を広げ、ぼっかり大きな口を開けていた。

——洞である。

人が幾人か入れそうな洞を裂けさせた、それら巨木どもには総じて注連縄《しめなわ》が張られていた。

妖しい山霧が立ち込め、その辺りだけ、下草が綺麗《きれい》に払われていた。

空気が粘液化したような、強い衝撃が——椿の頰に襲いかかってきた。激しい妖気の波動だ。

それを重奈雄に告げようとすると、

「——恐るべき妖気が立ち込めているのであろう？　さすがの俺にも、わかる」

パーン！　パーン！

筒音がひびき、椿ははっとなる。

鉄砲で狙い撃ちにされたように思ったからだ。

かつらが、そんな椿に、

「――ふ」

椿はふっくらした頰を赤く染めている。

ぱらぱらと、里芋くらいある豆が、頭上から落ちてきた。上をあおぐと梢に蔓《つる》をからませて大刀ほどもある莢《さや》がぶら下がっていた。

（あれが鉄砲豆やな。あの莢が弾ける時に、音が出るんか）

鉄砲豆が威嚇《いかく》音をくり出す中、重奈雄は注連縄が張られた大木に近づく。この広場には、何本もそういう樹があったが、もっとも近いものに歩み寄った。

また、強い妖気がぶつかってくる――。

見るからに怪しい樹を前に、椿の胸の内で、心の臓が高鳴っていた。

「ほう」

重奈雄が止る。

「どないしたん？」

「見てみろ」

「…………」

「なぁに、何も襲いかかってきたりしないさ」

恐る恐る椿は、洞の中をのぞいた。

大きな洞の中に等身大の人形のようなものが複数、置かれている。衣を着た藁《わら》人形で枯れた大きな葉が顔に巻かれていた。

「何や、これは……」

重吉が気味悪そうに呻《うめ》く。

「見ての通り、藁人形だ」

重奈雄が、言った。その端整な面に冷えた翳《かげ》が差す。

「ただ、夜になると――動く」

「えっ」

ぎょっとする重吉に、重奈雄は、

「さっき、芭蕉精の話をしたでしょう？　この藁人形には、芭蕉の葉の切れ端もくみ込んである。――もちろん、妖草化した芭蕉の。さらに顔に巻かれているのは、妖気をおびた芭蕉の葉」

「この人形が着ている衣……琉球《りゅうきゅう》の芭蕉布だ。江戸で見た覚えがある」

茶色い衣を観察していたかつらが指摘する。

「なるほどな。つまり、この人形、体の内、顔、さらに衣に……妖草化した芭蕉がつかわれている。妖草・芭蕉精を詰め込んだ藁人形、芭蕉兵と呼ぶべきものなのだ」

「——」

初めに見た樹の洞には三体、すぐ隣の樹の洞には、四体の芭蕉兵が安置されていた。

「この芭蕉兵が……青天狗の正体、こないなどえらい筋書き、考えてはるんか？」

ひよやかな鳥の囀りがこぼれる下で、重吉が重奈雄にたしかめる。

重奈雄は、愉快げに、

「もちろん、これをつくった者がいて、それは人間でしょう。ですが——人の姿をつくろった芭蕉兵が青天狗なる一党において、重きをなしているのは否定できぬ気がする」

長年、十手をにぎり、都の闇とむき合ってきた重吉の呼吸が、張りつめている。

「なあ、みんな、ここを見ておくない！　青い天狗のお面が仰山ある」

「何やと——」

椿の声に重吉が大きく反応する。

なるほど、その洞には、葛籠《つづら》が置かれていて、中には青い天狗面、同色の烏天狗面がつめ込まれていた。

ここここそ、人間と芭蕉兵の混成賊——青天狗の根城と見て、もう間違いあるまい。

その時だった。

「何しとる？」

咎《とが》めるような男の声が、した。

見れば数間《すうけん》はなれた所に怪人物が二人立っていた。一人は大柄な虚無僧《こむそう》といった風情の男で、尺八の代りに斧《おの》をもっていた。

（きっと、平野社におった男や）

椿は思う。

いま一人は、老齢の修験者《しゅげんじゃ》風。白い髪を山風に靡《なび》かせ鼻が高くのびた青き天狗面をかぶっている。黒いものが巻きついた金剛杖をにぎっていた。その黒怪はもぞもぞ蠢《うごめ》いていた。

重吉が鋭く、

「青天狗やな！」

男たちから妖気の密雲を感じた椿は重奈雄の袂《たもと》を引き、小声で、

「……妖草師かもしれん」

「…………」

虚無僧が、低い声で、
「奉行所か？　世の中にはな、奉行所の目明し風情が……手を出したらいかんことも
あるんじゃ」
重吉は眉一つ動かさず——
「ほう。あんまり阿呆《あほ》なこと言うたらあかん。世の中にな、していいことと、あかん
ことが、あるんやで」
内に潜んだ凄気《せいき》を、静かなる表皮でくるんだ、声色であった。
瞬間、黒い旋風が重奈雄に吹きつけている——。
鉄棒蘭だ。
天狗面の山伏の金剛杖が薙《な》がれたとたん、そこに着生していた妖草・鉄棒蘭が信じ
られぬ速さで長くのび、重奈雄を叩こうとした——。
重奈雄の鉄棒蘭が伸張。敵が突出させた鉄棒蘭と、ぶつかる。
両者の中点で赤い火花が散る。
重奈雄がくり出した鉄棒蘭が、相手を打とうとした。修験者があやつる鉄棒蘭が
——猛速でこちらの鉄棒蘭を弾いた。
別方向にむかおうとする、二つの黒いつむじ風がぶつかるような、高速の攻防が繰

り広げられた。

虚無僧が首の木箱《はこ》に手を入れる。

椿は昔、父、舜海の良く知る塗師《ぬし》の工房をたずねた夏の一日《いちじつ》を思い出した。漆室《うるしむろ》の中は特殊の気が立ち込めている気がした。牛の乳を火にかけると、白い膜が生れる。その膜を透き通らせたようなものが大気中に幾重にも張りめぐらされ、常の気より遥《はる》かに質量《おもみ》が漂っている。そういう感覚だ。——恐らく、漆から放たれる何らかの成分が、左様な感覚を生んだのだろう。

今も、似た感覚がある。

虚無僧の箱から、尋常ならざる気の膜が次々に湧いている気がした。

男が球形の黒い妖気を箱から出し——それを宙へ放った。

ふわふわと漂いだしたそれは梨《なし》ほどに大きく、黒い毬藻《まりも》に似ていた。

(風顛磁藻《ふうてんじそう》?)

椿は、瞠目《どうもく》する。重奈雄がつかう妖藻・風顛磁藻は、黒い毬藻に似た常世の小さな藻で、宙を漂う。そして他の妖草を引きつける磁力がある。

今、男が取り出したのは、風顛磁藻に似たものだったが、それよりずっと大きかった。

男が口を開き、

「妖藻・大風顛磁藻」

すると、どうだろう。

――魔性の引力が重奈雄の鉄棒蘭だけを引っ張りはじめている。修験者がつかう鉄棒蘭は、一切、その軌道を変えず、ただ重奈雄がつかう妖草《くさ》だけが、大風顛磁藻の逆らい難い磁力に引かれた。大風顛磁藻は敵味方を選別し、敵だけを引っ張ったりすることができる。

(ぬう)

重奈雄は鉄棒蘭ごと敵に引きずられながら起死回生を賭《か》けてある妖草を出した。

楯蘭。

多くの妖草妖木をふれただけで枯らし、一切の力を奪う妖草。

重奈雄が左手で楯蘭をつかむや、修験者の方が重奈雄を睨《にら》みつつ、後ろ首にそっと手を当てた。

刹那――重奈雄は心の臓に激痛を覚え、鉄棒蘭をはなし、大地にうつぶした。

それは錐《きり》を内臓にねじ込まれたような痛みであった。

虚無僧めがけて――かつらが、斬りかかろうとする。

修験者がかつらに顔をむけ、また後ろ首に手を当てている。かつらにも同じ痛みが打ち込まれたらしい。小さな叫びと共にくずおれたやわらかい体が砂埃を立てている。

「かつらはん！」

椿が叫び、重奈雄は青ざめる。

重吉から——鉤爪《かぎづめ》をつけた、捕り縄が飛んだ。

鉤爪は修験者がさっきまで手を当てていた後ろ首に当った。

「くっ」

小さい悲鳴が、修験者から漏れる。

重奈雄は、心臓に噛みつく深痛が弱まった気がした。

渾身《こんしん》の力で立ち直った重奈雄が、楯蘭を大風顛磁藻にむけ、手を放した。大風顛磁藻の磁力が楯蘭を引く——。

両者がふれると同時に大風顛磁藻は枯れ、自由になった鉄棒蘭は虚無僧を叩いた。

くぐもった呻きと共に吹っ飛んだ虚無僧は大木にぶつかっている。深い笠《かさ》がこぼれ、髭面《ひげづら》があらわになる。

頑丈な虚無僧は、少しもめげず、斧を閃《ひらめ》かせ、重奈雄を襲おうとした——。

が、いま一度鉄棒蘭で打擲《ちょうちゃく》されると、斧を落としてのびてしまった。

（のこるは修験者一人。……こいつが、かなり手強い）

重奈雄は、敵を睨む。

重吉は昏倒《こんとう》した虚無僧をお縄でしばり、勇猛果敢なかつらは修験者を小太刀で斬ろうとした。と、分《ぶ》が悪いと思ったか、修験者が逃げ出す。

遁走《とんそう》しつつ修験者は後ろ首に手を当て縛についた仲間を鋭く一瞥《いちべつ》した。

虚無僧の体が、びくんと大きくふるえる。

重奈雄は老いた修験者を追おうとするも、相手は思いの外速い。瞬《また》く間に見うしなってしまった。

さっきの所にもどると——重吉の白髪頭が横に振られている。

「あかん。助からん」

「………」

突然、心臓が発作を起し、息絶えてしまったのだ。

重奈雄は虚無僧の突然の死に、逃走した修験者が関与している気がした。

＊

夕刻。

重奈雄は堺町四条、紫陽花地蔵傍の長屋にもどってきた。

重吉は当然、奉行所に報告に行った。椿は家にかえし、隣の部屋に住むかつらともどってきた。

重奈雄は灯明の光を頼りに妖草経第一巻を開く。妖草経はもとは重奈雄の実家、蛤《はまぐり》御門《ごもん》傍の庭田家にあったのだが、かつらが書写するため、今はかり受け、この堺町四条の長屋にあるのだ。

重奈雄はある妖草、牛蒡種《ごんぼだね》の頁《ページ》を開く。

（あった……）

重奈雄の相貌が、引きしまっている。

牛蒡種——飛驒《ひだ》、信濃《しなの》で陰湿なる憑物《つきもの》として言い伝わっている妖物である。

牛蒡種に憑かれた者に睨まれると、その人は——高熱を起したり、体の一部が激しく痛くなったりする。あるいは、呼吸困難、精神錯乱に陥る。

また、牛蒡種は遺伝するという。

牛蒡種をもつ女と、男が結婚すると、その男はこの妖しい力をもつ女の支配下に置かれる。

江戸の世というのは男が絶大なる力を振るう歪《ゆが》んだ時代であった。ところが、牛蒡種の女の家に、そうではない男が入った場合、この力関係が逆転。男が針仕事、洗濯など家事全般をおこなっていたとつたわる。

あまり知られていないが、この牛蒡種は妖草なのである。

牛蒡はアザミの仲間だ。

だから、その花も、アザミのそれによく似ている。粘着力のある緑の栗《くり》の毬《いが》のような物体を思い浮かべてほしい。その先っぽに、赤紫か白の花が咲く。この花はやがて褐色になり中に多数の種をつくる。この花の殼は、畑に入った人の衣に、強くくっつく。

人への憑きやすさで——その名で呼ばれるようになった妖草・牛蒡種は人間の肌でのびる妖しの草である。草丈、一分から半寸ほど。真に小さい妖草でその姿は丁度、牛蒡の花を小さくしたような形。

この妖草が体に着生した者は西洋で言う「イーヴル・アイ」（邪眼）を手に入れる。つまり、眼力だけで、相手の体や心を壊す。心臓や肺を急に止めたり、脳を狂わせたり、体温を急上昇させたり、また逆に急激な体温低下を憎らしいと思った対象に引き起す。

いつしか表はとっぷりと暮れていた。

重奈雄は、思案する。

(今日の修験者、間違いなく牛蒡種に憑かれていた。だが、まだその力は弱かった。俺やかつらさんの心臓を止めようとして、しくじった)

だが口封じのために、仲間にむけられた邪視は……その威力を完全に発揮、あの大柄な男の命を、瞬く間に奪ったのだ。鳥肌が、ざわざわと立つ。

(——危ない処であった)

もし、少しでもあの男の振るう力が大きければ四人は——。そんな暗い谷に似た想像が、重奈雄をじわじわと侵食する。

(青天狗の中に、牛蒡種をもつ者はどれくらいいるのか?)

不気味な敵の大きさが重奈雄に重くのしかかってきた……。

郡《ぐ》　上《じょう》

「庭田殿は、牛蒡種であったり、鉄棒蘭であったり、首絞め蔓であったりをつかい、その青天狗なる賊が、丹後屋、能登屋方に押し入ったと、言うのじゃな？」

疑い深そうな、松木行部の言い方だった。

重奈雄は西町奉行に、

「ええ」

「番太が皆、眠ってしまうのは……」

「人を眠らせる——眠りツチグリという妖草でしょうな。妖草師であれば、たやすいこと」

西町奉行所の青畳でむき合う重奈雄と行部、丸い関係とは言い難い。むしろ、複数の三角形が、角を向け合っているような関係だった。

「……ふうむ。どう思う、仁兵衛」

与力・田中仁兵衛の見解を、行部は訊《たず》ねている。

仁兵衛は穏やかな面をややかしがせ、

「……はい。青天狗が、妖草をつかうのは、もう否定できぬことと思います。もし一味に妖草師が幾人かおるなら、我らの手に余るのは必定……」

行部はギョロリとした目を細め、前に出っ張った顎《あご》をゆっくりとさする。

「……ふむ左様か。あいわかった。庭田殿、此度《こたび》の一件への協力、町奉行のわしからもお願いしたい」

「喜んでお力添えいたしましょう」

重奈雄は、首肯した。

行部が言った。

「それにしても、牛蒡種……であったか。使い道によってはあれやなあ」

江戸生れの行部であったが、この処、上方の言葉を徐々に取り入れるようになっている。だが、生粋の京の者からしてみると、間違えていることも多い。

「使い道によっては、なかなか役立つ妖草とも言えるな」

行部の意を解しかねた重奈雄がかすかに眉根をよせた。

行部は、言う。

「青天狗などという凶賊が、これをもちいることは、断じてあってはならぬが、世を治める将軍家や御老中様、さらに大目付殿などが、その牛蒡種とやらの力をもちいれば……世の中は今より、ずっとよく治まるような気がするな」

重奈雄は素早く、

「恐れながら――将軍家ほど強いご威光をもたれる御方が、牛蒡種までおもちあそばされるほうが、青天狗が牛蒡種で押込みをするよりも、よほど恐ろしいことのように思います」

重奈雄の言葉をあびた行部は、白けたような顔様を見せた。

自らの陋見《ろうけん》に潜む危うさに気づいたのか。それとも重奈雄に抗議する意味なのか、小さく舌打ちすると、さっと腰を上げ、

「とにかく、重吉のことなど、いろいろ助けてやって下され。それでは、わしはいろいろありますゆえ。これにて」

そそくさと、部屋を出て行った。

行部がもたらす息苦しさを少しでもやわらげたいのか、仁兵衛が深々と息を吸った。そして、苦笑いを浮かべて重奈雄を見ている。あれでも少しはよくなったのですぞ、という苦渋がにじむ、笑顔であった。

仁兵衛は庭先に、

「重吉。これへ」

重吉が、縁側のごく近くまでにじりよる。

「お奉行様はもうおらん。中へ、くるんや」

「へい」

恐縮した重吉が、重奈雄や仁兵衛の傍まできた。

「大徳寺の方で何か動きは？」

仁兵衛の問いに、重吉は、

「えろう、すんまへん。村瀬甚内、逐電しました」

「――何？」

「置手紙も何もなく、頼錦側室、他の金森浪人の前から、姿ぁ消したゆうこっとす。……その代り、面白い話を大徳寺金龍院の金森浪人から聞きました」

「どんな話か？」

重吉によると――金森浪人・村瀬甚内が、ありうべからざる相手と、したしげに話している様子を他の金森浪人が見たという。

まず――金森浪人と、かつて郡上一揆にかかわった百姓衆は犬猿の仲であり、往来で鉢合わせすれば、殺し合いをはじめかねない。郡上の百姓たちから見た金森浪人は、前藩主・金森頼錦の暴政の走狗《そうく》であって、金森浪人から見た百姓たちはお家取り潰しのきっかけをつくった許しがたき輩《やから》ということになる。

「郡上の百姓一の乱暴者で一揆衆の中でも手に負えんと言われとった、兵吉《へいきち》ゆう男がおます。この兵吉と甚内が、道でばったり遭ったら、どないなことになると思います？」

仁兵衛と重奈雄は、口々に、

「大騒ぎになろうな」

「甚内が、兵吉を斬る……ということもありえるだろう」

重吉はゆっくり頭《かぶり》を振った。

「実は三日前、銀閣寺《ぎんかくじ》さんの門前にある茶店で、甚内と——虚無僧姿の兵吉がごくしたしく談笑しとるのを見たゆう、金森浪人がおるんどす」

「何だと——」

重奈雄は、深く驚いている。

「……この兵吉ゆう奴が、昨日、円峯で死んだ男と思われます」

重吉は一際声を潜めて報告した。

重奈雄は、考え込み、

「……まて、まて。村瀬甚内と兵吉、この二人は妖草をつかう賊――青天狗の一味と思われる。ところが二人は謂《い》わば敵同士であり、一人は金森浪人。いま一人は郡上一揆の荒くれ者」

「……へい」

「で、甚内は逐電。兵吉は昨日、円峯で斃《たお》れ、一緒にいた山伏は姿を消した、と」

「そないなことになりますな」

自らの考えをじっくり練った重奈雄、重吉は同時に、

「――郡上に何かある」

重奈雄と全く同じ考えを共有していることを知った重吉の顔が、美しい花でも見たように輝いた。

重吉は仁兵衛に、

「田中様。どうか、この重吉に郡上行きの許しを」

「わかった」

「この俺も、重吉さんと一緒に郡上に行ってみよう」

重奈雄が、静かに言った。

重吉と仁兵衛は顔を見合わせる。

仁兵衛が、さとすように、

「庭田殿……郡上行きは、命懸けになる。青天狗の根城があるやもしれん」

「存じている。その根城には――妖草妖木が茂っている怖れがある。俺が行った方がいい」

「それは、大変心強いが……」

「まだ何か？」

「……郡上の治安の悪さ。今、郡上では大勢の金森浪人と、かつて一揆にかかわった百姓衆が憎み合い、度々騒ぎがおきておるとか」

「なるほど」

「郡上の治安はあたらしい殿様が入るまで、近江信楽《おうみしがらき》代官・多羅尾《たらお》様、そして美濃岩村《みのいわむら》藩兵が守っておるというが……とても手に負えんとか」

長らくこの地を治めていた金森家が幕府に潰され、その権力の空白が元々続いていた侍と農民の対立をさらに深化させているのである。

「左様な騒ぎに巻き込まれるということも十分考えられる」

仁兵衛は重奈雄のことを思い、警告した。

だが、重奈雄は、

「それでも俺は行く。なおのこと、重吉さん一人では行かせられぬ」

「庭田はん。おおきに。心強い限りや。是非お願いします」

重吉は深々と頭を下げている。

二人の様子を見ていた仁兵衛は、小さくうなずいた。

「では、決りだな。出発はいつにしよう？」

重奈雄が問うと、重吉はすかさず、

「明日にでも」

「明日とは、随分性急だ」

苦笑すると、重吉は険しい顔で、

「ええ。そやけど、すぐお縄にかけねば――また別の店が襲われるかもしれまへん」

「もっともだ。ただ、急《せ》いてはことを仕損じるという。一日、ゆっくり仕度したい。郡上にもって行く妖草《くさ》刈り道具の仕度だ。出発を、明後日にしてもらえまいか？」

仁兵衛も、重吉に、

「お奉行様から、郡上におられる信楽代官様に、一筆書いてもらおう。お前も明日は仕度と静養に当てぃ」

「……へい」

こうして、庭田重奈雄と西町奉行所目明し・重吉は、領主不在、幕府代官が暫定統治する濃州のその地に、旅立つ形となった。

その日、堺町四条の長屋にもどった重奈雄は、弟子であるかつらに、明後日、郡上に旅立つこと、妖草経の書写を終えたかつらには、妖木伝の書写に入ってほしい旨をつたえた。

かつらは、もちろん、

「どうしてだ？　あたしも、郡上に行くよ。妖草、妖木、盗賊に不良浪人、そして暴徒。何でもこい。あたしの小太刀と鉄扇でやっつけてやる！」

——闘志を、燃やした。

ところが重奈雄は、

「いや。京にいてくれ。人数が多くなると、人目につきやすい。これはまだ、隠密裏の捜索ゆえ、奉行所の方でも二人くらいで潜行した方がいいと言っている」

この一点張りだった。

かつらは、武芸に秀でると言っても娘である。何かあれば心配だ。妖草をつかう賊・青天狗の根城があるかもしれない郡上は、今やカオスと言うべき有様なのだ。

かつらは美濃に行くとかなり粘ったが、重奈雄の決意を崩せなかった。

翌日、重奈雄は五台院に椿を訪ねている。

郡上行きをつたえると、椿はとても心配そうな顔を見せたが、さっぱりと見送ってくれた。

「うちは、花が咲くとな、綺麗《きれい》に飾るために必要とされる。シゲさんは……妖しい花が咲くと、それが人に仇なさんように、必要とされる。大変な役目やなって、いつも思う……」。

明るく、強い声で、

「――おきばりやす。そいで、気ーつけて。どないに小さな妖草《くさ》も、見落としたら、あかん」

目元をかすかに光らせた椿は、

「こないなこと……うちに言われんでも、シゲさんはわかってはるんやろな。かんにんえ」

「ありがとう」

「まって」

椿は小柄《こづか》を重奈雄にわたす。切羽詰まったような顔で、

「……うちの守り刀どす。何か危ないことがあったら、これをうちやと思うて」

重奈雄が立ち去ると椿はすぐに仏間に駆け込み、旅の無事を祈った。

滝坊を出た重奈雄はその足で蛤御門傍、庭田邸へむかう。


その日、権大納言《ごんだいなごん》・庭田重熈は庭に立ち一初《いちはつ》の花を愛《め》でていた。

剣形の葉で、朝露の残りが幾粒か、不安げにふるえていた。青紫の花びらには白い鶏冠《とさか》状の突起がついていて、花の中心から縁にかけて濃紫の液がこぼれたように斑《ふ》が散っている。

庭田邸の躑躅《つつじ》の植込みの傍には、アヤメの仲間で、もっとも早く咲くことから一初と呼ばれるこの花が、幾株も咲いていた。

重熈は一初にふれながら思う。

(あの男の顔を……しばらく見ていないのう)

あの男とは、一度、絶縁し、近頃仲直りした弟、重奈雄のことだ。

(御下賜《おくだし》の餅《かちん》に……一初を幾輪か添え、あの男の長屋にはこばせようかのう。かつらなる女子が、あの男の粗末《あらあら》しき長屋に不満をいだき、何ぞ不加減でも出来《しゅったい》しておっ

たら、ことだからのう。それをさぐるという意味もある)

老女のお亀《かめ》を呼ぼうとすると、まさにそのお亀が、

「御前《ごぜん》」

「おう」

「重奈雄様が、いらっしゃいました」

「何……重奈雄が丁度、きやったと？」

お亀がいとおかしそうに袂で口を隠す。

「……何じゃ？」

「お許しあそばせ。仲がよろしいのでございますなぁ。丁度、重奈雄様のことを考えておられたんでしょう？」

「…………」

御所の花飾りを担当している重熈は掛け軸の前に、凜《りん》とした手付きで楚々《そそ》たる一初を活けてゆく。明り障子を開ければ曇り空で、書院の畳の上をやさしい暗さがおおっていた。

「兄上、入るぞ」

襖《ふすま》を開け、重奈雄が入ってきた。

「おお……一初か。椿なら、もそっとすっきりと活けるがな」

「重奈雄。無礼な男よ……。その歳になって、口のきき方から学びたいと、言わしゃいますか?」

重奈雄に背をむけたまま重熈は花を活けつづけた。だが、その口元には、かすかな笑みが孕《はら》まれている。

花を活け終えた重熈は、重奈雄にむき直った。

「昨日、御所でいただいた餅がある。食すか?」

「遠慮なくいただこう」

お亀がもってきた茶を口に入れながら、二人は餅を食べた。

「実は、旅に出ることになってな」

重奈雄が言った。

「ふう……今度はどちらじゃ」

呆《あき》れと興味がまじった、重熈の言い方だった。

「郡上」

「ふむ。何国か？」

「美濃だ。あんた、郡上藩も知らんのか？」

小さな威厳を漂わせ、

「……知っておる。郡上藩くらい」

「いや、知らなかったろう。どう考えても」

「そちはわしを愚弄《ぐろう》しに参ったのか！」

「あら、重奈雄叔父様！」

襖が開き、白藤模様の衣を着た娘が、入ってきた。

「わしと重奈雄はな、大人同士の大切な話をしておる！　出て行きなさい」

思わず娘に、感情をぶつけてしまった。

悔恨、恥じらいが、胸に浮かぶ。重奈雄が薄い笑みを浮かべているのが苛立《いらだ》たしい。

「お父様《もう》……今日は何だか怖い」

娘が退出すると、深く息を吸った重熙は、

「で、郡上に何をしに参る？」

「青天狗のことは存じておろう？」

「丹後屋、能登屋を襲った盗賊よの」

重奈雄は茶碗《ちゃわん》を置く。

「うむ。ただの賊ではない。――一味の中に妖草師がおる」

「何と……」

重熙は御所周り、諸大名を騒がす妖草事案を解決する妖草師。重奈雄は市井に跋扈《ばっこ》する妖草と戦う妖草師である。京都所司代、あるいは西町奉行所は、重熙にはまだ、青天狗が妖草をつかうという情報をつたえていないようだった。

重奈雄は手短に青天狗の根城が郡上にあるかもしれないことをつたえている。

「そちは、随分、危ない案件に……」

「いつものことさ」

重奈雄はこともなげに言う。

眩《まぶ》しそうに目を細める己に気づいた重熙は、慌てて厳《いか》めしい相好《そうごう》をつくり、

「で……また、妖草《くさ》刈りにつかう妖草妖木を、ねだりにきやった訳か？」

「是非お願いしたい」

「ち、いまいましいがもって行けぃ」

重奈雄は庭田邸で、楯蘭《たてらん》二枚、福草《さきくさ》、ハリガネ人参《にんじん》、知風草《ちふうそう》、逆乙女《さかさおとめ》などの妖草

を収集。郡上での一戦にそなえた。

＊

翌早朝。

東海道《とうかいどう》の起点――三条大橋に佇む小商人風の初老の男に、東から流れてきた朝霧がかかる。霧が濃くなると男は影絵の中の住人になり、薄くなると、やつれた頬、険のある額、勁雪《けいせつ》に似た頭がみとめられた。

――重吉だった。

大分前から、まっていたらしい。

やってきた、旅仕度の重奈雄、

「またせたようだな」

「いえ。草鞋の替えは大丈夫どすか？」

「こう見えて旅になれている。行こう」

「へえ」

二人は郡上を目指し――白くたゆたう壁に入ってゆく。

一刻《いっとき》（二時間）後。

同じ三条大橋を、首に風呂敷を巻き、深めにかぶった笠で面を隠した若い女が、竹杖をついて、急ぎ足で行く。

その女が京を出たことを旅の空の下にある重奈雄、重吉は知らぬ。

ともかく重奈雄は、濃霧の中、都を発《た》った。


美濃郡上藩金森家、三万九千石。一体、この藩に何が起きたのか。

近世大名としてのこの家は織田信長《おだのぶなが》の家来で、徳川家《とくせん》の外様《とざま》大名となった金森長近《ながちか》にはじまる。徳川吉宗《とくがわよしむね》に目をかけられた、郡上藩主・金森頼錦が奏者番に任じられたことが、一揆の種と言ってよい。

奏者番——将軍の秘書、諸大名の応接係だ。もっとも優秀なる若手が任じられる。つまり、寺社奉行、老中につながる出世コースの始まりだった。

奏者番になった頼錦は張り切った。老中になるにはそれ相応の、根回しがいる。頼錦は年貢の増収をもくろみ、それまで定免法《じょうめんほう》であった年貢を、検見法《けみ》に変えようとした。

田畑の豊凶にかかわらず、定額の年貢を取るやり方から、その年の出来高によって、年貢率を決めるやり方に、するという訳だ。

年貢が重くなると察知した、この山間《やまあい》の百姓たちは、定免法のままがいいと、藩主にうったえるも、頼錦は突っぱねつづけた。頭にきた百姓たちは、資金を捻出《ねんしゅつ》し、決死の代表を江戸におくり、老中に直訴する挙に出ている。

驚いた頼錦は江戸に出てきた領民をとらえると共に、江戸に資金を送りつづける国許の百姓宅に、武装した藩兵を雪崩《なだ》れ込ませるなど弾圧に出た。この頼錦の弾圧が領民たちをますます頑《かたく》なに過激にしていった。領内の各所で闘争が繰り広げられた。これが、郡上一揆である。

さて、郡上一揆と同時進行的に、もう一つ別の事件——石徹白《いとしろ》騒動も金森家を脅かしていた。

これは、藩内のさる神社の神主が、郡上藩寺社奉行を買収。その威光を楯に神領の民たちに、横暴の限りを尽くした一件だった。

初め、その地の民は神主のことを藩庁に訴えたのだが、汚れた寺社奉行に揉《も》み潰された。怒った神領住民は、一揆の百姓たちと連携することなしに、江戸への直訴という挙に出ている。

郡上一揆は頼錦の領民の意向を無視しつづけた高慢さが、石徹白騒動は部下の汚職を見逃した脇の甘さがきっかけと言えそうだが……とにかく、この二つの大騒ぎが、美濃にとどまらず、将軍のお膝元《ひざもと》・江戸で起きたことで、若き幕臣中、期待の星だった頼錦の名声は地に落ちている。

幕府が下した裁きは、金森家は改易《かいえき》、幾人かの重臣は極刑、問題の神主は死罪、江戸に直訴した神領の住民はお咎《とが》めなし、一方、江戸に直訴した一揆の百姓の多くを獄門、国許で骸《むくろ》を晒す、年貢は金森家がやりたかったように、検見法に変える、という厳しいものだった。

この裁きは「幕府の中で渦巻く、武士の汚職は許さぬ、されど、お上がなすことに百姓が異を差し挟むことは、決して許されぬ」、こういう声が形になったものだった。


東海道を一路、東にむかいながら重奈雄は、郡上一揆についての詳《つまび》らかな話を重吉から聞いている。話を聞くにつれ、重奈雄は、二つの騒ぎが終ったばかりの郡上で、怒りや絶望、苦しみや悲しみ、猜疑《さいぎ》心と諦《あきら》め、妖草の苗床となりそうなありとあらゆる感情が渦巻いている気がした。

(そうした妖草を……何かよからぬことにつかおうとする妖草師がいるとしたら、郡上は——。一刻も早く行かねば)

琵琶湖《びわこ》の畔《ほとり》を旅しながら重奈雄は東への道が遠すぎるような気がするのだった。

京から東にむかう道は、草津《くさつ》で二つにわれる。

彦根《ひこね》を抜け濃州方面に行く中山道《なかせんどう》。

甲賀《こうが》をこえ勢州《せいしゅう》方面に出る東海道。

最終的に、東海道を行く者でも、鈴鹿《すずか》越えを嫌い、中山道で美濃に出、そこから名古屋に下り、東海道に復帰する者も多い。

迷わず中山道に入った重奈雄たちを飛脚が追い抜いて行く。

その日、重奈雄と重吉は、守山《もりやま》で泊った。

二人はその二日後、中山道・加納《かのう》宿にやってきた。

ここからは北へむかう、郡上街道が分岐している。

また二日間、長良川《ながらがわ》沿いに、北美濃に聳《そび》える険しい山岳地に向かう街道を、二人はてくてくと歩いた。

こうして遂に郡上の地に入ったのである。

「まず、信楽代官様を訪ねましょう。お奉行様から文《ふみ》、あずかっとります」

重吉は提案した。

郡上八幡《はちまん》は、長良川に吉田川《よしだがわ》がそそぐ谷筋にできた城下町で、四方を山にかこまれている。城は、八幡の町を見下ろす東北の山中に在る。

重奈雄たちが町に入った時、四方《よも》に立つ峰が、黒々とした木立のあわいから憂いをおびた霧を噴き出している。

だから、八幡城の白い天守は——霧にのって、何処か遠くからはこばれてきたように見えた。

郡上の町はその西側に小駄良川《こだらがわ》が流れている。

この川をわたった所は、小さい山になっていて、山裾の狭隘《きょうあい》なる地にも幾軒かの民屋がしがみついていた。その中に、信楽代官・多羅尾四郎左衛門《しろうざえもん》と家来六十余人の寄宿所、洞泉寺《とうせんじ》があった。

近江信楽代官は、甲賀の土豪、多羅尾家が代々つとめていた。

多羅尾光俊《みつとし》は、家康《いえやす》の伊賀《いが》越えを助けた甲賀の忍びで、旗本に取り立てられ、その子孫は代々信楽代官として、近江はもちろん、畿内や美濃の徳川天領を治めた。

今、殿様不在となった山間の小藩は、城を岩村藩松平《まつだいら》家が守り、民政と治安を信楽代官がつかさどっている。

多羅尾四郎左衛門は、忍びの末裔《すえ》というよりは、能吏と言うべき人であった。

郡上が青天狗一党の巣窟《そうくつ》になっているかもしれないと聞いて深く驚き、協力を惜しまないと言った。

重奈雄と重吉は拠点として、洞泉寺近くの空き家をあてがわれた。

その空き家は小駄良川の近くにあり、杉山を背にしていた。古井戸の傍らに大男のようなケヤキが立っていて、シダの類《たぐい》が生えた萱葺屋根には、凄気が淀んでいる。

ケヤキの下を通った重奈雄と重吉は、急激な疲れに襲われ、その場にへたり込む。

京から歩き通しだった疲れが一気に出たのか――。

一歩もすすめなくなった重奈雄は、脂汗をかきながら、

（ひだる草かっ）

ケヤキの股を睨む。

軒忍《のきしのぶ》に似た草が二株、長く弱々しい葉を垂らしていた。

妖草・ひだる草――人の世の軒忍に瓜二つの常世の草であり、床からはなれられぬほどの疲れを引き起す。巷間《こうかん》では「ひだる神」とか「ダリ」とか呼ばれ、亡者の作用だと認識されている。

「重吉っ、あの草を捕り縄でっ」

重吉が鉤爪付きの縄を――最後の力を振りしぼって放つ。

が、力が足りず、鉤爪は幹をかすったのみ。

重奈雄が重い疲れがまとわりついた手を痙攣《けいれん》しながら動かし、石をつかむ。

何とか、投げる。

石がひだる草に当った。

ひだる草は倒せなかったが、今の投石により、この妖草がかけてくる疲れの魔力がやわらいだ。重吉がさっきより強い力で縄を飛ばす。

鉤爪がひだる草を削り取る。

「ふう……」

二人の体は、動くようになった。

「今のも……妖草で?」

重吉が恐る恐る訊ねると、

「もちろんだ。妖草は……人の心をとっかかりにして、こちら側に芽吹く。その心を苗床という。ひだる草の苗床は虚無だ。む」

重奈雄は、濡《ぬ》れ縁を注視した。

荒廃した濡れ縁を下から突き破る形で不気味な篠竹が四、五本、成育していた。明らかに不自然な生え方だし、色もまた奇抜。赤、黒、赤、黒、節ごとに二つの色が入れ替わる。

「………」

「庭田はん。また、何か……」

――高速の細い妖気が、二人の目を刺そうとしている。

篠竹が、まるで細身の蛇の如く躍動、重奈雄たちを殺そうとしてきた。

――――！

三本の鉄棒蘭が黒く薙《な》ぐ。

敵対的な篠竹は、したたかに打ちのめされ……動かなくなった。

「厄介なのが、また出たな。……怨《うら》み篠竹。妖木だ」

妖木・怨み篠竹――怨みの心に芽吹く常世の細竹で、人の目を突いたり喉を刺したりする。

「さっき、庭田はんが厠《かわや》に行ってはった時、多羅尾はんが、『一揆で晒し首になった者の家』って言うとったのや。何か関りが？」

「当然あるだろうな。重吉、そういう大切なことは、早めに言ってもらわねば困る」

「……へい。気ーつけます」

家の中に荷を下ろしつつ、重吉は、

「こないな恐ろしい草や木で、郡上は溢《あふ》れ返っとるんやろか……。先が思いやられますな」

「そうかな。——俺は意外と、楽しんでいるんだがな」

冷えた笑みを浮かべながら呟く重奈雄だった。

＊

（さて、どうしたものかな）

郡上八幡の旅籠《はたご》、大野屋《おおのや》で、かつらは布団に転がりながら、考えていた。やわらかい春の闇が、彼女をつつんでいる。

妖草妖木で溢れているという郡上に行き、妖草師としての腕の確かさを証明したいと、かつらは思っていた。

だが重奈雄に内緒できた訳だから、今さら合流しても、叱られる。場合によっては追い返されるかも。

重奈雄が何処にいるかは——洞泉寺に行けば知れると、かつらは思っていた。が、洞泉寺に行く決断はなかなかつかなかった。

(そうすると、困ったぞ)

郡上藩領の一体何処に青天狗の手がかりがあるのか、皆目わからぬからだ。

(明日宿の者に、妖しい草の噂《うわさ》などないか聞いてみよう)

そのように策を練ったかつらはいつしか眠りに落ちていた。

どれくらい眠ったろう。

すり、すり、すり……

やさしく、かすれた、妖しい音が、畳の上をすべっている。

すり、すり、すり……

自分しかいないはずの正方形の闇に、誰か他の者がいる気がしたかつらは、はっと身を強張《こわば》らせている。

寝ぼけた頭が激痛《いたみ》に気づく。

足の裏が、痛い。

かつらは素早く枕元の懐剣を抜き、

「何奴《なにやつ》っ」

眠気の滓《かす》で、思ったよりずっと小さい声になった。

音は、止《や》んだ。

が、足の裏の痛みは、つづいていた。錐が何本か足に入り込んでくるような痛みが。

「無礼者っ」

かつらは小さく叫びながら、布団を払う。

懐剣を、振る。

「…………？」

人はいないようである。

——怪奇音は止んだままだが、さすが、武家の娘であるかつらは、自分以外の何かが、畳に蹲《うずくま》っているのを感じていた。

すり、すり、すり……

また、音がしはじめ、痛みが一層強くなる。

「えい」

裂帛《れっぱく》の気合いと共にかつらは懐剣を足の近くに突き立てている。

と、
音が、止った。だが、足の痛みはおさまらない。

「何かお困りですかね？」

男の声に、気丈なかつらもびくりとなった。部屋の外から知らない男が話しかけてきたらしい。

答えずにいると、

「……怪しい者ではありませぬ」

十分怪しいと思う。

「明りを、つけて下さいよ。明りがついたら、そちらに助けに参りましょう」

明るく、気さくで、何処か飄々《ひょうひょう》とした言い方である。悪意をもった相手ではない気がした。

かつらは、火鉢にのこしたかすかな種火から、こよりに火をうつす。そして——行《あん》灯《どん》に着火した。刹那、何かがさっと這《は》う音がして、痛みが小さくなっている。

同時に、

「いいですか？　入りますよ」

障子が開いて竹杖をついた法体《ほってい》の男が入ってきた。

齢《よわい》は二十七、八。頬がこけて色が白く、黒い直綴《じきとつ》をまとった男だった。昔、かつらが密かに思いをよせていた剣道場の兄弟子にちょっと似ていた。男は、かつらの方を見ず、あらぬ方に目をむけていた。目が見えないらしい。

盲目の男は少し首をかしげ、

「足をやられましたな？　血の臭いがする」

すんなり耳から入った丸い声が、硬かった心を解きほぐす。

かつらは初めて足の裏から出血していることに気づく。布団の下の方が、赤く汚れていた。

「……うむ」

かつらが言うと、

「あれにやられたんでしょう」

迷いなき竹杖が——部屋の一角を指す。

そちらを見たかつらは、驚いた。

草が、いた。

それは、行灯の光がなかなかとどかない部屋の隅の暗がりで、蝮《まむし》のようにとぐろを巻き、かすかに蠢いていた。

「あっ……」

啞然《あぜん》とするかつらに、男は、

「危ないから手を出さんで下さい」

すすっと草に近づきつつ杖先をむけつづける。まるで、その草が見えているような動きであった。

その草は——鉄《かな》ムグラに似ていた。

麻科・鉄ムグラは——日本全土の里にごく普通に見られる、蔓草《つるくさ》である。ハリガネのように強い茎からこの名がついた。葉は掌形《てのひら》。五つか、七つくらいに裂け、ざらざらした毛をもつ。

ただ、これは明らかに鉄ムグラとは違う。茎の尖端《せんたん》が、錐状に尖っていた。そこは今——かつらの血で赤く濡れている。

「妖草かっ」

かつらは思わず——呻いた。

ここ何ヶ月か妖草妖木について学んでいるかつらだったが、咄嗟《とっさ》のことゆえ頭の中の引き出しが開かず、これが何という妖草なのか思いいたらない。

かつらを守るように立つ盲目の男は、さっきと様子が違う、少し冷えた声で、

「ほう……妖草、をご存知ですか」

まだ名も知らぬ相手に、まずいことを打ち明けてしまったと思ったかつらが、生唾《なまつば》を呑《の》んだ。

男はごそごそ手を動かし、巾着《きんちゃく》から茶色い石のような何かを出した。

畳に放る。

すると、どうだろう。

狂喜の震動が蔓草めを駆けた。

蔓草は——蛇の動きで、茶色い塊に近づく。そして、五つに裂けた葉や、血で濡れた蔓をその塊にこすりつけた瞬間、動きが緩慢になり、やがて草毟《くさむし》りで引き抜かれた草の如く、畳の上にぐでんと寝転がっている。

男は嬉しそうに、

「動かなくなりましたかね？」

「……ああ」

男は嬉々として草色の袋を取り出し、昏睡《こんすい》した妖草を無造作につかむと中へ放る。

「それは？」

かつらが問うと、

「鬼ムグラという妖草ですよ」

（ああ、そんな妖草もあったな……）

かつらは、妖草経に書かれていたことを、やっと思い出す。

妖草・鬼ムグラは――人の世の鉄ムグラによく似た、常世の草である。この草は猜《さい》疑《ぎ》心を苗床として芽吹き、光を嫌う。闇の中、蠢き、人を鋭く刺して苦しめる。まだ、若く力も弱い鬼ムグラは、体の表面を傷つける程度だが……恐るべきは成育した個体だ。

丈夫になった鬼ムグラは、人を深く傷つけ体の内側に入って暴れまわろうとする。内臓をいくつも突き破られて殺《あや》められた人もいる。

今、かつらを襲ったのは特に強く成育した個体である。もしさっき、かつらが眠りつづけていれば、足から鬼ムグラが入り、死にいたったかもしれない。

「鬼ムグラはね、黒砂糖に弱い。――黒砂糖の匂いを嗅《か》ぐと、引きよせられますが、体がふれると眠りこける」

男は微笑《ほほえ》んだ。

（何なんだ、この男は。……妖草師なのだろうか？）

そう思ったかつらは、

「危うい処を助けてもらって、かたじけない」

「いえいえ」

「貴方《あなた》は……」

「如一《じょいち》と申しまする」

「あたしは、阿部かつら。止血してもよいか？」

「どうぞ、どうぞ」

かつらは、足に晒を巻きながら、

「座頭であられるか？」

「ええ」

如一は腰を下ろす。

「ですが、あんまや、鍼灸《しんきゅう》は苦手でして」

「では三味線を？」

「そっちも駄目だね」

照れたように、左手でつるりとした頭を撫《な》でた。愛嬌《あいきょう》のある笑い方だった。

如一はさっき鬼ムグラが蹲っていた辺りに顔をむけていて、かつらは如一の顔を見ていた。視力がないという如一の目は、何かかつらにはない眼力を孕んでいる気がした。

止血し終えたかつらは、

「初めてお会いしたのに不躾《ぶしつけ》な質問だが」

「そういうのは、あまり気にしないで下さいよ」

気さくに言う如一にうなずいたかつらは、

「では、如一殿は何を生業《なりわい》に？」

「目が明いていた頃から……草が好きでね。本草学に興味がありまして」

「――え？ 実は……このかつらも、故あって本草学を嗜《たしな》む身」

「おお、それは奇遇だ」

如一はびっくりしたようだ。

「うん」

かつらがかすかに頰を上気させて同意すると、

「目が見えなくなったわたしを、兄が助けてくれて……。いろんな草や花、根をもってきて臭いを嗅がせたり、さわらせたりするんです。鼻は元々よかったので、今では臭いを嗅ぎ、一度さわれば、大抵どの草かわかる。だから、本草学にたずさわっています」

「……何て素晴らしい兄上なんだろう……」

かつらは言った。

如一は誇らしげに、

「でしょう？　今のわたしがあるのは兄のおかげ。……感謝しています」

「ある種の草……単刀直入に言おう、妖草について、かなりお詳しいようだったが」

「…………」

深い淵に潜ったような黙《もだ》が二人の間を流れている。

行灯の明りが一度、小さくなり、また大きくなる。

「訊いてはいけないことを訊いたか」

「いえ。そういう訳では」

頭を振った如一は、

「こちら側の草は、臭いを嗅いだり、さわってみたりしないと、わからない。だけど、その種の草、今、かつらさんが妖草と呼んだ草は、見えるんです。見えると言うと語弊があるかもな。そこに茂っているのを、ありありと感じる」

かつらは――ある一人の娘、滝坊椿を思い出す。

「昔からか？」

「ええ。ただ、目が見えなくなってから、強まりましたね、その力が。関東の草深き村々にのこる古い言い伝えから……この世のものではない草、妖草のことを知りました。それがないと言う人も多いけど、わたしはそれがあるのを知っている」

「…………」

本草学者である如一は、天眼通の持ち主でもあった。

「かつらさんは、どうして本草学を？」

「んん。初めは嫌々だった。元々はね、剣に興味があり道場に通っていた。ただ、家が本草学の家だったもので……幕府お抱えの」

幕府という言葉が如一の相貌に翳となってはりついている。

だが、その翳りは、一瞬で霧消した。

「今回、郡上にきたのも、その一環で？」

「……うん、まあ」

ついそう答えたかつらは如一が人を刺す草を入れた草色の袋が気になり、

「……その妖草は、何処に？」

如一はしばし考えてから、

「江戸の庵《いおり》で、これを薬につかえないか、いろいろためしてみたい」

「――江戸か。如一殿も江戸なのか」

鍵屋《かぎや》の鮮やかな花火、隅田川《すみだがわ》にかかる両国橋《りょうごくばし》、日本橋《にほんばし》の魚河岸《うおがし》が、心に浮かんだ。

「ええ、あまりご婦人の部屋に長居しては失礼だ。そろそろわたしは、これで」

如一が立ち去ろうとする。

「あたしは楽しいから、もう少しいてもらってもいいんだがな。何せ如一殿は……命の恩人だ」

かつらが言っても、

「いえいえ。明日、早く発たねばなりませんから」

「……そうか。わかった」

かつらが、障子を開けた。

小さく頭を下げ出て行こうとした如一の杖が迷いがちに動き、止る。

「――この郡上、いろいろの妖草が出ています。十分気をつけられよ」

心底、かつらの身の上を案じてくれている横顔だった。

「ありがとう。気をつける」

「では、お休みなさい。また、何か出たら――馳《は》せ参じますぞ」

にっこりと笑った。その笑顔が、かつらの初恋の人に良く似ていた。去ろうとする如一をかつらは思わず呼び止める。

「あの……」

「はい？」

用意された言葉も何もなく、何をつたえたらいいのかもわからず、つい呼び止めてしまったかつらは、後ろ頭をぼりぼり掻いて、

「ええと……あたしはいずれ、江戸にもどる。それがどれくらい後かわからんが。その時は小石川界隈《こいしかわかいわい》にいると思う」

「その辺りにお宅が？」

「……うん」

如一は、穏やかな顔で、

「わたしは本所《ほんじょ》です」

如一が部屋に去り、かつらも障子をしめる。

かつらは、武家に生れたことに、誇りをもっていたが、同時に、侍の社会は、息苦しいと感じている。

己の家の石高を基準に、自分はこれくらいの役目で終るだろうと見切りをつけてい

る男たち。

心のときめきなどと関りなく、親や家が決めた相手に嫁ぐことに、何ら疑いをもたぬ女たち。

左様な男女の中で生きるのを、息苦しいと思っていた。

そして、江戸にはそうした侍階級の男たち女たちが多い。

剣術を嗜《たしな》んでいたかつらは、強い男が好きである。

が、いくら剣が強くても、いくら太い腕力をもっていても、自分で切り開いた原野でなく、誰かが整然と通した道を、せっせと歩んで何ら疑いを覚えぬ輩は……本当に強い人だろうか？

それは、強そうに見えて弱い者ではないか？

かつらはある日、かく考えた。

だから上洛して、重奈雄——堂上家に生れながらも家を出、草木の医者をしつつも妖草事件を解決していた——にかすかに心ときめいた。

だが、重奈雄には椿という決った人がいた。

重奈雄への思いは何もはじまらぬ内に終っている。

今、盲目でありながら、草木の匂いを嗅ぎ、感触をたしかめることで、何草であるかを知り、本草学の道に邁進《まいしん》しているという如一と会ったかつらは、この人は、強い人間だと思った。

それが、ずっと外に出るのをためらっていたかつらの心の中の芽を、吹かせたのである。

訳がわからぬまま、胸が高鳴っていた。

道場で、自分よりずっと剣が強かった先輩剣士。

早くに亡くなってしまったその人を抜かせば、こういう気持ちになるのは初めてだった。

かつらは、妖草への不安でなく別の気持ちで、なかなか寝つけなかった。

歩岐島《ほきじま》村というのは——城下町、郡上八幡から長良川をずっと北に遡《さかのぼ》った所にある山間の集落である。

標高千七百八メートルの高峰、大日ケ岳《だいにちがたけ》の程近く。寒さが厳しい山村だ。

昨年二月、郡上一揆でもっとも大きい騒ぎ、歩岐島村騒動が起きた。藩兵と百姓たちが衝突。藩側は棒、金棒で百姓たちを打ち、刀で斬り、百姓たちは抵抗するも三十人ほどが怪我を負い、二、三人は瀕死《ひんし》の深手を負った。藩側には四、五人の怪我人が出た。

重奈雄と重吉は長良川沿いに白山《はくさん》街道を北にすすむ。

二人は昨日、洞泉寺で、代官所の者から、兵吉――京で怪死した郡上の百姓――は、歩岐島村の者だと聞いている。

このため、歩岐島村に行けば、青天狗について何か知れるのではないか、こう考えた訳である。

田植え前の田で、番茶のような泥水が溝に溜っていた。

白山街道に面した、白瓜の畑の傍らで、梅がうなだれていて、青い葉群《はむら》の中に、青い果実がみとめられた。

よく耕した畑に、痩《や》せ細り穴の開いた衣を着た百姓たちが、種をまいていた。

その隣に草が茂るにまかせた畑がある。テントウムシの子に、葉のそこかしこを喰われて、くたびれ切ったカラスノエンドウや、白茶に枯れたホトケノザ、赤い蕾《つぼみ》をふくらませたアザミなどが茂っていた。

(重い年貢で潰れた百姓、あるいは一揆で獄門になった者の畑かもしれぬ)

――余所者《よそもの》を睨む農民たちの目はおおむね険しい。

金森氏の圧政、激しい一揆がのこした爪跡が、この地に深くのこっている気がする重奈雄だった。

（もう十分……この地の者たちは苦しんだ。ここに、妖草妖木の苦しみを上乗せしてはならぬ。ましてや、そうした妖草妖木《もの》を駆使する賊――青天狗の跳梁《ちょうりょう》など、特にこの地で許してはならん）

重奈雄は強く決意している。

ふと、雑草やわらびが茂る耕作放棄地に、背が高い数株の草が茂っているのをみとめた。

（あれは……）

重奈雄は重吉に、

「ここにいてくれ」

重奈雄の草鞋が雑草を踏み潰し、テントウムシの幼虫が数匹、素早く逃げる。

重奈雄は妖しい草に歩み寄った。

「やはりそうか……」

重奈雄がもつ杖で、鉄棒蘭が蠢き出す。

白皙《はくせき》の妖草師が睨むその草は――百合《ゆり》の仲間、ホトトギスに似ている。ホトトギスと違うのは、両刃の短剣状に互生する葉の縁が、赤い点と、直立している点だ。

「背高人斬り草」

言った瞬間、三株の背高人斬り草はぶるぶるふるえ、うち一株が土煙をこぼしながら、飛んだ——。

鉄棒蘭がぶちのめす。

叩かれた飛行妖草は、一回叢に落ちるも、硬い葉を蠢かせて、そこに茂っていた丈夫なアザミを切り散らし、また、飛び上がろうとした処を——鉄棒蘭に叩かれ、動けなくなった。

返す一撃で鉄棒蘭は、まだ畑からはなれられなかった残り二株の敵草を薙《な》ぎ払い、勢いあまって数株のわらびもぶっ飛ばす。

妖しの武器をつかう重奈雄を百姓たちは驚嘆の面差しで見ている。

重奈雄は、爽《さわ》やかに、

「騒がせて悪かった。物騒な草があったゆえ、妖草《くさ》刈りしておいた」

「…………」

重奈雄は重吉の許にもどり、

「不当なものへの怒りを苗床とする妖草《くさ》で、力をたくわえ、空を飛び、辻斬りをする。

凶暴な妖草だ。……早めに始末できてよかった」

と——行く手の百姓家から、ガラの悪そうな男が三人歩いてきた。くたびれた衣に二本差し。酒が入っているだろう瓢簞《ひょうたん》をもち、一人は足許が定かではない。どら声で歌いながら三人組は近づいてくる。

この三人が現れると、百姓たちは一瞬、苦い表情を見せ、種蒔《たねま》きを再開した。

重奈雄は目を細める。

(浪人……金森浪人か)

道の脇にどいた重吉は表情で、あまり関り合いにならぬ方がよいかと思います、と語っていた。

こちらをじろじろ見ながら近づいてくる三人組の総身からは、酒盛り、博打《ばくち》、女郎遊び、強請《ゆす》りたかり、などで崩れた気が、漂ってくる気がした。一見だらしがない浪人たちだが、歩く度に荒々しい筋肉がゆさゆさ動いている。

かなり傍まできた浪人たちは、足を止める。

重奈雄は涼しい面差しで立っていた。

千鳥足の浪人が、真っ赤になった顔から、酒臭い息を吐く。

「何じゃ、お主らは」

「旅の者にござる」

落ち着いて答える重奈雄だった。

「……ふうん」

「貴公らは？」

重奈雄が言うと、

「見りゃあ、わかろう。あの家に住んでおる！」

重奈雄は浪人たちが出てきた百姓家を眺めた。

下級藩士などは、遠縁に百姓がいる者も多い。また、役目を通して特定の百姓としたしくなることもある。さらには、城下町での暮しがきつすぎて、密かに田舎にうつり、こそこそ畑など耕して暮しの足しにしている貧乏藩士も、結構いる訳である。こうした、何らかのつながりがある百姓家や、田舎暮しの武士の家、もしくは荒れた寺社などが、金森浪人の巣窟と化しているのだろう。

一つの藩が潰れた郡上では、自分たちを弾圧してきた侍を憎む百姓衆と、百姓のおかげで藩がなくなったと思っている浪人たちが、村々でいがみ合いながら共存しているのだ。

一際大柄で、油断ない気迫を漂わせた浪人が、魚子地《ななこじ》の鍔《つば》で、金の大黒様を光らせ

つつ、

「まあ、我らの身の上からすれば、仮住まいよ」

「そう、仮住まいじゃ」

今まで黙っていた、げっそり痩せた浪人が応じた。

重奈雄は柔和な微笑みを浮かべながら、

「なるほど。仮住まいですか」

酔っ払い侍が眉をよせ、

「うん？　お主、今笑ったろうっ」

酒気に、怒気がまじっている。

「笑っていませんが」

重奈雄は静かに言った。

酔っ払い侍、赤色の怒りを滾《たぎ》らせ、

「いや、たしかに笑いおった。我らを愚弄しおった」

一際、大柄な浪人が鍔で大黒様を光らせて、さっきの耕作放棄地を睨む。

「……おい。うぬはここに勝手に入ったな」

「ええ。ゆゆしき害草がありましたので」

「――害草？　ここは、わしらの土地！　我らが耕そうと思っておった畑じゃ。よくもわらびを荒らしてくれたでないか」

「酒のつまみになるんじゃぞ、わらびはっ！」

酔っ払い侍が吠《ほ》えた。

大柄な浪人は、刀に手をかけ、

「どうつぐなう気じゃ！」

「……そうですな」

重奈雄は考えるふりをしながらいきなり鉄棒蘭を動かした。黒い風が、抜刀しようとする手を素早く打ち、目にも止らぬ速さで肩をも叩き、もっとも手強そうな浪人を、叢に吹っ飛ばす。砂煙が立った。

酔っ払い侍が斬りかかろうとする。

酒で赤くなった額を、鉄棒蘭がぽかりと殴っている。

命まで取らず、気をうしなう程度の強さで。

酔っ払い侍は白目を剝《む》いて倒れた。

もう一人は、歯ぎしりするも、重奈雄のあまりの早業に手出しできない。重奈雄の武芸は心もとないが鉄棒蘭を手にすれば、熟練の剣客にも対抗し得るのだ。

重吉に、

「行こう」

歯ぎしりする浪人、驚き呆れる百姓たちをのこし、重奈雄と重吉は、その村を後にした。

＊

一揆における特に激しい争いが、藩領の北であったという話を、かつらは宿の者から聞いた。重奈雄たちはそちらにむかったのではないかと当りをつけている。

編笠で面を隠したかつらは、長良川にそうて北へむかう、白山街道を一人歩いていた。

その村には昼くらいにきた。

空は曇り。左右の山では、木々が不穏に黒い色で聳えていた。

街道の真ん中で浪人と思しき男たちが、かたまっていた。

八人ほどいる。

狂犬に似た相好で語らう浪人どもにかつらは一瞬たじろぐも、持ち前の気丈さが足を止めさせぬ。

浪人どもの話が耳に入ってくる。

「緑の小袖の男……」

「連れは、爺《じじい》ぞ」

その言葉が——矢になって、かつらに刺さる。

(シゲさんたちはまさか……こいつらと一悶着《ひともんちゃく》起したのでは?)

足を止めたかつらに八人は気づき、

「女。どうした?」

一際、大柄、右手と諸肌《もろはだ》脱ぎにした肩に、晒を巻いた浪人が問いかけている。

「そなた、緑の小袖の気取った若僧と、その小者らしき爺……」

(間違いない。シゲさんと重吉だ)

「二人を知っておるのか? うん?」

「奴らはのう、ろくでなしぞ!」

酒に酔うているらしい顔が赤い浪人が言った。

この男は、頭に濡れ布を巻いていた。

「我らの畑を荒らし、そのことを咎めると、いきなり隠しもった黒い棒で殴りかかり、尋常の勝負をのぞむと、背を見せ、素早く遁走したのじゃ。昔のごろつきはな……少なくとも度胸はあった。石川五右衛門《いしかわごえもん》しかり。日本左衛門《にほんざえもん》しかり。あいつらには、それがない。ごろつきではあるが、度胸がない。まさに人間の芯《しん》から腐った外道《げどう》と言えよう」

ギリッと歯噛みしそうになったかつらは、

（よくもまあ……しゃあしゃあと。シゲさんが理由もなくそんなことをするはずない。どうせ、お前たちが何か因縁をつけ、返り討ちにあったんだろう）

かつらの中で――激情が牙《きば》を剝きそうになるも、

（三人は倒せる。しかし、八人は多すぎだ。特に……大黒の鍔の男。相当な使い手と見た）

冷静な思考もはたらく。

「――何を黙っておるっ」

別の浪人が言うと、

「はい……とんと、心当りがないので。何を言われているか、さっぱりわからないので」

とぼけてみるかつらだった。

「嘘をつくなっ、ためにならぬぞっ」

酔っ払い侍が口臭が届く近さまで迫ってくる。

かつらは、顔をそむけている。

「おう、正直に申せ。この女、怪しいぞ！　ひっ捕らえて我らの小屋でゆるりと糾問せねばならぬぞ」

と、

「止めておけぃ」

太い腕が酔っ払い侍の襟をむずとつかみ、一瞬で引っ張り——畑に放り込んでしまった。

大黒の鍔の浪人だった。

「気の荒い仲間が多くての。許してくれぃ」

大柄な浪人はじっとかつらを睨んだまま言った。

「もう行ってよいので？」

「うむ」

「では」

かつらは、歩きだす。

八人の浪人の刺々《とげとげ》しい視線が後ろ首に刺さってきた。かつらは顧みずに、歩く。

かつらが、大分遠ざかると、大黒の鍔の男は、郡上藩の密偵をつとめていて、この浪人仲間で素早さは一番という小男に、

「おい。あの娘をつけよ。必ず緑小袖野郎の所に行く」

「承知」

小男は街道を見守る林に入るべく――風の速さで、畦道《あぜみち》を駆けはじめた。

御《み》影《えい》供《く》

毎月二十一日を、京では御影供《みえいく》、別名、弘法《こうぼう》さんという。

東寺ではこの日に必ず市が開かれる。

特に、弘法大師の命日、三月二十一日——正《しょう》御影供の賑《にぎ》わいといったら、とんでもないものである。

白い釣灯籠《つりどうろう》が下がった東寺の門前に、「いろは」という屋号がかかった、うどんの屋台が出ている。頬《ほ》っ被《かむ》りをし、青い棒縞《ぼうじま》の衣を着た男が、熱々のかけうどんを椀《わん》によそっている。

ソテツの苗や、松、躑躅《つつじ》を、床几《しょうぎ》にこしかけた植木屋が、商っている。

柱に背をもたれさせタバコを吸っている粋な若い男がいる。

その男が声をかけてくるが、椿は無視する。与作がきっと若者を睨《にら》んだ。

椿のすぐ前には——富裕な商家の内儀とその母親だろうか、赤紫と黒紫がせめぎ合う蝶立湧《ちょうたてわく》の衣をゆったり着た女と、品のよい老尼が行く。二人にかかる日差しは太った下女が傘を差し出し、さえぎっていた。

門をくぐった椿は緑の衣を着た童とぶつかる。

今日、御影供をおとずれた椿には、一つ目当てがあった。

皿を商う店。茶を売る店。色とりどりの組紐《くみひも》をずらりと並べた店。楊枝《ようじ》売り。餅《もち》売り。有平糖《あるへいとう》の店。

広い境内にずらりと並んだ様々な店に、椿は目を走らせる。

「いつもこの辺りなんやけど……。あれ扇屋……何や、大雅はんと町はんどすえ」

椿は下駄をからんからんと鳴らして、水墨画を描いた扇を商うその店に近づく。

「おお、椿はん」

にこやかな大雅に椿は、

「御影供にも、お店出したはったんや。うち、知らんかった」

「えろうすんまへん。椿はんに言おう言おう思っとったんやけど……仕度に追われてこぜわしかったさかい、つるりと忘れてしもた」

どんぐり眼《まなこ》の町は、若夫婦相手に必死で接客中だ。

そんな町を一度見た大雅は胸を張った。

「今年から待賈堂は——御影供にも、お店出します」

「よかったなあ。おめでとう」

大雅、そして客に逃げられてしまった町、二人の頭が同時に下がる。

「おおきに」

「お勧めは、どれなん？」

「これや」

墨で枝葉をつくられた静謐《せいひつ》なる高野槙《こうやまき》が二本、扇の中で佇《たたず》んでいた。絵の隅に玉《ぎょく》瀾《らん》という落款《らっかん》が押されている。町の絵らしい。

「ほな、これと、これでなんぼ？」

「椿はんやから、特別におまけして、十五文」

「おおきに」

扇二本を十五文でかった椿は、

「なあ、熊の胆《い》を商うお店が、いつもこの辺りに出てはったんやけど……」

「ああ。薬屋はんか。あっちの方や」

大雅が、おしえてくれた。

待賈堂の露店を後にした椿は目当ての薬屋を見つけた。この薬屋はいつも、御影供に店を出し、秘伝の熊の胆を売るのだ。

小野蘭山にかくまわれた綾であったが、やはり——父や店の者を一気にうしなってしまった衝撃は大きく、この処、食欲もなく何か食べてもすぐに吐いてしまうという。これを蘭山から聞いた椿は居ても立ってもいられなくなり消化器系の妙薬、熊の胆を手に入れようと思い立ったのだった。

熊の胆、そしてめずらしい菓子を御影供の出店で買った椿は、蘭山の住まいがある丸太町にむかっている。

小野蘭山の塾、衆芳軒は堀川《ほりかわ》のほど近く。塾の近くには材木屋が軒をつらねていた。

丸太町についた時、春の陽は少しずつ西にかたむいていた。

衆芳軒の格子窓から、蘭山の声がよく聞こえた。多数の門人にある花について講義しているようだ。中は薄暗く、椿からはよく見えなかった。

講義が止む。

逆に格子の内から外は、よく見える。椿をみとめた蘭山は格子に近づいてきた。

格子越しに、

「綾さんを、たずねて下さったのだな?」

「そうどす」

「もう少し講義をせねばならん。下女に、声をかけて下さい。たぶん、飯を炊いておる」

「わかりました」

小野蘭山の家は衆芳軒に隣接していた。

中に入ると――蘭山につかえる老女はハシリにしゃがみ、火の吹き方を綾におしえていた。椿に気づくと綾は火吹き竹から口をはなしている。

「椿はん……」

椿は重奈雄につれられ、幾度か衆芳軒をたずねていたし、能登屋の一件があってからは、綾の話し相手になるよう重奈雄にたのまれ、面識はあるのである。

京の町屋は片側を土間に貫かれる。

この実に細長い土間の一部を、ハシリという。

風の通り道・ハシリには、竈《かまど》、井戸、流しなどがあり、台所になる。餅つきもハシリでおこない、臼《うす》や杵《きね》、包丁や笊《ざる》といった台所の諸道具は、ハシリの左右にしつらえられた棚などに入れられている。

天井は高い。吹き抜けになっていて、ずっと上に天窓がつくられる。

今、綾は天窓から入る光明に寂しげに揺らいだ髪の縁を照らされ、火吹き竹を下女にわたすと、細い土間に立った。

「今日は食べられそうなん？」

椿は、やさしく問うた。

白雪の如《ごと》き肌をもつ娘は、考え込むように、首をかたむけた。

綾にあてがわれた部屋は奥庭に面していて、二人はそこに移動する。

蘭山はさすが本草学者でその奥庭には沢山の緑がひしめいていた。

苔石《こけいし》が置かれ、石灯籠がある。石灯籠の傍らで猩々袴《しょうじょうばかま》が枯れている。

白く無垢《むく》なるがまずみと、絢爛《けんらん》たる桃色の石楠花《しゃくなげ》が、せめぎ合っている。いろいろのシダが競演していた。椿の木も、あった。

障子を思い切り開け奥庭に漂う涼やかな気を大きく吸った椿は、畳に腰を下ろすと包みを開けた。

他の者は部屋におらず、綾と二人きりであった。

「御影供でな、お菓子と熊の胆……買《こ》うてきたのや。食べる？」

色鮮やかな菓子を差し出す。

「おおきに」

ぼそりと呟《つぶや》いた綾は、じっと菓子を見詰めている。やがて、小さく頭《かぶり》を振った。

「そう。ほな……ここに置いてゆくさかい、食べられるようになったら、食べてな」

「………」

その時だった。

高く、麗しく、清らな囀《さえず》りが、奥庭の梢《こずえ》からこぼれている。

綾は鳴き声の主をさがすように視線を走らす。

「あれは、何の鳥やろ？」

椿が言うと綾は、

「……キビタキ」

そっと、言った。

「どないな鳥？」

花の家に生れた椿は鳥にはあまり詳しくない。

「雄は派手で黒い頭に黒い背中、蜜柑《みかん》色のお腹《なか》」

「うん。雌は？」

「雌は地味。茶色っぽい小さな鳥」

「へえ……今鳴いとるのは？」

感心した椿が訊《き》くと、目をつむって囀りに耳を澄ました綾は、

「もちろん、雄。だって、あれは囀り。雌を呼ぶ声」

「恋の声ゆうこと?」

「うん」

椿は――御影供で見た男女を思い出す。

「鳥の世の中は……男が派手に着飾り、女は地味。男が恋人にようしゃべり、女はむっつりと、静かにしてはることが多い。こういうことなん?」

「……うん」

「何か、人間と逆やなあ。もちろん、例外もおるんどすえ。男でようしゃべる人もおれば、女でほとんどしゃべらん人もおる。着物もそうや」

かつらのようなほとんど着物に関心を払わぬ女子《おなご》が、眼裏《まなうら》で活写される。

「そやけど、おおむね、人と鳥は逆の道を行っとるんやな?」

椿のもつ温かさが綾につたわり、物静かな少女の唇はかすかにほころんだ。

「おおむねは、椿はんの言う通りや」

青い樹に降った雪が、昼の日差しで半ば溶けたような、がまずみの白花《はな》を、小鳥がかすめた。キビタキかもしれない。

さっきと違う所でキビタキの声がする。

椿は、わざとはっとした顔を見せる。

もう一羽、別の鳥影が近くの梢に止った。

雄は元気よく囀る。

椿は、そっと、

「おこしやす、おこしやす」

綾が、笑いをこらえる顔になる。

あたらしくやってきた鳥が――不意に何処《どこ》かに飛び去った。

椿はげんなりした顔で、首を横に振り、

「……お粗末様どした」

綾は袂《たもと》を唇に当てて、くくくと笑った。綾が少しでも元気になってくれたことが椿は嬉しい。

椿は綾の手をにぎっている。

綾の澄明なる瞳が、こちらを見詰める。

椿は言った。

「蘭山はんは楽しいお人や。門人もええ人が多い。そやけど、勉強ばかりで肩がこることもあるやろ？　うちは滝坊の花をのびのび楽しく、活けたり立てたりするものにしたい。気がむいたらでええから……うちにも、遊びにきとくれやす」

「………」

手を強くにぎり、

「もっと元気になったらでええから。……な？」

綾の二つの唇のあわいにできた黒く細い隙間《すきま》が、小さくなり、ぎゅっと口が閉ざされる。

「――うん」

強い目で、うなずいた。

「よかった」

椿はにっこり微笑《ほほえ》んだ。

「ほな、またきます。熊の胆、呑《の》んどいてな」

「庭田はんのおかげで――」

球形の小さな光が綾の頰をすーっと下にこぼれた。

「お父はんと、少し話すようになって……」

「うん」

綾は肩をわななかせながら、

「こないなことになるなら、もっといろんな話、しとけばよかった」

能登屋の綾の部屋の畳は青かった。ここの畳は、黄色い。その黄ばんだ畳に次々と熱い涓滴《けんてき》がこぼれている。

椿は綾の手をやさしくさすり、やがてその華奢《きゃしゃ》な肩を引き寄せた。綾は椿の胸の中で、思い切り泣いた。奥庭ではキビタキがまた囀っていた。椿はわななく綾の背を、ひたすらさすりつづけた。


少し後、蘭山宅を出た椿と与作に、赤い西日がかかる。

「与作、いそぎまひょか」

「椿様、駕籠《かご》でも呼びまひょか」

「ええよ。歩いてく」

すたすたと東に行く。

烏丸《からすま》丸太町の辻にきた時、

「おや、椿殿でないか」

思わぬ人物に声をかけられた。

青侍を二人つれた、権大納言・庭田重煕その人だった。

「実はのう、五台院にそなたをたずねた帰りなのじゃ」

「え？　どないしはりましたの？」

「……かつら殿の行き先を、何か聞いていまいか」

椿は重熙に、

「かつらはんは……シゲさんの留守番で、堺町四条の長屋におると思いますが」

「いや、それが京を出たらしいのじゃ」

「え？」

重熙の話によると——かつらは五日前の朝、近所に住む桶屋《おけや》の男と、蛤御門傍、庭田邸をおとずれた。桶屋は荷物をはこぶ手伝いをたのまれただけである。

荷とは、

「書写のためかしておった我が妖草経十一巻。それを、かつら殿がうつしたもの。重奈雄の妖木伝とその書写」

「随分な荷どすなあ」

「それを、重奈雄が濃州に行っておる間、奈良に物詣《ものもうで》に出るゆえ、あずかってほしいと言わしゃった様子」

柿のような西日に照らされながら椿は、

「……何か怪しいな。重熙はん、引き止めへんかったんどすか？」

「わしはその日、禁裏に行っておってな。お亀が応対したゆえ。幾日かしても南都からもどる気配が一向にない。どうも怪しいなと思い、堺町四条の長屋に人をやると、人気《ひとけ》がないとのこと。これはおかしいと思い五台院に……」

もっと早《は》よ気づかんかったんどすか、という苦い言葉を椿は辛うじて呑んでいる。

椿は言う。

「……かつらはん、シゲさんに止められたのにもかかわらず、郡上へ、行ったん違うかな？　あん御人ならそないな無茶、やりかねん」

重熙は、狼狽《うろた》え、

「ああ、鬱々《うつうつ》しっ。どうすればいいんじゃ——。弟の話では、今、郡上には危うい妖草妖木が盛んに茂り、青天狗なる白波の根城もあるかもしれぬとのこと。そのような地で、かつら殿に何かあれば、わしは……」

——幕府からきつい灸《きゅう》を据えられるかもしれない。

「落ち着いて下さい。うち、今から堺町四条に行ってみよう思います。もしかしたら、かつらはん、何食わぬ顔で奈良からもどってはるかもしれん」

「たのめるか？」

「はい」

その時、

「えいほ、えいほ」

鉢巻をしめた逞《たくま》しい駕籠かきがやってきて、香屋の主を店先に下ろした。重煕は素早く彼らに近づくと、鳥目《ちょうもく》をわたし、

「駕籠かき。この娘さんを、堺町四条へ。大急ぎで。たのむぞ！」

「――へいっ」


「えいほ、えいほ」

椿は駕籠にのり都大路を行く。息を切らして隣を駆ける与作に、

「体に毒や。与作は歩いて、五台院にもどるのや」

「暗《くろ》うなったら、どないされるおつもりか……」

「ほしたらうちは、シゲさんの部屋かかつらはんの部屋に泊る」

与作は路上にへたり込み、

「家元……心配されますぅ」

「心配ない。あん長屋の人はみんなええ人で、気心も知れとる。うちは明日の朝にも

どる。お父はんにはそないにつたえといて」

「ああ、椿様ぁ」

　与作を辻に置いて椿は、堺町四条を目指す。

　三条通で左折、堺町通を右にまがる。

　駕籠を降りた椿は紫陽花地蔵めがけて駆けた。

　夕闇迫る路地で、童女たちがおはじきをしていた。

「あ、椿はんや」

「なあかつらはん、もどったりしとる？」

　椿の言葉に童女たちは首を横に振った。

　重奈雄の住まいの格子戸と、かつて曾我《そが》蕭白が住んでいて今、かつらが住んでいる部屋の格子戸、となり合う二つの格子戸は固く口を閉ざし、押し黙っていた。中は真っ暗である。

　椿はそれでも、

「かつらはん。おる？」

　答は、ない。

「……入るで」

格子戸をそっと開けると椿は中に入っている。

人がいそいで出て行った部屋は、梢から飛び立った鳥や、池に飛び込む蛙《かえる》を描いた絵に似ている。

何かの動きや、それにともなう息差《いきざし》が途中で止められて――決して自動しない、固形《かたち》になっているのである。

かつらの部屋もそういう有様だった。

慌ただしく出て行った朝が、忘れられたように、そこに在った。

椿は深い息を吐き暗い畳に腰を下ろす。

と、

(何や、あれ)

文机《ふづくえ》に置かれた白いものに目が留る。

その紙には、宛名《あてな》らしきものが、書かれていた。

手に取る。

滝坊椿殿と書かれている。

(え?)

部屋の中は、かなり暗かったが、外にはまだ明りがある。

表に出る。

さっきの女の子たちが、興味津々という顔で立っていた。

重奈雄の部屋にはもしかしたら明り瓢《ひさご》があるかもしれぬ。いざという時の明り取りのため、重奈雄はかの妖草を住まいに置いていたはず。

童女たちに、いーっと歯を剝《む》いた椿は文をもったまま、重奈雄の部屋に入った。散らかってはいたがかつらの部屋ほどひどくなかった。

(あった)

明り瓢を、手に取る。こすってみる。黄緑色のぼおっという光が、椿の指や爪、手の皺《しわ》を照らした。

椿はその光を頼りにかつらの文を読んでいる。

それは、次のような手紙であった。

滝坊椿殿

これをそなたが読む頃、あたしは郡上への旅の空の下にいる。

ただ、決して案ずることはない。そなたとシゲさんの間を裂くような、奸計《かんけい》を胸にいだいて、あたしは草鞋《わらじ》をはいた訳ではない。

ただ、郡上にはびこるという妖草妖木を刈る手伝いをしたいと願い、旅立ったまで。

また有平糖を食べに行くのを楽しみにしておる。

阿部かつら

椿は手紙をたたむと、小さく溜息《ためいき》をつき、

「もう……そないなことはうちかて、わかっとるわ。あの有平糖のお店で腹わって話して、知っとるわ、かつらはん」

手紙を懐中にしまった椿は明り瓢を右手で上にかかげながら寝転んだ。

重奈雄の臭いがした。

闇を照らす緑の恒星のような明り瓢を眺めながら、仰向けの椿は物思いに耽《ふけ》る。いろいろなものが後ろから引っ張ってくる、この古き都に暮す椿には、あらゆる絆《ほだ》しをくぐり抜け、奔放にはね動くかつらが、少し羨《うらや》ましい気がするのだった。

格子戸にくっつきじっとかたまっている小さい影たちに椿は気づく。先刻の童女たちが、外から、椿をうかがっていたのだ。

「もう、何しとるん？　早よかえらんと、お母はんに叱られんで」

子供たちがどたどたと駆け去って行く音がする。

体を横向きにした椿は、明り瓢の緑光を眺めている。

しばらくするとうつらうつらしてきた。夢の中で花が咲く。

――紅蓮《ぐれん》の霧島《きりしま》躑躅だ。

遠い昔に歩いたことがある満開の霧島躑躅にはさまれた参道に、赤い鼻緒の下駄をはいた椿は立っていた。椿はさっき駆けて行った童女らと同じくらいの身の丈になっていた。

赤い花の道の先に、誰か立っている。

童形の重奈雄だ。

「シゲさん！」

椿は――笑いながら駆け寄る。

と、左右の霧島躑躅が、無限とも呼べる数の赤い花びらを散らしはじめている。得体の知れぬ木蔓《つる》が暴力的に蠢《うごめ》き、参道の両側から出てきた――。

木蔓は重奈雄をがんじがらめにしている。

椿が助けようとすると、ビュッと動き、恐ろしい勢いでこちらを打ちつけた。

そこで、目が覚めた。

椿はぐっしょり寝汗をかいていた。

＊

白山街道沿いの木賃宿で一泊した重奈雄と重吉は歩岐島村を目指し旅をつづけている。

空では鉛色の雲がひしめき、道の両側に、痩《や》せた田畑《でんばた》が広がっていた。田に稲はまだ植えられておらず、わびしげな稲株が並んでおり、何処か力ない畑には大根、蕪《かぶ》が見られた。

その奥に聳《そび》える新緑の山も曇り空のせいか、緑に灰を混ぜ込んだような風情で、うなだれていた。

遥《はる》か行く手に――雪をいただく高峰があった。

重吉が重奈雄に、

「そろそろ、歩岐島村や思います」

「うむ。あそこにいる男に訊いてみよう」

枯木のように手足が細い四十がらみの男が畔《あぜ》の手入れをおこなっている。少しはなれた所では、かなり皺深い嫗《おうな》が弱々しい手つきで芋を植えていた。

「歩岐島村はここを真っ直ぐでよいのかな？」

重奈雄は、埃《ほこり》まみれの麻衣を着た男に訊《たず》ねた。

男はギロリと重奈雄を睨む。

かなり痩せ、無精髭《ひげ》を生やした百姓で、額から頬にかけて刀傷がある。双眸《そうぼう》は血走っていた。

重奈雄と重吉は男から漂う凄気《せいき》に一瞬はっと息を呑む。

「——何をしにきた？」

鋭い目で言った。

重奈雄は、男に、

「我ら尾州《びしゅう》から白山に詣でる者にござる。我らの村でも、年貢の取り立てが厳しく……郡上で起きたことはとても他所事《よそごと》とは思えませぬ」

「…………」

「聞けば……郡上の義民の方々の多くが、痛ましい最期を遂げられたとのこと」

将軍のお膝元《ひざもと》に訴えに行き、江戸町奉行所の牢《ろう》で、激しい拷問に遭って命を落とした者、江戸で打ち首にされ、塩漬けの首を、郡上におくられた百姓が多くいた。当然、歩岐島村からも犠牲者が出ている。

一揆全体の指導者の一人と目された歩岐島村・四郎左衛門《しろうざえもん》が獄門、同・治右衛門《じうえもん》が死罪を言いわたされている。

「……せめて、墓前で手を合わせたいと思ったのです」

これは、民を苦しめる妖草の禍《わざわい》と戦ってきた重奈雄の真意であった。

男は重奈雄の真意をはかるかのようにじっとこちらを見ていた。

やがて、

「四郎左衛門様は……帳本《ちょうもと》じゃった」

一揆の金庫番である。一揆に与同する百姓から金をあつめ、駕籠訴がおこなわれた江戸に送金する責任者だ。当然、もっとも清廉潔白、一かけらの私心もない者がえらばれた。

それが歩岐島村・四郎左衛門だった。

「去年の春、藩の足軽と寝者《ねもの》百姓十数人ばかりが――四郎左衛門様の家を襲った」

郡上では一揆側についた百姓を立者《たてもの》、藩側についた百姓を寝者と呼んだ。

「奴らは、帳面を奪おうとしたのじゃ」

帳面を奪えば、一揆の金の流れをつかめるし、誰が一揆の味方なのかつぶさに知れる。藩勢力はそれを狙い——帳本宅に夜討ちをかけたのだ。

「当然、いくつかの村から百姓が押し寄せ、帳面を取りもどそうと藩の足軽と揉み合いになった」

淡々と語る百姓の面から、殺伐《さつばつ》とした気がにじむ。低い声で、

「藩の足軽五、六十人は我らを棒で叩き、刀で斬った。……これはその時の傷よ」

百姓は面貌《めんぼう》に走った傷を指している。

この地のかかえる対立は、武士と農民という単純なものでなく、藩に敢然と抗《あらが》った立者百姓と、藩に従順だった寝者百姓の対立を孕《はら》んでいる。当然、寝者は金森浪人と連携しているのであろう。

「ここは歩岐島村の新田でな」

皺深き嫗が顔に傷がある百姓を、あまりぺらぺらしゃべって大丈夫かという目で見る。百姓は大丈夫だというふうに首肯し、

「村はすぐそこじゃ。わしは、惣八《そうはち》という。……四郎左衛門様や治右衛門様の墓参りをしてくれるのなら、ありがたい。案内しよう」

「かたじけない」

「村に入ったらな……庄屋をはじめ、寝者百姓に四郎左衛門様の墓参りにきたなどと

言わん方がいいぞ。御代官様に何を言われるか、知れたもんじゃない」

「気をつける」

惣八は先に立って、歩き出した。重奈雄と重吉は、つづいた。

麦が実ったか細い畑、痩せた田の向うに寥落《りょうらく》たる山村が見えてきた。

歩きながら、重奈雄は兵吉についてさりげなく訊く。

惣八は大いに驚き、

「兵吉を知っておるのか、あいつは無事かっ」

尾州の百姓を自称している重奈雄は、

「名古屋で見たのです」

「そうか。無事でいてくれたか。……よかった。あいつは、歩岐島村騒動の時もよくはたらいてくれた。侍めに怪我を負わせたのは兵吉なのだ」

「そうだったのですな」

「あ、こっちが墓地じゃ」

山につづく斜面に入りながら、惣八は、

「兵吉は元々はここの者ではないんじゃ」

「ほう」

興味をしめした重奈雄は、

「では、何処の出なのです？」

「何処じゃったかなあ。たしか、遠州と言っておったような」

「……遠州？」

重奈雄と重吉は顔を見合わせた。

――金森浪人・村瀬甚内も、遠州の出と話していたからである。

「ただ、兵吉の訛《なま》りは遠州の方の言葉じゃない。甲州《こうしゅう》の方の言葉でないかと、四郎左衛門様は話していたな」

急な斜面には、石が転がり青いスゲや犬わらびが荒波のように茂っている。化物じみたケヤキや黒々とした大杉の威容が、墓所を近寄り難くしていた。

細い霊気が叢《くさむら》に淀《よど》んでいた。

「これが、四郎左衛門様の墓、これが、治右衛門様の墓じゃ」

惣八が、おしえる。

重奈雄と重吉は、墓前で腰を下ろし、手を合わせた。

二人の百姓の墓には蕪や筍《たけのこ》、季節の花、さらに銅銭などが供えられていた。左様な供え物から、領主の不当を江戸にうったえ、挙句の果てに幕府に殺されたこの二人の農民が、郡上の地で厚く敬われていることがひしひしとつたわった。

縄張りを告げる雉《きじ》の鋭利な声が木《こ》の間にひびいている。

供養を終えると、二人は腰を上げた。

蝙蝠蔓《こうもりかずら》がからみついたハクウンボクのあわいから、歩岐島村を見下ろした。

斜め下方、斜面の近くに、かなり大きな屋敷がある。瀟洒《しょうしゃ》な松やすらりとした檜《ひのき》、さらに柿、栗《くり》など実のなる木が庭に生え、厳《いか》めしい長屋門を擁する。侘《わび》しく肩をよせ合うまわりの百姓家を威圧する大きさがあった。

「庄屋の家じゃ」

惣八が吐きすてるように言った。

恐らく庄屋は——この村における寝者百姓のまとめ役なのだろう。

長良川の対岸に、三角形の山がある。中腹、丁度、重奈雄たちがいる高さに庄屋の家に匹敵する大きな屋敷がある。

「あれは？」

重奈雄の問いに、惣八は、

「名古屋の御隠居の屋敷じゃ……」

惣八の話によると——五十年ほど前、庄屋に次ぐ村の有力者、善兵衛《ぜんべえ》がその時の藩主に逆らい、死を賜ったという。以後、善兵衛家は空き家になっている。

ここに十年ほど前、元は美濃の出で名古屋に出、味噌《みそ》商として成功したという、久《きゅう》兵衛《べえ》なる男がうつってきた。この空き家を買い、隠居所にしたという。

「名古屋の御隠居……」

重奈雄は深い興味をいだきつつその屋敷を眺めている。

「学識豊かな御方でな……元は商人じゃし、一揆の時は立者にも、寝者にもつかなかった。中立の立場を貫かれた。村のほとんどの者から敬われているめずらしい御方じゃ」

「…………」

重吉が、惣八に、

「そう言えば……兵吉は他国からきた者と言わはった」

「ああ……あんた、尾州の出なんじゃな」

重吉の上方言葉を惣八は訝《いぶか》しむ。

「へい。生れが上方やさかい。で、兵吉はこの村でどないして……」

「ああ。山の畑の農番と、山守《やまもり》しとった」

山守は入会山《いりあいやま》を守る番人で流れ者がやとわれることが多い。百姓たちがつかう明りは、火によるものだから、薪《たきぎ》をもたらしてくれる山は、燃料庫だ。さらに、柱にする材、屋根にする萱《かや》、食料となる栗やキノコ、山菜、これ全て山の幸であることを考えれば自然がととのえた資材置き場、食糧庫でもある。

だから自分たちが入会山とさだめた山が他の村の輩《やから》に荒らされるのを百姓は何よりも嫌う。

山守とは、村が置いた番人で、薪を他村《よそ》から採りにくる輩を追っ払うのが仕事だ。腕っ節の強さがもとめられる。

兵吉は庄屋にやとわれ、山の番人としてはたらいていたが、やがて一揆の考えに同調。もっとも強硬な武闘派として名を馳《は》せるようになったという。

その兵吉と当時、藩側にいた村瀬甚内……両者の間の奇怪なつながりは、当然、村の者たちに知られていまい。

（何かある）

そう思う重奈雄だった。

「兵吉の番小屋は、まだあるのかな？」

二人は惣八から、番小屋の所在を聞く。

惣八とは斜面を降りた所でわかれた。長良川にかけられた、粗末な橋をわたる。村の衆のいくつもの瞳が見慣れぬ二人を追っていた。二人は――番小屋があるという三角形の山を目指す。

栗や白文字、オニグルミが茂った山肌を、細い道が蛇行していた。

その道を登ると、さっき向う岸から見た、例の隠居所の前に出た。

名古屋の御隠居という好々爺《こうこうや》が住むというその大きな屋敷は、静まり返っている。

大きめの雑木でつくられた枝折垣《しおりがき》は人より大きく、重い感じがした。

「――む」

重奈雄は枝折垣の向うに……ある植物をみとめ、足を止める。それを顎《あご》で指す。

重吉が――双眸に山犬の眼火を灯《とも》した。

重奈雄が気にとめた植物、それは芭蕉《ばしょう》だった。

枝折垣には、萱葺の門がしつらえられており、板戸がきつく閉まっていた。

二人は隠居屋敷に注意しつつ山の上にむかう道を歩む。

両側の樹々が大きく迫ってきて、道が暗くなる。

クヌギらしき木にからんだ、蝙蝠蔓が小さく揺らいだ。瞬間、重奈雄は寒気がした。

と――蝙蝠形の大きな葉が、ふわ、ふわと、一枚飛び、重吉の面貌を押しつつんだ。

「しまった、夜叉蔓《やしゃかずら》かっ」

重奈雄が呻《うめ》く。

夜叉とは——天竺《てんじく》の森に棲《す》むという、猛悪な邪霊である。妖木・夜叉蔓は人の世の蝙蝠蔓と瓜二《うりふた》つの姿で森の木々にからみつき、獲物をまっている。息苦しさを苗床とするこの常世の蔓は、標的が近くを通ると、なかなか千切れぬ強靱《きょうじん》な葉をふわりと飛ばし、獲物の顔を押しつつみ、窒息死に追いやるという。立者と寝者、いまだつづく村内の緊張があるいは、この妖木を誘う心、息苦しさを産んだのだろうか。

重奈雄はさっと楯蘭《たてらん》を出す。

硬化したそれで、重吉の面貌をつつんだ大きな葉にふれる。と、刹那《せつな》にして夜叉蔓の葉は枯れ——ふわりと小道に落ちている。

「庭田はんっ」

重吉が、警告した。

重奈雄は己に飛びかかってきた夜叉蔓の葉に、さっと楯蘭を振る。暗殺力をなくし、一気に萎《しお》れた二つの葉が、ゆっくり下に落ちた。

暗い風が吹く。

クヌギや白文字が揺らぐ。

山の木々が悪意を剝き出しにして、これ以上立ち入るなと告げてきた。

だが、重奈雄、重吉は気持ちを強くもち、小山の頂にむかう道を登りつづけた。

行く手が明るくなる。

二人は、曇り空の下に出ている。

小さな麦畑が開けた。

まだ青い穂を直立させたり、あるいは、葉で頰っ被りした下に穂を隠し、青粒《つぶ》を少しのぞかせたりしていた。

鳥除《よ》けの鳴子が張られていて、畑の脇に柴木《しばき》でこさえた小屋がある。それが兵吉の住まいもかねていた番小屋だろう。

樹の海にかこまれた小島の如き畑の、縁を歩いて、二人は小屋に近づいている。

小屋の外側に何故か……稲が一束、ぶら下がっていた。

馥郁《ふくいく》たる香りが漂ってくる気がした。

何ともよい香りで、二人の目はいつの間にかとろんとし、足はそちらに引きつけられる。

はっとした、重奈雄が、

「――いかん。息を止めろっ」

重吉に言う。

重奈雄は懐中から巾着《きんちゃく》を出すや――赤い粉を、かの稲めがけて撒布《さんぷ》する。

すると、どうだろう。

えも言われぬ芳香はいつの間にか鎮まった。


重奈雄が薫り高き稲にかけた赤粉は、福草《さきくさ》、別名、朱草の粉だ。延喜式《えんぎしき》で最高の祥瑞《しょうずい》とされている草で、珊瑚《さんご》に似ており、丈三、四尺という。この福草の粉を、人の世の草と瓜二つの妖草にかけると……その妖草は妖力を全くうしない、普通の草になる。

今、重奈雄は妖しい芳香を漂わす稲に、福草粉をかけたので、匂いが止り、凡俗の稲の匂いしかしなくなったのだ。

重吉が何か訊ねようとすると重奈雄は唇に指を当てる。

もう二歩、小屋に近づき、中にあった麻袋にも赤い粉と、塩をかけ、

「これでよし」

微笑みながら重吉に振り返る。

「まず、ここに吊《つ》られた稲……香稲《こうとう》であろうな。妖草経にはもちろん、倶舎論《くしゃろん》にもその名が見られる霊草だ」

倶舎論に、云う。

有非耕種香稲自生……。

仏典は、この世のものとも思えぬほど馥郁たる香りを放つ稲が、天竺に生えていたことを、まざまざとつたえている。

「ただ……香稲の香りは、本来人を喜ばすためのもの。惑わすためのものに非《あら》ず。これは、人を惑わすくらいまで香りを強くされたものだろうな」

——つまり、霊草から妖草に、品種改良された香稲が目の前に吊り下がっているということだ。

「小屋の中には、眠りツチグリの袋があった」

ツチグリはキノコである。星形、ないしはヒトデ形に開いた皮の上に、球体の胞子袋がのる。これが栗の実に似ることから、かく呼ばれる。

妖茸《ようじょう》・眠りツチグリは――人の世のツチグリにかなり似た、常世の毒キノコである。眠りツチグリはタラコに似た気味悪い粒をもつ。そして、人を昏睡《こんすい》に陥れる有毒ガスを放つ。

香稲が稲と瓜二つであるのと違い、ツチグリと全く同じ姿とは言えない。したがって――福草はある程度効くが、その効果は限定的である。だから塩が必要だった。

ちなみに重奈雄は眠りツチグリこそ――青天狗の凶行を助け、商家の者や木戸番を眠らせた張本だと考えていた。

重奈雄が、言った。

「郡上、ないしは歩岐島についてから、俺たちは見張られていたようだな……。奴らは香稲で番小屋に誘い込み、眠りツチグリの毒気に当てて、眠らそうと考えていた」

――その時だ。

パーン！

麦畑で筒音がひびき――重奈雄のすぐ傍をかすめた鉛玉が、畑の脇の土で怒りの煙を上げた。

――鉄砲豆ではない。本物の火縄銃だ。

「伏せろっ――」

重奈雄が叫び、二人は伏せる。

青麦の中、さっきと違う所で火が弾《はじ》け、重吉の背中すれすれを凶弾がかすっている――。

最低でも二人いる敵は麦畑に上手《うま》く伏せ姿は見えない。

三人目の敵がいたら、速射されるから、うつぶした二人は動くに動けない。しばし、銃撃はなかった。

地面すれすれまで落ちた重吉の顔がこちらに動く。

「弾、込めとる。逃げるなら今やっ」

だが、敵がもう一人いて既に弾込めが終っているなら、走り出した瞬間、体を撃たれる。

それでも迷っている暇《いとま》はなかった。

湿った恐怖を払い――二人は動く。

思い切り走った。

林に駆け込んだ刹那、立てつづけに筒音が二発ひびくも——樹の幹が凶弾を受け止めた。

重奈雄たちは枝葉を掻《か》きわけ林の奥に逃げ込んでいる。

その少し後、麦畑から、青い烏天狗の面をかぶった男が二人、姿を現した。一人はげっそりと痩せ、いま一人は胸板が岩の如く厚い。火縄銃をもっていて銃口から煙が出ていた。

弾込めの間を厭《いと》い、銃を畑に置く。白刃を抜くと恐ろしい勢いで駆けはじめた。

＊

背後から男が二人追ってくるようだ。

重奈雄と重吉は、夢中で逃げていた。

刀が相手なら鉄棒蘭で対処できる。だが、相手は鉄砲をつかう。もとより、重奈雄は相手が筒を置いてきたことを知らない。

蝙蝠蔓によく似た蔓が——大きな杉にからみついていた。

重奈雄がはっとした時には、いくつもの青い蝙蝠が、ふわふわ襲来している——。

夜叉蔓だ。

「おのれ」

鉄棒蘭を振るう。

顔にはりつき、息を詰まらせて殺そうとしてくる魔の葉の雨を、黒い棒状妖草が次々に薙《な》ぎ払う。

――――!

肩に痛撃が走る。

物凄《ものすご》く硬いもので、ぶっ叩かれたのだ。

見れば、近くのオニグルミの梢に、鉄棒蘭が三本着生していて、そ奴らが不意打ちしてきた――。

林に生えていた鉄棒蘭が重吉めがけて、猛速で旋回する――。

白髪頭の罔っ引きは何とか身を低め、かわした。

足音が、近づいてくる。

(青い天狗どもか!)

逃れ様のない死が、すぐ傍まできている気がした。肩で息する重奈雄、鉄棒蘭を右《め》手《て》に構えたまま、左手《ゆんで》は楯蘭を取り出した。

重吉が囁《ささや》く。

「後ろからくる二人は、わしがやる。庭田はんはその妖草《くさ》を——」

「承知した」

鉤縄《かぎなわ》を固くにぎった重吉は、荒々しく迫る二つの足音に立ち向かおうとしている。

重奈雄は——頭上から二人を狙う鉄棒蘭三本を睨みつける。

夜叉蔓の葉が三枚、ふわふわときたが、何を惑うたか——血に飢えた敵方の鉄棒蘭が一本、乱暴に動いて追い散らしてしまった。

刹那、

「あっ」

一陣の黒き妖風に——重吉が、下からぶっ叩かれた。

重奈雄が気づかぬ、四本目の鉄棒蘭が下草を密《ひそ》かに這《は》い、重吉を激しく襲ったのだ。

「重吉ぃー!」

右腿《みぎもも》をしたたかに打擲《ちょうちゃく》された重吉は犬わらびの中に転がる。

間髪いれず、賊二人が重吉を斬ろうとし、鉄棒蘭三本が一気に襲ってきた。

重奈雄の鉄棒蘭と楯蘭がはたらく。

重奈雄の喉を直線的に、突こうとしてきた鉄棒蘭を——楯蘭が果敢にふせぎ、瞬《また》たく間に枯らす。

のこる二本の鉄棒蘭は重奈雄の三本の鉄棒蘭が弾き返す。

斬撃《ざんげき》を何とかよけた重吉を、敵が追い詰める。

が、

「タアー！」

裂帛《れっぱく》の気合いと共に、風となった一人の娘が跳んできて——賊一人が斬られた。

いま一人はすかさず反撃しようとする。

が、重吉が飛ばした鉤縄が腹にからみ、ひるんだ刹那、面貌を小太刀にわられて息絶えた。

重奈雄が啞然《あぜん》と、

「かつらさん」

かつらは、血刀を勢いよく振って鞘《さや》に入れ、

「……人を初めて斬った」

青い顔で呟いている。

草中にいた四本目の鉄棒蘭がかつらに躍りかかるも、重奈雄の鉄棒蘭が打ちのめし、
楯蘭が枯らす。

「どうして……ここに？」

重奈雄がかつらに言うと、

「どうしたも、こうしたも、あたしの言った通りだったじゃないか」

「…………？」

かつらはふんという顔で、

「あたしが必要だったじゃないか。京からここまで、つけてきたのだ」

昨晩、かつらは、さる百姓家に泊めてもらった。朝霧漂う街道を少し行ったかつらは、木賃宿を見つけている。もしやと思い宿の主《あるじ》に訊ねると——案の定、重奈雄たちらしい二人が泊った宿という。

宿の主からかつらは重奈雄たちが歩岐島村への道をくわしく訊いていたと訊き出す。

かくして、かつらも同じ村にむかった。

歩岐島村にたどりついたかつらは橋をわたる重奈雄たちの姿をみとめた。だから、同じ山に入った処、争うような物音を耳にして、駆けつけた訳である。

「無事だったからよかったものを……」

感謝に苦笑がまじった重奈雄の言い方だった。

「どの口が言う？　自分たちこそ、危なかったくせに」

人差し指を唇に当てる重奈雄。

——血がにじみそうな、鋭気が依然として、木下闇《このしたやみ》に渦巻いている気がした。

人を殺《あや》めるいろいろの毒手をもつ、危険な草や木が、まだ沢山隠れているかもしれない。

重奈雄は言う。

「とにかく、この木立を出るのが先決。……重吉、足は大丈夫か」

「くう」

右腿に手を当てた重吉が歯を食いしばり、立つ。

かつらが、肩をかしてやる。

「……何とか歩けます」

「よし。取りあえず、ここを抜けよう。さっきの惣八という男は頼りになる気がする。あの者の家に匿《かくま》ってもらおう」

芭蕉《ばしょう》屋敷

ずっと、上にある明り取りから、朧《おぼろ》な光が差していた。

そこは暗く広い蔵の中である。

木箱、葛籠《つづら》、千両箱が乱雑につまれた奥に、丈夫な金檻《かなおり》が据えられている。

——中に、大きな生き物が入っていた。

黒い紋服を着た、品がよさそうな老人が、手燭《てしょく》をもち、檻の前に立っていた。真っ白い髪を櫛《くし》で綺麗《きれい》にととのえた、表情が乏しい翁《おきな》である。頬がこけていた。

「今日の……肥やしをもってまいったぞ」

肥やしという語に、檻の中にいる何かが反応する。——ガラガラと鎖を鳴らす音がした。

男が二人、飼葉桶《かいばおけ》に入った大量の草木をもってきた。

かつて……このような飼葉桶が、あっただろうか。

その中には妖草や妖木の葉などが入っていた。ハリガネ人参、三等分にした背高人斬り草、細切れにした鉄棒蘭、羅刹紅葉《らせつもみじ》、夜叉蔓の葉などだ。生きのいい妖草の切れ端どもは、桶の中で活発に蠢いている。

飼葉桶が檻の中に入れられる。

すると、中にいる鎖でしばられた何かは、凄い勢いで喰いはじめている。

冷たい双眸を細めた翁は唇の端を薄く歪《ゆが》め、それを見守っていた。

部下が一人、蔵に入ってくる。

幽鬼の如く顔色が悪い老人に、

「お頭。七蔵《しちぞう》たちが、重奈雄を取り逃がしたようです」

表情が冷え切った翁の面が、ピクリと動いた。死に顔に何かの作用がはたらき、ほんのかすかに動いたような雰囲気だった。

「また、金森浪人が幾人か、村に入ってきました」

険しい顔つきの部下が低い声で告げる。富裕な商家の奉公人という風情だが、目付き、話し方、体の動かし方に、隙がない。――もっと血腥《ちなまぐさ》い道を歩いてきた男のようだ。

「どうも、重奈雄たちを追ってきたようです……」

錆《さ》びた声で、

「……ほう興味深い」

お頭と呼ばれた翁が、手下の方へ細首《くび》をまわす。

――喰う音が、止った。

檻に入れられた何かが妖草妖木を食《は》み終えたようだ。

老人は静かな声で、

「あと一度、花が咲く。霧島躑躅のような紅の花が。それが咲いた時、これは……人を喰いだす。上方妖草師・庭田重奈雄。よい時に郡上にきてくれたものよのう」

老人の後ろ首に、何か生えている。それは体毛ほどの真《まこと》に小さな草で牛蒡《ごぼう》の花に似ていた……。

小さい白山の祠《ほこら》に浪人どもがたむろしている。

八人の金森浪人。うち三人は、昨日、重奈雄に手ひどくこらしめられた輩である。

神寂《かむさ》びた大きな杉がある社で、苔むした石垣の隙間から小シダや、菫《すみれ》の花がこぼれていた。

昔、密偵をつとめていた小男が、

「奴ら三人が——この歩岐島におるのは間違いない」

昨日、酔っぱらっていた浪人が、腰で瓢簞《ひょうたん》を揺らし、手に唾《つば》を吐く。

「何処かの百姓家に隠れておるんじゃろう！　片っ端から、押し込もうぞ。ここぞ、一揆の震源の一つ。御家を潰《つぶ》した一揆奴ばらめっ、今日こそ目にもの見せてくれようぞ」

「まて、まて」

あの一際、大柄で、魚子地《ななこじ》の鍔《つば》で大黒を光らせた浪人が、手で止め、

「そなたはいつも、思慮が足りぬ。この人数で村の百姓全てを敵にまわすのは痛い」

元密偵に、

「そなた、ここの寝者を知っておるか？」

「心当りはある」

「その者どもに、連中をかくまっている家をさがさせるのじゃ。当りがついたら——二手にわかれる。表から四人、裏から四人……」

「方々。そのようなまどろっこしいことをせずとも、奴らをおびき出す術《すべ》はありますぞ」

いきなり浴びせられたしわがれ声は八人を大いに驚かせる。

黒紋服を着た痩せた翁と、供らしき目付きが鋭い男、そして浅黒く肉感的な娘が、鳥居の下に立っていた。

ついさっきまで、そこには誰もいなかったはずである。この曇り空の中に何か魔性が潜んでいて只《ただ》ならぬ力でもって、この三人をひょいと鳥居の下に据えた気がした。

「何じゃ、お主らは――」

「いつから、そこにおったっ」

密談を聞かれ、殺気立った八人。――凄《すさ》まじい形相で翁に殺到している。

老人は落ち着いたもので、

「お味方にござる。そちらの山家に暮しております、名古屋の隠居の久兵衛と申す者。これは手代の秀蔵《ひでぞう》、下女のとよにございます」

獣的な視線がとよを舐《な》めまわす。

「隠居……ああ、たしかそんな物好きの爺さんが、この村の山の中に暮しておると聞いたことがあったたな」

「はい。その久兵衛にございます」

「何の用じゃ」

刀に手をかけた浪人どもは、久兵衛、秀蔵、とよを早くもかこんでいる。

久兵衛は、大柄な浪人に、

「あれは……庭田重奈雄と申す男で、わたしの古い商売仇《がたき》にございます。一緒にいるのは重奈雄の手下の重吉」

腰に瓢箪を下げた浪人がとよをじろじろ見ながら、

「女は？」

「かつらと申して、重奈雄の情婦でしょう」

「そうであったか。老人。お前の憎い仇ゆえ——我らが連中を成敗するのを手助けしようというのか？」

久兵衛、にっこりと、

「左様」

なかなか真意をのぞけぬ笑み方だった。

とよが微笑みながら桐箱を差し出す。開けてみると、小判がずっしり入っている。

「こんなに……？」

久兵衛は、驚く浪人どもにある策をつたえる。

それを聞いた浪人たちは、早速乗り気になる。だが大柄な浪人は何かが引っかかった。

「それは——立者百姓どもが騒ぎ出すであろう。お主、左様な騒ぎに我らを巻き込んで……何をたくらんでおる？」

久兵衛に問いかけた。

瞬間、久兵衛は——後ろ首に手を当てた。

その時だった。

恐ろしい痛みが——大柄な浪人の頭をぶん殴る。誰かに殴られた訳ではない。頭の内側で……石のように硬い何かが動き、痛みを覚えたのだ。大柄な浪人は脂汗をかきながら蹲《うずくま》っている。

「お、どうした、貴公」

痛みは一瞬で鎮まった。が、他の浪人にささえられて起き上がっても、かつて覚えた例《ためし》のない深刻な頭痛があたえた不安は大きく、彼はしばし何も考えられず口を大きく開けていた。

その間に——久兵衛と他の浪人の間で、重奈雄をおびき出し、討ち果たす計画が勝手にすすんでしまった。訳もわからぬまま仲間たちにうながされ歩き出す。さっき痛んだ頭頂をゆっくりさすりながら、久兵衛をうかがう。

久兵衛がこちらを顧みた。

――薄気味悪い笑みが、その口元をよぎった気がした。

この男に逆らってはいけないという気持ちが、浪人の胸中をじわじわ席巻している。


惣八の家の前には桃の花が咲いていた。

それを植えた妻は一揆の途中、冬の寒さに耐えられず、病死したという。

この山間《やまあい》の地域の貧しさが――厳しい冬を乗り切る体力を、百姓たちから奪っている気がする重奈雄だった。

惣八に子はなかった。だから彼は、老いた母親と二人暮しであった。

母親はさっき惣八と畑にいた媼である。

重奈雄たち三人が客人だと、息子に告げられると、何も言わずに外に出て行き、しばらくするともどってきた。

皺深き手は笊をもっていて、その笊には清流で摘んだという若々しい芹《せり》がたっぷりとのっていた。

芹の味噌汁をつくってくれた老女は、

「これくらいしか……ご馳走《ちそう》はねえから」

そう、ぼそりと言った。

あとはもう何も話さず、うつむき加減に、縄をなっていた。

汚れたもの、古いものが目立つ、散らかった小さな家で、隙間風が時折入ってくる。囲炉裏の煙が目と鼻を痛ませる。

そんな家で、重奈雄たちは、玄米に稗《ひえ》をまぜ、大根をぶち込んだカテ飯と、青くさわやかな香気に満ちた芹の味噌汁を、すきっ腹に掻き込んでいる。

と、

「惣八、大変じゃ」

頰っ被りをした年寄りの百姓が慌てて駆け込んできた。

「どうした？」

「金森浪人がきて、宇吉《うきち》などの寝者百姓を唆《そそのか》し、四郎左衛門様、治右衛門様の墓を動かしておる！」

「何じゃと……」

惣八は茫然《ぼうぜん》とし、母親は表情を動かさなかったが、縄をなう手は止った。

「許せぬっ、我らを何処までこけにすれば、気が済むのだっ」

怒り狂った惣八は、重奈雄が止めるのも聞かず、鎌をにぎると表に駆け出した――。

重奈雄は素早く椀を置く。

「まずいぞ、あそこは……沢山の思念が渦巻く場所」

「つまり、常世の草がそだちやすいということだな」

　かつらが言う。

「そうだ。そんな所で——多くの百姓を怒らせ、悲しませる暴挙に出てみよ。いくつもの恐るべき妖草が人の世に雪崩《なだ》れ込むぞっ」

　重奈雄たちも、惣八を追い、表に出た。

　走りながら重奈雄は——

(何故、青天狗がここを根城としたかわかった。ここでは連中が武器とする妖草が……)


　この頃の郡上では、金森浪人が、一揆で活躍し藩や幕府に処刑された義民たちの墓を壊すなどの暴挙がしきりに起っていたのである。これを知っていた久兵衛は、何らかの思惑があり、村内で浪人に協力しそうな寝者をおしえ、浪人どもに墓を長良川に投げ込ませている。

　八人の浪人が五人の寝者を動員、川の方へ墓石をはこんでいる。

──久兵衛たちの姿はいつの間にかなかった。

庄屋が脂汗をにじませ、

「お侍様、まずうございますよ。この二人の者どもは……村の者たちに、敬われております。墓を川に投げ込みますと……」

「何が起きるというのだっ」

昨日酔うていた浪人が気勢を上げる。

「騒ぎが起きるかもしれませぬ」

「百姓どもが起す騒ぎなど、たかが知れておるわ」

浪人どもは、相手にもしない。

「言わんことではない。……もう、参りましたぞ」

庄屋が言う。

──怒りが、土埃を蹴立《けた》てて殺到してきた。

立者百姓たちだ。

手に手に鎌や鍬《くわ》をもった百姓たちは、

「止《や》めて下されっ」

「どうして、お二人の墓をもち去るのか！」

「もう仏になっておる方々じゃぞ、罰当りな！」

「止めてくれ――」

炎のような怒りを燃やしながら必死に抗議した。が、浪人どもは白刃を抜いて――罵《ののし》り、嘲笑《あざわら》い、威嚇《いかく》するばかり。

重奈雄、かつら、重吉が、駆けつける。重奈雄とかつらは花が咲いた桃の枝をにぎっていた。

「ああ、お主らっ」

腰に瓢箪を下げ、頭に晒《さらし》を巻いた浪人が、目ざとく見つけている。

浪人どもは立ち止り、両者は長良川の畔で睨み合った。

川風が、砂埃を巻き立てる。

元密偵が、寝者たちに、

「おい、今のうちにはこべっ」

寝者どもが墓石を川にはこぼうとする。

立者百姓が、寝者どもに投石した。

血が流れ怒号が飛び交う。

「何をするっ、糞《くそ》」

「石を投げるな！　百姓どもっ」

浪人が二人、刀を振りまわし——百姓たちを威嚇する。

重奈雄は、鉄のように硬い声で、

「——何をしているのかわかっているのか！」

「くると思っていたぞっ。昨日の屈辱、今日晴らしてくれるわ！」

瓢箪を腰に下げた浪人が大刀を抜いた。

鉄棒蘭が、うねうねと蠢く。

すると、浪人は記憶の中の痛覚を刺激されたらしい。腰が引き気味になっている。

「お主では無理じゃ。わしがやる」

ぬっと一歩すすみ出たのは大柄な浪人だ。鍔で大黒が光る刀は、まだ抜かれていない。ただ殺気は十分である。

瞬間、寝者どもが、墓石を長良川に放り込んだ。

「ああっ……」

——怒り、ないしは悲嘆の溜息が、立者百姓たちの口から迸《ほとばし》る。

「殺してやるっ」

鎌で寝者を殺そうとする惣八を、歯を食いしばった仲間が、羽交い絞めにして止める。

仲間は必死に叫んだ。

「――止めろ！　今、そ奴を殺せば、お主も獄門じゃ。こらえてくれ！　お主まで死ぬなっ」

浪人と対峙《たいじ》する重奈雄は惣八の足許で、常世の緑色の侵入がはじまったのをみとめた。丸い石の陰などから、次々に赤と緑、二色の芽が顔を顕《あらわ》してきた。――凄い勢いだ。

「かつらさん、桃の枝であの芽をっ」

かつらが、花咲く桃でふれると、その芽は萎れてゆく――。

それは――不当なものへの怒りを苗床とする妖草・背高人斬り草の芽であった。

（この地の妖草をふやす……これが、目的か。兵吉と村瀬甚内……対立する双方に己の手下を入れ、怒りの火に油をそそいできた。誰だ、何処にいる？）

兵吉と甚内をあやつっていた者こそ、今浪人どもを唆した者であろう。そ奴をさがす重奈雄の厳しい目がある一点で留る。

橋の上であった。

男が二人、女が一人、こちら側を見ている。

黒紋服の翁、少し若い手代風、肉付きのよい娘。

すっと視線を逸《そ》らした三人は……久兵衛の隠居所の方へ歩いて行った。

——！

抜き様に斬ろうとした大刀を鉄棒蘭が弾く。

赤い火花が、咲いた。

重奈雄の念が鉄棒蘭を動かし、黒い棒状妖草は鋼の剣をからめとる。

そして、遠くへ放り投げた。

からん。

魚子地の鍔で大黒を光らせながら刀は遥か向うへ落ちた。

魂をぶち抜かれたようになった浪人だが、立ち直りも速い。さっと、脇差を抜いている。

その手めがけて——曲線的な、褐色の風が吹き、

「ぐっ」

鉤爪が手の甲に刺さった武士は呻いている。

――重吉の捕り縄だ。

ひるんだ浪人の分厚い胸を鉄棒蘭が襲う。

したたかに打ち据えられた浪人は、歯を食いしばり、青筋を額に立て、脂汗をにじませつつ崩れ込んだ。

「おおぉぉぉ」

立者百姓たちから熱い歓声が上がった。

重吉めがけて――元密偵の浪人が斬り込む。

この男は元士分であったが、農民や行商に化けて探索する係であったため、抜け目ない。自分の武力で重奈雄には勝てないが、重吉は斬れる、それによって重奈雄に揺さぶりをかけよう、即座にかく考えた訳である。

必殺の剣風を――十手が止めた。

が、二撃めは厳しい。

すぐに刀を翻し、重吉を斬りすてようとした元密偵に、桃の花を手からこぼした、娘剣士が躍りかかる。

小太刀の峰が元密偵に叩き込まれ戦力を奪った。

かつらであった。

重吉は、十手を陽光に光らせ、

「おおきに」

滅茶苦茶に刀を振りまわしこちらを威嚇する昨日の酔っ払い浪人に、重奈雄は静かに歩み寄る。

「くたばれっ」

驀進《ばくしん》してきた浪人の腹を鉄棒蘭で打ち、昏倒させた重奈雄は、

「まずい」

苔の赤色が、地面のそこかしこで、広がっていた。

「……火車苔《かしゃごけ》だ」

言いながらまた一人倒す。

火車苔――激しい憤怒を苗床とする妖草で、火災を起す。これを駆除するには梅の成分を溶かした水が入り用である。

重奈雄は叫んだ。

「誰か、家に梅干しがある者はおらぬか！　この苔は災いをなす」

「………」

「俺の鉄棒蘭を見てわからぬか！　この世には、妖しき働きをなす草があり、それは人の心を苗床にして芽吹く。妖草と呼ぶ！」

浪人も百姓も……重奈雄の気に呑まれ、争うことを忘れて、聞いている。

「妖草・火車苔は火の災いを起す！　ふせぐには、梅と水が必要」

「わしの家に、死んだ女房がつけた梅干しがある！」

羽交い絞めにされていた惣八が吠《ほ》える。

「もってきてくれっ」

「おう！」

仲間からはなされた惣八は、家の方へ全力で駆け去った。

青き眼光を灯した重奈雄が、再びきっと、浪人たちを睨む。既に四人となった浪人どもだが、

「小僧！」

「膾《なます》にしてくれようぞっ」

「美濃侍の意地、見せてくれるわ。腰抜けが」

ごつごつした罵声《ばせい》を、ぶつけてくる。だが威勢がいいのは口だけで誰も斬りかかっ

てこぬ。

　重奈雄がまた一人鉄棒蘭で叩きのめし、かつらが小太刀で一人峰打ち、のこる浪人二人と寝者は百姓衆が鍬《くわ》や棒で追い詰め、全員生け捕りにした。

　惣八が梅干しの壺《つぼ》と水桶をもってもどってくると、重奈雄は火車苔の駆除をかつらにまかす。かつら、惣八が、梅水を赤く妖しい苔にまく横で、

「庄屋殿」

「……は」

　重吉が縄でくくった十三人を重奈雄はちらりと見、

「この者ども、当村の百姓衆に敬われている四郎左衛門殿、治右衛門殿のお墓を、こちらの静止も聞かず、川に投げ込み、また何の非もない百姓たちを刀で斬ろうとした。その乱暴狼藉《ろうぜき》、許し難い。——信楽代官様に引き渡すべきかと存ずる」

　庄屋は頭を掻きながら、

「いや……何と申しますか、喧嘩《けんか》両成敗と申しますか」

　百姓たちに、

「わしはそなたらとお上の間に立ち、何事も丸くおさめる役目の者。今は御浪人衆とことを荒立てぬ方がよいように思えてな」

もっともらしいことを言うのである。

重吉が書状を取り出し、重奈雄にわたす。

重奈雄はその書状を庄屋に見せる。

書状の威光に、庄屋は一瞬眩《まぶ》しげな顔になり——弾かれたように土下座した。それはあたらしい藩主がくるまで郡上を暫定的におさめている信楽代官が、お上の御用で動いているこの者たちが、何か困ることがあれば、すぐに手を差しのべてほしい、このようにのべている書状であった。

米つきバッタのようになった庄屋に重奈雄は、

「我らは、この地に穏やかならざる騒ぎを起そうとしている者どもをさがしている。その旨、信楽代官様にもつたえてある。此度《こたび》の騒ぎも——我らが追う者どもが裏で糸、引いていた怖れがある。これ以上庇《かば》い立てすると……」

素早く立った庄屋は、

「早くその者どもを牢《ろう》へ！」

下男たちに命じる。

庄屋の屋敷に引っ立てられながら、大柄な浪人が、

「また、うぬの妖しげで卑怯《ひきょう》な武術に負けた。誰が師なのだ？」

「師などいないさ」

浪人は敵意を剥き出しながら、

「わしらだけを裁き、わしらを唆した爺《じじい》はお咎《とが》めなしか！」

「……ほう。誰に唆された」

重奈雄が言うと、

「久兵衛じゃよ。隠居の爺じゃ！」

忌々《いまいま》しげに答えている。

「奴はお咎めなしか！」

「いいや。そのつもりは、ないよ」

山の上の屋敷に、険しい顔をむける重奈雄だった。

橋をわたる。

かつらと、重吉が、同道していた。

さっき、争いの場で芽生えた妖草は、全て刈ってきた。

三角形の山の中腹につくられた屋敷を見据えながら重奈雄は足を止めている。かつら、重吉も立ち止る。

重奈雄は静かな声で、

「いかなる妖草妖木があるかわからぬ屋敷。ほとんど、化物屋敷と言っていいだろう」

「…………」

「そんな屋敷であるが、まず百姓たちの中から、これ以上犠牲を出したくない」

二人の仲間は首肯する。

「信楽代官の助勢をたのんでいる暇もない。奴ら、青天狗一党は、明日何をしでかすかわからぬからだ。——今日、倒さねばならぬ。この人数で乗り込むことに、つき合ってくれるか？」

重吉とかつらは口々に、

「それが役目や」

「妖草師として当然のこと」

暗くまがりくねった道を登った。

周りに茂る草木の一本一本が、妖気の汁をその細い体に浸《し》み込ませている気がする。

厳つい木戸は、むっつり口を閉ざしていた。

重奈雄は門前に立つと、

「――お訊ねしたい儀があって参った！」

高らかに呼ばわった。

雑木をたばねた背が高い枝折垣から、拒絶するような鋭さが漂っている。

ややあってから、

「どなた様でしょうか？」

若い男の声が門の向うでした。慇懃《いんぎん》であるが、冷えた悪意が隠された声である。

青天狗の総帥と思われる久兵衛は、相当なる黠奴《かつど》である気がした。

何か策を練った処で見抜かれてしまうだろう。

小細工を弄《ろう》せず、堂々と打ち入った方がよいと思えた。

「妖草師・庭田重奈雄と申す。これなるは、我が助手、阿部かつら。そして京都西町奉行所の重吉じゃ。久兵衛殿はおられるか？」

「少々お待ち下さい」

若い男が、引っ込む気配があった。

三人はしばしその場でまつ。

妖しいやわらかさをもつ春の山風が雑木林の下草を舐《ねぶ》ってゆく。

妖草妖木の奇襲を厳戒する重奈雄たちだったが、その兆《きざし》もない。広い屋敷の内は一声もなく、不気味なほど静かであった。

少しまっていると、

「……久兵衛が会うそうです。どうぞ、お入り下さいませ」

ギーッと木戸が開いた。

三人は中に入った。

いかにもすばしっこそうな、二十歳《はたち》になるかならないかの若い下男が、三人の体がすっかり入ってしまうと、戸を固く閉めた。小兵である。だが、二つの腕は異様なほど太く、腕っ節は強そうだ。額に小さな傷がある。やわらかく笑んでいるが、拭《ぬぐ》い切れない、暗く不吉な翳《かげ》が面貌に孕まれている。

「主はこちらでまっています。どうぞ」

他に幾人か使用人がいそうであったが、姿を見せない。砂埃を孕んだ風が四人の足許をすぎる。

がらんとした殺風景な庭を歩いた。大きな松とケヤキ、そして幾株かの芭蕉が植わっていた。

萱葺屋根の、大きな母屋に入る。

土間は広かった。竈や臼、料理道具を入れた棚、大きな樽《たる》、洗い場が並んでいた。

煤《すす》で黒ずんだ大黒柱の傍らから黄ばんだ畳に上がる。

若い男が先に立ち、三人は奥へすすむ。

とある小さな部屋をこえ下男の手が襖《ふすま》を開いた。

「――」

火山から溢《あふ》れ出たような、紅蓮《ぐれん》の花が目の前に立っている。

正方形の中庭で霧島躑躅が花を咲かせているのだ。

ふんわりした、四角い光の溜りの向うに、広い座敷があり、ほっそりした老人がそこでまっていた。

「あれが、御隠居様です。では、わたしはこれで」

若い下男が引き下がっていく。

「どうぞ、どうぞ、こんな山家によくぞお越し下さった」

赤い中庭の向うに佇む久兵衛はにこやかに声をかけてきた。重奈雄たちは、霧島躑躅から何か出まいかと注意しつつ、奥座敷に入った。

「さ、そこへ」

久兵衛にうながされ、中庭を右に見つつ腰を下ろす。

重奈雄たちから見て――久兵衛の面や喉の右半分が、明るく白っぽくなっていて、左半分が、暗く黒っぽくなっていた。その暗くなっている左側《ひだり》は闇に黒く抉《えぐ》り切られたように見えた。

三日月と箱根《はこね》らしき山岳が描かれた掛け軸を背にした、久兵衛は、薄い笑みを浮かべていたが、目は笑っていない。

半分黒く塗り潰された喉仏が動き、

「……なかなか、若い人が訪ねてくれることはないゆえ、嬉しいですな」

この爺さんに、油断してはならんぞ、という目でかつらが見てくる。

相手がいきなり襲いかかってくる気配がないため、重奈雄は、

「見事な躑躅ですね？」

「ええ。自慢の種です」

久兵衛は、目を細め、中庭にむく。白い領域が太くなる。

「何年か前、薩摩《さつま》に商用で出かけた折、向うで惚《ほ》れ込みましてな」

「そうでしたか」

「こちらに、もちかえったのです。ただ郡上は冬が寒い」

「でしょうな」

「ちゃんと花を咲かせてくれるのか、気がかりだったのですが……」

こんな話をしていると、ただの商家の楽隠居に思えてしまう。ただ、この男は間違いなく、青天狗の頭目ぞ、妖草妖木を駆使する妖草師の怖れもあるぞ、と、重奈雄は己に言い聞かせている。

「霧島躑躅は薩摩の木ですが、寒さには強いのですよ。……庭には芭蕉もありましたな？　あれもやはり南国で気に入られて？」

「いやいや、芭蕉は元々好きなのですよ。芭蕉の句が好きで芭蕉好きというのは冗談で……」

顔を真っ直ぐ、こちらにむける。

闇がしめる区域が大きくなった。

「芭蕉の実は……妖しいでしょう？」

「わかります」

重奈雄が応じると、久兵衛は笑いながら眉間《みけん》に皺を寄せ、

「梅や梨《なし》にくらべて、面妖なる趣がある。……その妖しい果実が好きなのかもしれませぬな」

女が、やってきた。

彫りが深い顔から、挑発的な野性味が漂ってくるような娘で、肌は浅黒い。音一つ

立てぬ素早い足配りが只の女中でないことを物語る。緑色の簪《かんざし》を挿した女、とよ、は、薄く会釈すると、茶を重奈雄たちに出している。

重奈雄は、自分を助けた賊は女かもしれないという、綾の言葉を思い出す。

「——能登屋に行ったことは？」

久兵衛を睨んだまま、言った。

女は、何も言わなかった。

腰を上げると主の前へ移動、久兵衛に茶を出すと出て行こうとした。

が、立ち止り、

「自分より年下の娘には、手出ししないと決めてるんですよ」

刃物のように鋭く言い置き、退出した。

久兵衛が言う。

「不憫《ふびん》な娘にございますよ。一つ違いの妹が、女郎屋で、ひどい目に遭って……命を落としましてね。いろいろなことがあって、うちの店ではたらくようになった娘です。どうぞ、飲まれよ」

そうながされても誰も茶に口をつけなかった。

一口だけ茶を啜《すす》った久兵衛は、

「そろそろ本題に入ろうか」

重奈雄は、居住いを正し、

「ええ。そうですな」

「何をしに参られた？」

「先程、村で起きた騒ぎはご存知ですか？」

「金森浪人どもが、川に墓石を投げておったな」

「ええ」

久兵衛は表情が消えた顔で、

「罰当りなことをするものよ」

「その罰当りなことを、貴方《あなた》がお命じになった、こう話している浪人がいるのです」

「知らぬな。自らの罪を軽くしようと考え、口から出まかせを申しているのであろう」

「左様でございますか。では——青天狗を知っていますか？」

重奈雄は訊いている。

「ああ……近頃、京で騒ぎを起したという盗賊ですな？」

「ええ。その盗賊と関りがあったのが、兵吉。知っていますね？　番小屋はここを少し登った所だ」

「ああ。逐電した山守ですな」

「その兵吉と、盗賊仲間だったと思われる、村瀬甚内という男がいます。甚内についてわたしは、村の者に詳しく聞きました」

惣八の母親が芹を摘みに行っている間に聞いたのである。

「何でも甚内は、金森藩が一揆を鎮めるためにやとった、荒事に通じた浪人者であったそうですな」

「ほう」

「この歩岐島村にもきたことがある。昨年、歩岐島村騒動が起きた時、初めに激しく取っ組み合ったのは……甚内と兵吉だったそうですな？　だが、彼らは裏でつながっていた。ある目的のために」

「……どういう目的だろう」

はっきりと言った。

「妖草」

「常世と呼ばれるもう一つの世界に茂る妖しの草。人の心を苗床にこちら側に芽吹き、人智を超えた様々な働きをなす。その妖草をここでふやし、そだてるため、彼らは歩岐島で様々な騒ぎを起し、争いを煽《あお》った。そうやって芽生えた妖草で――賊働きをおこなった」

「……ほう」

久兵衛がまとった楽隠居という偽装的な皮はまだ剝《は》がれ落ちない。

「この村だけでなく、そうした手先が、この郡上のいろいろな所にいたのだろう。その妖草栽培の拠点が――ここだと思っているのですが」

「貴方が考えた話は実に面白い。一人で、つくられた話なのかな?」

嘲《あざけ》りをふくむ軽い戸惑いが、久兵衛の声には添えられていた。

「いえ。まず、兵吉の番小屋が、貴方の屋敷と同じ山の中にあること。次に、この郡上でもっとも激しい対立があったのが歩岐島。妖草畑として、ここほどふさわしい村は他にない」

「ご存知とは思うが、歩岐島にはわたしの他に幾人もの百姓が暮しておる」

重奈雄、頭を振り、

「数多《あまた》の妖草をそだてられる屋敷は、庄屋の家とここだけ。庄屋の家にはさかんに人の出入りがあるが、ここはいつも門が閉ざされ、中で何がおこなわれているか、たやすくうかがい知れぬ。そして――浪人者の証言」

重吉が十手を出す。

「もう一つ。ここのすぐ裏で、妖草と青い烏天狗どもに襲われたんや。久兵衛、お前の手下やな！　神妙にお縄につくのやっ」

久兵衛は、重奈雄たちをじっと見つめていた。

やがてからからと笑い出し、いと愉快げに膝を打っている。

ゆるりと久兵衛が立つ。

重奈雄の鉄棒蘭が、威嚇するように動いた。

久兵衛は自分の後ろ、掛け軸の方に動き、違い棚に置かれた木箱を開いた。中から出てきた青い面をかぶる。それは――いつぞや北山で見た、青い大天狗の面であった。

重奈雄は北山から逃れたあの山伏こそ、今、眼前にいる翁だと悟った。

三日月の掛け軸が殺気を滾《たぎ》らせる。

かつらが――鉄扇を掛け軸へ放る。

三日月の絵の向うで、赤い光と筒音が弾け、男の悲鳴が起った。

実はこの掛け軸、一種の騙《だま》し絵で、三日月は絵ではなく、その形をした狭間《さま》であり、壁一枚はさんだ小部屋に秀蔵が隠れていて、三日月越しに重奈雄に短筒を放とうとしていた――。

それをかつらが察知し、鉄扇を投げ、あらぬ方をむいた短筒は秀蔵の腿へ火を吹いたのである。

「間抜けが！」

さっき通ってきた部屋の方、つまり赤い霧島躑躅をはさんだ向うにある部屋に、総髪の浪人者がぬっと現れた。

大小を差し青い烏天狗面をかぶっている。

重奈雄はもう、それが誰だかわかっていた。

浪人者が青い面を取る。

「やはりお前か、甚内！」

綾の家に用心棒としてやとわれ、凶賊どもを手引きし、能登屋破滅の原因をつくった盗賊にして金森浪人、村瀬甚内は、にたにたと笑っていた。

甚内の隣に背高人斬り草を両手にもった――さっきの女、とよが現れる。

重奈雄はとよに、

「――お前たちに妖草をあやつる資格はない！」

「てめえが決めるな！」

憎しみの火の玉が暴れるとよの声だった。

「綺麗ごとばかり言いやがって……。てめえのような、綺麗ごとばかりぬかす男にかぎって、廓《くるわ》で散々、女郎にひどい仕打ちをするのがいるってよ。あたしの妹は、そういう男たちのせいで……心が潰れかけ廓抜けをはかり……廓の男たちに殺された」

綾に憐れみをかけたとよだったが、今は敵への怒りで塗り潰されていた。

「その時――うちの畑に、この草様《くささま》が生えてさ、これのおかげで、あたしはそいつらを地獄におくることができた！」

己だけの神と崇《あが》めているらしい、背高人斬り草をふりかざし、

「これはあたしの草っ。誰に文句言われる筋合いもねえんだ！」

久兵衛がゆっくり後ろ首に手を動かす。

――牛蒡種《ごんぼだね》の力をかりて仕掛けてくるのは、明白だった。

久兵衛の手が後ろ首にふれ、とよが背高人斬り草を飛ばそうとする。

瞬間、重奈雄はこの時のために庭田邸からもってきたある貴重な妖草を、さっと取り出している。

それは乙女百合《おとめゆり》に似た妖草で――逆乙女《さかさおとめ》と言った。

久兵衛が言う。

「死ね！」

刹那——牛蒡種の目に見えない妖気が波となり、重奈雄ら三人の心の臓を止めようとくり出され、背高人斬り草も二本突っ込んでくるも、逆乙女の花がはらりと落ちたとたん、敵の攻撃が逆行、久兵衛から天狗面が落ち、

「ぎっ」

と呻いた老賊は面貌を赤黒くして左胸を押さえながら床をのたうちまわった——。

とよは逆行した背高人斬り草に首を掻っ切られ、畳を真っ赤に染めて倒れ、その妖草二本は遥か向うまで飛んで行った。

妖草・逆乙女——自らの花が散るのと引き換えに、他の妖草の攻撃を逆転させる驚異の草である。

九死に一生を得た久兵衛めをかつらが斬ろうとするも、敵は速い。

さっと転がり起き、痛む左胸を押さえたまま奥の間に遁走《とんそう》した。

「わしは妖草などに頼らぬ！」

とわめいた甚内が、襲ってきた。

重吉が捕り縄を投げるも、一っ跳びでかわし、対応しようとした重奈雄に左手で手

裏剣を放つ。

一本ははずれたが一本は重奈雄の肩に命中。細い痛みが、走った。

甚内はそのまま重奈雄を斬り捨てようとするも、

「知風草」

浅茅《あさじ》に似た妖草を取り出した重奈雄は白い穂にふっと息をかけた。

——！

間髪いれず、驚異的な突風が、重奈雄から甚内にむかって吹き——総髪を振り乱した敵は、柱めがけてすっ飛び、背中から激突。のびてしまった。

奥で、

「ええい、一気にかかって、やっつけろ！」

怒りをおびた久兵衛の声がひびいている。

荒い足音が、四方から殺到してくる。

敵が、一気に包囲攻撃を仕掛けてくるようだ。

久兵衛が逃げた奥の方、あるいは、甚内が出てきた表の方から、青い烏天狗面をかぶり、動きやすい黒の伊賀袴《ばかま》をはいた連中がばらばらと、二十人ばかり出てきた——。

青天狗どもだ。

賊どもは刀や、鉄棒蘭の杖《つえ》、まるで棘《とげ》をもつ赤い長虫の如く蠢動《しゅんどう》する木の枝など、物騒な得物で武装していた。

重奈雄が、

「百足《むかで》イバラか……」

妖木・百足イバラ——樹皮は赤く、鋭い棘をもち、蠢く棘の枝を人に巻きつけ、散々苦しめる。時には死に追いやることもある。蠢動する様が赤い百足のようだからこの名で呼ばれるという。今、青天狗は百足イバラの握り部分だけ棘を綺麗に削り、所持していた……。

「これを一本わたしておく」

重奈雄は知風草を一本、かつらにわたす。

「ここぞという時に、つかう……」

さしもの気丈なかつらの声も、この修羅場があたえる圧迫感から——少し、つまり気味だ。それはそうだろう。これだけの敵数にかこまれ、敵意をもった鉄棒蘭や、百足イバラが蠢いている様を目撃するのは、なかなか、ないだろう。

重奈雄は鉄棒蘭や百足イバラを構えている連中は、妖草師ではあるまいと読んでいた。彼らは妖草師に、鉄棒蘭なら鉄棒蘭、百足イバラなら百足イバラをわたされ、その使役法を伝授された兵にすぎぬ。

「殺《や》れっ！」

賊の誰かが叫び足音の濁流が迫ってきた――。

かつらが奥からくる連中を、重奈雄が表からくる連中を迎え撃つ。

かつらが知風草に息をかける。

突風が吹いて――九人の敵を吹っ飛ばす。

重奈雄の方は少し厄介であった。

霧島躑躅が咲いた中庭を迂回《うかい》し、右手から五人、左手から六人、突っ込んでくる。

重奈雄はまず右からくる五人に知風草の風をぶつけた。

二人は、柱と長押《なげし》に背を思い切りぶつけ、動けなくなっている――。三人は襖をぶち破って床に叩きつけられるも、何とか息を吹き返し、怒りの咆哮《ほうこう》を上げて立った。そ奴らは白刃、百足イバラをもっている。

一方、左からは、無傷の六人が迫る。

重奈雄は右手の鉄棒蘭を右敵にむけつつ、左手は――砂にまみれたヒジキのような物体を取り出した。

それを、左から殺到してくる輩に、振る。

「おおっえ」

「何じゃ、これっ」

賊たちが、慌てふためく。

火山灰に埋もれていた衣を、ボンと叩いたり、乾ききった砂浜に半分顔を出し、半ばは隠れた、かなり大きな朽木《くちき》をどっと起した時のような、物凄い粉塵《ふんじん》が出現、目や鼻を襲ったからである。

重奈雄の唇が冷たく――ほころぶ。

「妖藻《ようそう》・砂ヒジキ」

常世にも――海はある。その海は、人界の海からは想像もできぬほど、暗い豊かさをおびていて、妖しの藻《も》が茂る。

妖藻・砂ヒジキはそんな常世の海藻である。この藻は、たとえ水の中に入れても常に乾いた砂を出す習性で知られる。その砂は目鼻に入った時、焼けるような痛みを引き起す。我々も砂浜を遊びまわる時、砂埃が目に入れば、痛いと感じる。時には涙も出る。

砂ヒジキから出る砂が起す痛みは、そんな水準のものではない。

今、その深痛が、青天狗どもを襲った訳である。

砂ヒジキにより、左からきた敵は刀や鉄棒蘭をすてて面を取り、目を押さえ、咽《むせ》び泣きながら蹲《うずくま》っている。

だが、二人、魔的な砂を一向に意に介さず、突っ込んでくる者たちがいた。

「楯蘭《たてらん》をわたしたろ？」

橋をわたった所で重奈雄は、重吉に楯蘭をわたしている。

「あれで、あの二人を叩け」

重奈雄の下知を聞いた重吉は左手に十手、右手に楯蘭を構え、二人に挑んだ。同時に重奈雄は右からきた敵の、百足イバラを鉄棒蘭で受ける。鉄棒蘭が、百足イバラに巻きつく。百足イバラが悲鳴を上げるように軋《きし》み——真っ二つに折れた。硬さでは圧倒的に鉄棒蘭の方が上だ。

得物をうしないひるんだ賊を鉄棒蘭が打ち据える。のこる二人も、鉄棒蘭の黒風にふれるや、叫びながら気絶した。

重吉は相手の一閃《いっせん》を何とかかわし、楯蘭で体を叩いた。つづけ様にいま一人も楯蘭で打つ。

すると、青い烏天狗面がはらりと落ち、一番初めに応対した若い男、別の男の顔が顕わになる。二つの顔は俄《にわ》かに老け込み藁《わら》人形の本性を見せて、どさっとくずおれた。

――芭蕉兵だったのだ。

重奈雄は、かつらの方を見る。

かつらの起した疾風で四人が柱、壁、梁《はり》などにぶつかり、気をうしなって戦線から離脱している。また一人は――起き上がって、かつらに斬りかかろうとした処を、小太刀の逆襲に遭い、斬られた。

「お前らの所業は聞いている。容赦せぬぞ！」

かつらは叫ぶ。

のこりは、四人。

百足イバラを構えた敵一人、鉄棒蘭を構えた敵一人、大刀をにぎった敵が二人だ。

もっとも手強《てごわ》そうな鉄棒蘭を構えた敵を――重奈雄の鉄棒蘭が襲撃する。

鉄棒蘭が二本、激しくぶつかり合った。

鋭気の旋回が起る。重奈雄の鉄棒蘭が、さっと身をひねらせて動き、相手の肩を打擲した。青き烏天狗面がからりとこぼれ、泡を噴いて気をうしなった男が、ばたりと倒れた。

——刺々《とげとげ》しく赤い影がびゅっとかつらを薙ぐ。

百足イバラだ。

小太刀が妖木の猛撃を、払っている。

かつらの鋭い一声が、空間を裂く。

小太刀の切っ先が相手の胸を突いた。

敵は藁人形の本性を現し、倒れた。——芭蕉兵だったのだ。青天狗なる賊は生身の人と芭蕉兵の混成部隊なのである。そして彼らは今日、二度と立ち上がれぬ打撃を負ったはずである。

「分が悪い、退《ひ》けぇっ」

のこる二人が——風のように逃げる。

重奈雄は肩で息をしながら、

「激しい戦いであったが……二人ともよくやってくれた」

仲間たちをねぎらった。

「まだ、久兵衛がいるよ」

かつらが言った。

三人は極めて用心深く奥へすすんだ。

芭蕉が墨で描かれた襖を、開ける。

暗い部屋があった。

板の間である。襖がしつらえられたこちら側以外の三方は、土壁になっているようだ。奥に黒っぽい杉戸がみとめられ、その傍の壁に大きな青天狗面が高い鼻をそびやかしていた。金色の双眸が重奈雄たちの後ろからくる光によってかすかにきらめいている。

部屋の一隅――闇がわだかまった辺りで、妙な音がしていた。

すり、すり、すり……。すり、すり、すり……。

耳を澄ましたかつらは、

「……鬼ムグラがいるようだ」

警告した。

「シゲさん、黒砂糖は？」

「もっている」

と――いくつもの音が、こちらに高速で這ってくる。

重奈雄は素早く黒砂糖を音にむかって投げつけた。

「…………」

静かに、なった。

闇を好む魔草・鬼ムグラは砂糖により、除草されたようだ。

重奈雄は二人に、

「行こう」

真っ暗い部屋を慎重に歩く。鬼ムグラらしきものを踏んだ時は、重奈雄も寒気がした。妖草があたえた寒気は、重奈雄の体の芯《しん》の方にしぶとくのこるような気がした……。


黒い杉戸の向うに何かいるとまずい。

重奈雄は思い切り、鉄棒蘭を振っている――。

杉戸が叫びながら大口を開く。

敵はいなかった。

穴をくぐり、三人は向う側へ出た。青畳がしかれた部屋で、右に明り障子があり、一部が開いていた。障子の隙間からは濡《ぬ》れ縁と閑寂たる庭が見える。

ツバキの木が茂っていて、品よく剪定《せんてい》された松やツゲの見事な枝の下に、サツキの植込み、万両の小さな木などがある。苔をかぶった黒っぽい岩の近くで血色の霧島躑躅が咲いている。

青く湿った庭で、夥《おびただ》しい葉を茂らせたツバキをみとめた重奈雄。心の中で滝坊椿の思い出が赤く咲いた。

今やっと——命の瀬戸際をくぐり抜けたのだという実感が、胸に押し寄せる。

少しでも間違えれば椿がまつ都にかえれなかったかもしれぬのだ。そのことの重さが、急に胸にのしかかってきた。

（いかん、気を強くもたねば）

重奈雄は己を叱る。

（俺は、妖草師。常世の草木をつかい、多くの人を殺めてきた青天狗一党……。今日こそ決着をつける。この決着は、俺がつけねばならぬ）

気を引き締めた重奈雄は久兵衛たちの痕跡《こんせき》をさがす。

前方に、赤い霧島躑躅が描かれた襖があり、かすかに開いていた。どうもそこから連中が奥に行った気がする重奈雄だった。

かつらと重吉を見る。

二人は、無言で首肯している。

同じ考えであるようだ。

赤い花が咲き乱れた襖を——勢いよく開く。

「……ほう」

次の部屋は久兵衛の居室のようであった。長火鉢が置かれ、かけ硯《すずり》があった。畳の上に、諸州の地図が山積みになっていた。文机の上に置かれた書きかけの書状にかつらが気づく。久兵衛が、書いていたものだろうか。宛名は「お師匠様」となっていた。

（お師匠だと……？）

重奈雄は途中で終っているその文を、懐に入れる。

部屋の奥は障子になっていて大きく開かれていた。久兵衛たちは、そこから外に出たようである。

重奈雄たちも外に出る。

左に、不気味に暗い竹藪《たけやぶ》がある。

右は、畑になっており、蕪などが植わり蜜蜂《みつばち》が飛んでいる。

竹林と畑の間は小道になっており、奥にかなり大きく堅牢な蔵があった。久兵衛たちはその厳めしい蔵に隠れているようだ。

三人は妖草妖木の奇襲を厳戒しつつ、小道をすすむ。

と、

（む――）

神経に刺さった小骨に気づいたような表情が重奈雄の面を駆けた。

水隠《みがく》るザザ虫の如く、何か細長く、おぞましきものが、藪の中に潜んでいる気がした。

鉄棒蘭が反応するより先に――長いものが、さっと藪から現れ、重奈雄の白首に巻きついた。

定家蔓《ていかかずら》に似たその蔓の姿は、重奈雄の脳裏にある妖木の名を浮かばせる。

（首絞め蔓かっ）

鉄棒蘭が豪速で動き首絞め蔓をぶった切る。ところが重奈雄の首にからみついた蔓は、みじかくなっても、なお生きていて、ますますぐいぐい締め付けている。面貌を赤黒くした重奈雄の総身を灰色の苦しみがみたす。

――意識が遠のきかけた。

「シゲさん！」

いかつら、重吉が、重奈雄を絞め殺そうとする蔓を、二人がかりで何とか引き剝がした――。

重奈雄が激しく噎《む》せる。

逃げようとする首絞め蔓を、かつらが小太刀でめった切りにして成敗した。

重吉が激動する重奈雄の背をさすり、

「この葉や……丹後屋はんや能登屋はんに、落ちとったのは」

「もしかしたら久兵衛の得物だったのやもしれぬ」

何とか息を落ち着け、立ち上がった重奈雄だった。

「危ない処であった。……助かった」

「ほら、やっぱり、あたしがいた方がよかったじゃないか」

得意げな顔を見せるかつらだった。

蔵の戸は開いていた。

中に入る。

がらんとした広い空間に、明り瓢のそれと思われる黄緑の光が、いくつか灯っている。

千両箱が高くつまれていた。富裕な商家を皆殺しにして、盗んだものだろう。

武器弾薬を入れておく棚もあった。

と――千両箱の陰で、チカッと赤い光が瞬く。

刹那、
パーン！

筒音がして、重奈雄は、胸に激しい衝撃をくらった。

恐ろしい力に押された重奈雄は仰向けに倒れ、かつらが悲鳴を上げた。

（鉄砲で撃たれたのか）

愕然《がくぜん》とした重奈雄は、痛みを覚える胸に手を当てる。どうしたことだろう。――血は、出ていないようであった。

半分にわれた何かが、胸からこぼれる。それを見た重奈雄が愕然とする。

（京を出る時、椿からあずかった小柄《こづか》……）

重吉が千両箱の山に隠れた敵に捕り縄を投げる――。

かがみ込んだ敵は千両箱で自分を守り、空《から》になった鉄砲を放り、半弓を仕度している。

そこに重吉が投げた鉤縄が襲来、上唇に硬く尖《とが》ったものが引っかかった。

――鉤爪だ。

「ああ、あわっ」

吉。

頓狂《とんきょう》な叫びが、男の唇から迸る。

唇を上からめくろうとしてくる力に抗おうとする男。捕り縄をぐいぐい引っ張る重吉。

痛みに耐えかねて半弓をこぼした男は、縄を取ろうとじたばたしながら——重吉に引っ張られ、宝の箱を雪崩のように倒しながら、転がった。——千両箱は空であった。

自らの一部であった赤く湿った小さい肉片と共に、鉤縄を何とか引っぺがした男は、激しい痛みをこらえながらドスを抜こうとしている。

すかさず重吉が突進、十手で額を打つ。

がくっと膝をついた男を重吉は、なれた手つきでふん縛ってしまった——。

縄でぐるぐる巻きにすると、したたかに蹴り、

「久兵衛は何処や?」

「……知らぬ」

ビシッ。十手で殴る。

「奥だ……奥」

男は弱々しく答えた。

金子《きんす》や、妖草妖木の運搬につかったのだろうか。

空箱、さらに、長持ちが山のようにつまれていた。三人は木箱の山と長持ちの山の間を、通った。

奥の方には明り瓢ではなく蠟燭《ろうそく》のあえかな炎が灯っていた。

その光が、何者かにふっと掻き消される。

蔵のもっとも奥に天窓らしきものがあるらしく、そこから微弱な光が差し込んでいる。そのかすかな日差しに照らされ、鉄をくんだ大きな檻らしきものが見える。——何が入った檻なのかは暗くてわからない。

大檻の前に男の影が二つ立っていた。

「久兵衛か！」

重奈雄が、言う。

不気味な声で久兵衛は、

「庭田重奈雄。これのお披露目に立ち会えるとは……主《ぬし》も運のよい妖草師よ。いや、最悪の運の持ち主と言えなくもないが」

手下に、

「よし、開けろ」

「へい！」

命じておきながら手下が檻に手をかけると久兵衛の影は檻から遠くはなれる。檻の中から風に巻かれた林のざわつきが聞こえた。大きな植物が入っていて、その枝葉がふるえているようだ。つづいて——鎖をはずす音、鉄扉が開く音がした。

次の瞬間、

「ギャア、久兵衛様っ、お、お助けを……」

掻き毟《むし》るような叫びが轟《とどろ》いた。

——檻から出てきた何かが物凄い勢いで、久兵衛の手下に襲いかかったようだ。

久兵衛は興奮したように、

「肥やしになってくれい！　これも、天下のためじゃ」

重奈雄は仲間たちに、

「——気をつけろ！」

重奈雄の警戒心は固く身構える。

闇の底で、枯木をおるような音、硬い飴《あめ》を噛《か》むのに似た音、汁を啜《すす》るが如き音、餅を思い切りつくような音がした。

血腥い臭いが鼻に流れてくる。

重奈雄は、元々鉄棒蘭の杖に下げていた明り瓢をさする。黄緑色の光がぼおっと灯る。

重奈雄は、その光で前方を照らしている。

「――」

――得体の知れぬ生き物が男の屍《かばね》に馬乗りになっていた。

それは、植物であった。

植物が人を喰い殺しているのだ。

まがりくねり、幾度もねじれ、異様に大きな瘤《こぶ》を発達させた木がある。そうした幾本もの奇怪な木をくみ合わせ、何か妄執にとらわれた大工なり数寄者《すきもの》なりが、一つの作品《かたち》をつくる。奇怪で牛より大きく、原始的で野蛮、およそ規則性などというものは何もない形で、この時代にアバンギャルドなどという言葉はないけれど、そう呼ばざるを得ぬ形を。

つまり一本の幹がすらりと立った樹ではなく、幾本もの幹、ないしは枝が、複雑にからみ合い、もつれ、ぐるぐるに巻きつき合った植物塊《かたまり》だ。

葉は栃《とち》のそれより大きく平べったい。

所々に、実がついていた。

縦に長くした南瓜《かぼちゃ》のような果実で、先端が十字に裂けていた。裂け目は広がったり狭まったりしていた。裂け目からは、種ならぬ牙《きば》がのぞき見える。牙は血で濡れており、その恐ろしい口には、硬そうな幹から発達した、やわらかそうな蔓《つる》が、肉塊をはこんだりしている。

それは……堅固な幹をもち、しなやかな蔓で獲物をとらえ、凄まじい牙が並んだ果実にはこんで食事する、大きな妖木であった。

重吉が上ずった声で、

「何や……あれは」

「――食人木《しょくじんぼく》っ」

重奈雄は答える。

「人を喰う木だ」

かつらが、妖木伝で覚えた知識を思い出しつつ、

「……人を喰う前は、他の妖草妖木を肥やしとして喰らう。ある程度大きくなると赤い花を咲かす。その花が散った後、実がなる。実には……鋭い牙をもつ口があり、ここで人を喰うようになる。丈夫な枝を手足の如くつかって山中を動きまわり、水の代りに血をもとめるから……真に多くの命を奪う、とんでもなく獰猛《どうもう》な妖木だ」

重奈雄は何処かに隠れた久兵衛に、

「郡上を根城としたのは……夜盗につかう妖草妖木を得るためだけでなく、食人木の肥やしとなる新鮮な妖草妖木を手に入れるためでもあったのだな？」

姿なき老賊は冷たく笑う。――それが、答のようだ。

「何が目的だ。賊働きだけならば、今ある妖草妖木で十分のはず」

久兵衛の文にあった「お師匠」という言葉、さっき久兵衛が言った「天下のため」なる言葉が、胸に重くのしかかっていた。

青天狗は、人を眠らせる眠りツチグリ、打擲する鉄棒蘭、縊《くび》り殺す首絞め蔓、深く傷つける百足イバラ、芭蕉兵、牛蒡種などをつかい、悪魔的な凶行におよんできた。この期《ご》におよんで、食人木などいらないのではないか、むしろ、このたちの悪い妖木の牙は……青天狗にも嚙みつく、両刃の剣になり得よう、重奈雄はかく考えたのだ。

久兵衛は言った。

「――わしのお仕えする御方が食人木《それ》を欲するのじゃ」

「お師匠という奴か？」

「…………」

「何処の何という奴だ、そ奴は何を考えている？」

「おしえられぬなあ」

嘲笑《ちょうしょう》がふくまれた、言い方だった。

久兵衛は重奈雄に、

「お前は、あの御方の敵ではない！　わし如きにここまで苦戦しておるのじゃから。己の無力さを、思い知りながら、食人木に喰われ、冥土《めいど》に行くがいい！」

――食人木が猛進してくる気配がある。

まるで、人が密林を疾走するような音が、あるいは、嵐が叫びながら林の上を飛ぶような音が、近づいてくる。

重奈雄は妖草を枯らす妖草――楯蘭を投げた。

ところが食人木は蔓で貴重な楯蘭を絡めると、些《いささ》かも萎れたりせず、南瓜を長くしたような実までさっともって行き、鮫《さめ》を思わす牙が並んだ猛悪な口を果汁をこぼしながら開くと、ぱくりと喰ってしまった。

食人木の強すぎる妖気を前に楯蘭の妖気は小さすぎる。

だから、全く歯が立たない。

楯蘭を喰った憎き実を――鉄棒蘭が叩く。実はごろりと下に落ちる。が、人を喰う実だけあってかなり丈夫だ。潰れはせず……さっき、一人喰い殺して血塗られた牙をガチガチ嚙み合わし、自発的にごろごろ転がり――かつらに襲いかかっている。

「くるなぁっ！」

大音声《だいおんじょう》で吠えたかつらは小太刀を振っている。

邪《よこしま》な牙が、小太刀に嚙みつく。

鉄刀を食い千切ろうとしているようだ。

怒りの咆哮《ほうこう》を滾らせ――かつらが小太刀ごと、土間に叩きつけた。真っ二つになった実はまだカタカタ歯嚙みしていたが、人を襲う気は遂になくした。

重奈雄が、明り瓢の黄緑光を巨大な相手にむける。

太い枝を聳やかせた食人木は、まだいくつもいくつも、実をつけていた。一つ一つの実が重奈雄を嘲笑するようにカタカタ歯嚙みする。獲物をつかまえるのにむいた、長い蔓がぐにゃぐにゃ蠢く。――まるで誘っているかのように。

「庭田はん、どないします？」

重吉が問うと、

「――一度退く。外で迎え撃つ」

三人は食人木に背を見せている。

後ろから、

「逃げるか、重奈雄！　それでも妖草師かっ、ははは」

久兵衛の挑発が、冷たく追いかけてきた。さらに、大きな殺意の風圧が、すぐ後ろに、ガサガサ迫ってくる——。

重奈雄の背中は猛追してくる妖木の圧倒的威圧感を、冷たい塊として、はっきりと感じた。——邪悪な意志が、うねうねと躍動する様を背中が見ているようだ。

（これが……妖気？　椿の天眼通とはこういう感覚なのか——？）

一瞬、重奈雄は、天眼通を悟りかける。だがそれは一時的なものであり、すぐに妖気を感じなくなった……。

蔓が重奈雄の肩を後ろから叩く。

鉄棒蘭で、薙《な》ぎ払う。蔓はたやすく千切れ、弱々しく転がり落ちるも——その大本《おおもと》たる硬い幹は鉄棒蘭渾身《こんしん》の一打をくらっても、全くびくともしなかった。

（何と恐ろしい妖木かっ）

妖草経、妖木伝には、原則としては妖草妖木の駆逐法がしるされている。しかし、中には刈り方が全くしるされていない妖草妖木もある。

食人木がそれだ。

てゆく他ない。
重奈雄としては——今、戦いながら食人木の弱点を見つけ、その駆除法を練り上げ

外に、出た。

憎らしいくらい平凡な田舎屋敷の光景の中に。

(これは、どうだ)

重奈雄はさっきの小道を走りながら、さる妖草の種をまく。そして、塩をかける。

「妖草・ハリガネ人参」

妖草・ハリガネ人参——塩を苦手とする妖草は多いが、この妖草は、塩をかけると急速に成育、ハリガネのように硬い茎で相手を拘束する草である。また、不快音を出すことでも知られる。

重奈雄が逃げてきた経路に次々とハリガネ人参が芽吹いた。

と、蔵の戸を粉微塵《こなみじん》に壊し、その恐ろしい木は出てきた——。

明るい所で初めて食人木を見た三人は、瞠目《どうもく》している。

——大きい。

さっき、檻から出て、久兵衛の手下を喰い殺していた時よりも、ずっと大きい。食事で強大化したようだ。地面を速く這う時は、牛を三頭合わせたような貫禄《かんろく》の虫が、突進してくるようであったし、体を上にのばせば、人の二倍から三倍の高みまで、禍々《まがまが》しい枝葉が茂っていた。

幹は灰色、所々から発達した蔓は黄緑。

白い牙が並ぶ実は深緑で、血色の縦筋があった。

一度高みから重奈雄らを威嚇した食人木は一気にうつぶし、凄い勢いで這いながら近寄ってくる。

ハリガネ人参の強茎《くき》が食人木に絡もうとする——。

滅茶苦茶に、踏み潰された。

重奈雄はある妖草を取り出している。その妖草は、ウドに似ていた。野性的な太い茎の先には、緑色の小さな粒の集合体がついていた。

妖草・草雷《くさかずち》——実をつけた軸を千切ることで、緑色の稲妻を放つ、恐るべき力を秘めた妖草《くさ》である。

重奈雄は草雷を千切ろうとした。

刹那――指の神経を、細く激しい痛みが幾本も走り、思わず草雷をこぼした。

ひろおうにも、濡れた縄を幾本も巻かれ、きつく締め上げられたような痺《しび》れが腕を襲い、

(手が動かぬ)

はっとした重奈雄は――食人木の向うに立ち、薄ら笑いを浮かべている久兵衛を見た。手を後ろ首に当てた久兵衛は満悦げな顔で重奈雄の腕を睨んでいた。

――牛蒡種の邪視だ。

かつらが、しゃがみ、

「こいつをどうすれば？」

「実を千切り、食人木にむけよ」

草雷をつかもうとしたかつらが呻き声を上げて、頭をかかえている。

久兵衛はかつらに視線をうつしていた。

と――食人木が例の黄緑の蔓を動かし、重奈雄の足許に落ちた草雷を絡めた。食人木は勢いよく草雷を引っ張った。

「おのれっ」

重奈雄が言うと同時に——鉤縄が宙を飛び、草雷を掻き込む。

捕り縄だ。

重吉が熟練の手つきで奪われそうになった雷撃妖草をこちらに取り返した。

「でかした！」

重奈雄が叫ぶ。久兵衛は、食人木越しに重吉の心の臓を睨む。

重奈雄の腕の痺れは若干薄らいでいた。渾身の力を絞り、重奈雄はある物体を、久兵衛や食人木の方に投げている。

その物体は……極めて敏捷《びんしょう》な食人木の蔓につかまっている。

が、その物体を嚙んだ食人木はよほどまずかったのか、いそいで、久兵衛の方へ投げた。

（やった！）

——灰色の埃がまるで煙のように、久兵衛近くで炸裂《さくれつ》した。

重奈雄が投げたもの、それは妖藻・砂ヒジキであった。

糜爛《びらん》効果のある砂ヒジキの埃が邪な力をおくってよこす久兵衛の双眸に入ったようだ。久兵衛は目を押さえ、激しく噎《む》せている。

重奈雄はこの隙を逃さない。素早く——草雷の軸を千切った。

緑色の稲妻が放たれ、食人木に大穴を開けて貫き、久兵衛を直撃している。

食人木は苦しげに大暴れし、久兵衛はおぞましき叫びを上げて倒れた。

（食人木……あれだけの深手を負い、まだ倒れぬか）

人を喰う妖木はさっきよりおそくなっているが、それでも十分素早くこちらに迫ってきた。

もう一度、草雷を大敵にむける。

重奈雄の細指が、草雷の実を幾粒か毟る——。

草色の閃光《せんこう》が駆け——食人木は眩しそうにたじろいだ。緑に光る高速の刃が灰色の幹を断ち栃のそれに似た大きな葉を焦がす。

——食人木は煙を上げて、崩れた。

重奈雄は鉄棒蘭を蠢かせながら、すっかり弱り、僅《わず》かに蔓をのたうたせている食人木に歩み寄っている。十手を構えた重吉と頭痛から立ち直ったかつらがつづいた。

——異形の果実が一つ、赤い果汁《しる》をこぼし、牙をかたかた嚙み合わせつつ、重奈雄の方に蠢いてきた。

————！

鉄棒蘭で打ち据えた。

重奈雄に嚙みつこうとした実は、赤く裂けた。

青天狗の頭目・久兵衛は胸から腹にかけて大火傷《おおやけど》を負っていた。

それでも、久兵衛は顔を動かし、重奈雄をさがそうとする。——牛蒡種の邪眼で睨まんとする。

しかし、砂ヒジキのあたえた痛みはひどいらしく、老賊の双眸からは止めどもなく涙が溢れ……その目は閉じざるを得ない。

雲間から日差しがこぼれ、重奈雄が抜いた小刀で、光が銀色にきらめいた。重奈雄はその銀の小刀を久兵衛がいつもふれている後ろ首に当てている。

(これで、牛蒡種の災いはうせた)

妖草・牛蒡種は——銀を苦手とするのである。

あらゆる力をもぎ取られたことを知った久兵衛は歪んだ笑みを浮かべた。

「久兵衛……あの御方とは誰だ？」

「はてな」

重奈雄の問いにとぼける久兵衛だった。火傷があたえる苦痛がひどいらしく、皺深き額には脂汗が浮いていた。

「――お前たちは、何をしようとしている」

「この天下が引っくり返る大事とだけ、言っておこう」

かっと眼を開いた久兵衛は、牙を剝くような表情で、言った。

重吉が胸倉をつかみ、

「他に仲間は幾人おるんや？」

久兵衛はもう答えなかった。

細い顔をがくりとさせて、憎しみを滾らせた両眼を開いたまま、息を止めている。

重吉を村に走らせ庄屋以下、百姓衆を呼ぶ。動けなくなった賊は、悉《ことごと》くお縄についた。惣八を郡上八幡の信楽代官の許に走らすと、重奈雄や重吉は屋敷の中を念入りにしらべてみた。

妖草妖木、さらに久兵衛の手先は、もういなかった。

千両箱がいくつかあったが、空箱などもあった。蔵にあった財宝は、青天狗が掠《かす》めた総量から考えたら、あまりにも微々たる額である。一部を被害者である綾の救済のために確保した重奈雄、残りは信楽代官にまかせた方がよかろうと判断している。

いろいろな文書を回収すると、重吉は、

「金の隠し場所が他に在るか、さもなければ、もっと物騒な計画のために……金が何処かに流された後なのか、そのどっちかなんやろなぁと思います」

「俺はひとまず京へもどろうと思う」

綾の生活資金を、蘭山にあずけねばならぬ。

「それがええと思います。わしはいま少し美濃にのこり、この書類と睨めっこして、連中の金の流れをしらべよう、思います」

　重吉は言った。

　重奈雄は、深くうなずき、

「たのめるか」

「ええ。何かわかったら、すぐ都に知らせます」

こうして重奈雄とかつらはひとまず京へ帰還。重吉が郡上にのこり、消えた金の行き先をしらべることになった。

　もし、青天狗を動かしている者たちがいて、そ奴らが何か由々しき大事をたくらんでいるなら、血で汚れた金の流れを突き止めれば——必ずその先に姿を現すはずだ。

　西にもどりながら、重奈雄は、

（一体……青天狗一党の後ろに、何者がいる？　妖草妖木をつかって何をしようとし

ている）

久兵衛が今わの際にのこした、穏やかならざる翳りをおびた言葉が引っかかり、どうにも胸がもやもやしてしまうのだった。

一応、綾から家族や使用人を奪った酷薄なる妖賊は、成敗した。しかし事件はまだ終っていない、これは何かもっときな臭いもののほんの始まりにすぎぬのではないか、そんな気持ちがするのであった。

藤《ふじ》見《み》茶屋

話変って、江戸——。

上野《うえの》寛永寺《かんえいじ》のほど近く、不忍池《しのばずのいけ》の南、池之端《いけのはた》に藤見《ふじみ》茶屋なる料理茶屋ができ、文人墨客の評判になっていることを、平賀源内《ひらがげんない》が知ったのは、少し前であった。

何でも池の畔《ほとり》につくられたその茶屋は、藤棚の下で茶を飲む風雅な席がある。

——藤の頃は、紫に垂れた花の滝越しに、不忍池が見られる。

また、この池は元々蓮《はす》の名所だから、蓮の花が咲く夏も楽しい。

つまり一年に二度格別に楽しい。

源内にこの話をもってきた昌平坂《しょうへいざか》学問所の仲間は、

『藤見茶屋を出したのは、おりんという女でな、なかなかのやり手らしい。本所に桃《もも》見《み》茶屋があろう』

『秋には、紅葉《もみじ》茶屋になるあの店か?』

『そう、その店さ。おりんは、桃見茶屋をやっている女なのだ』

本所の桃見茶屋には源内も行った覚えがある。

隅田川の近くにつくられたそこは、桃園の中にある茶屋であり、客は満開に咲き乱れた桃花《はな》の雲をあおぎ、野外遊宴を楽しめる。もちろん、極楽のような桃園に面した建物もあるから、雨が降っても安心だ。桃園の隣には楓林《ふうりん》があり、秋には色づいた葉の紅、黄、蜜柑《みかん》色が、人々を楽しませる。

桃園、楓林の中には――いくつかの離れがしつらえてある。

千家《せんけ》の茶室を思わせる侘《わ》びた苦みのある建物や、山中の修行僧の庵《いおり》を思わせる小屋、大原《おおはら》に籠《こも》った建礼門院《けんれいもんいん》の居室はこうだったのではないかと思える、真っ赤な楓《かえで》の下の儚《はかな》い艶《つや》を秘めた建物などである。むろん、そうした隠れ家的な離れは、男女の密会の場にもつかえるから、粋な江戸っ子たちは桃見茶屋（別名、紅葉茶屋）をこよなく愛している。

その桃見茶屋のおりんが池之端にあたらしく出した店が藤見茶屋という。

元々、源内は――あたらしいもの好きだ。

「おお、それは面白そうだ。早速行ってみよう」

すぐに、学友と出かけることになった。

こぼれんばかりになった紫の藤からは今にも水音が聞こえてきそうであった。

藤がつくる滝が、不忍池と、源内の間に在った。

藤色の地に、藤柄を白く染め抜いた衣、あるいは、純白の地に葉付きの藤が描かれた衣、そんな涼しげな衣を着た美女たちが、茶や料理をはこんでくる。

源内は一瞬で、藤見茶屋の虜《とりこ》となった。

焼き筍《たけのこ》を肴《さかな》に熱燗《あつかん》を飲んでいた源内はふと、高欄に手をかけて、藤の花の匂いを嗅《か》いでいる一人の若者に気づいている。

法体《ほってい》の若者で医者らしい。蛙《かえる》に似たぎょろりとした目をしていて、顎《あご》は細い。色が白く、おっとりした雰囲気で、いかにも大人しそうな青年だった。

「おい、杉田《すぎた》君」

源内は声をかけた。

向うは、こちらに気づくと、

「おお、平賀さん」

厚い尊敬の念が杉田という若者の相好《そうごう》を走る。

「若狭小浜《わかさおばま》藩医・杉田玄白《げんぱく》――江戸で小浜藩邸付きの医者の家に生れた玄白は、医学の修業をする中で、蘭学《らんがく》と出会った。源内との交流はこの時にはじまっている。

玄白はヨーロッパの最新の知見を吸い込む中で、当時の日本で主流であった漢方医が主張する五臓六腑《ごぞうろっぷ》などの説に、深い疑いをいだくようになっていた。玄白は源内のことを蘭学の大先達として畏敬《いけい》していた。

玄白は、継当《つぎあ》てだらけの粗服を着た一人の男をつれていた。蟹《かに》みたいに平たい顔をした男で、にこにこと笑みを絶やさぬ。やはり医者の仲間だという。

玄白は、前野良沢《まえのりょうたく》なるその男を、源内に紹介する。

「こちらは平賀源内先生。今は昌平黌《こう》で学んでおられる、博覧強記の御仁。もっとも強いのは本草学だ。蘭学にも造詣《ぞうけい》がお深い」

「いやいや、それほどでも」

謙遜《けんそん》する源内を良沢はにこにこと見ている。

源内と学友、玄白と良沢で、酒席を共にすることになった。

話の幕間に良沢はすっと一本の竹笛を出した。

「めずらしい、一節切《ひとよぎり》か！」

源内が言う。

「ええ」

「尺八を吹く奴は多いが……一節切を吹く人は、今時なかなかいない。良沢さんはそれをやるのか？」

「ええ」

「面白い。わしが隆達《りゅうたつ》を歌おう。伴奏をたのむよ」

「もちろん」

風に揺らぎ、馥郁《ふくいく》たる香りを放つ紫色の帳《とばり》を背に、良沢が一節切に口をつける。

源内が低く見事な声で隆達を歌う。

その唄に、一節切が、しっとりと趣のある音《ね》を添える。玄白と、源内の学友が扇で拍子を取った。

見事な歌声と笛の音に、藤見茶屋にいた他の客が、みんなこちらにむいた。源内、良沢の傍まできて、扇拍子を取る酔客まで現れる。

一曲終えても、次を、次を、と催促が飛び、なかなか止《や》められない。源内の声がかすれたのを潮に、

「お粗末さまでございました！」

他の客たちに頭を下げた。

「いやいや、何をおっしゃる」

「見事、見事！」

「声もよく、笛もあっぱれじゃった」

士農工商問わず、様々な口から、賛辞がよせられる。源内は本草学の方でもこのように褒められたいものよと酒に酔うた心で思うている。

と、人の波を掻《か》き分け、一人の美しい女が現れた。

流行の燈籠鬢《とうろうびん》に結い、赤い簪《かんざし》。京下りの小袖には七色の藤が染められていた。

濃く紅を差し、白粉《おしろい》をたっぷり塗ったその女は、油で揚げた大ぶりな筍にウラジロを添えて、どんと源内たちの前に置く。

「筍の天ぷらです。お代はいただきませんから、召し上がって下さいな。藤見茶屋の女将《おかみ》、おりんと申します」

おりんは、源内に何か言うと思ったら、良沢の前に行き、

「……素晴らしい一時でした。亡き父は、天下無頼の浪人者で伝法肌……。町奴《まちやっこ》などの喧嘩《けんか》に明け暮れている人でした。ただ、一節切の稽古《けいこ》は欠かしませんでした」

「左様でござったか」

「久しぶりに父を思い出しました」

四人全員に、にっこりと、

「お客様方。是非また、いらっしゃって下さいね」

おりんが背を見せる。

その時、源内はおりんの着物から——一粒の小さいものが、床に落ちるのをみとめた。

それは、植物の種のようであった。

そのままおりんは高欄から池をのぞいていた風采《ふうさい》卑しからぬ武士に近づき、如才なく語っている。彼女がまとう七色の藤に、水鳥で揺れる紫の花の鏡は、よく映えた。

筍の天ぷらに箸《はし》をつける。

玄白が、ふーふー息で冷やし、口に入れる。油の光沢がその唇をつるりと光らせた。

源内も筍をかじる。

さくさくに揚がった衣から滲《にじ》んだ油と、筍が本来もっていたみずみずしい渋みが、口の中で音曲《おんぎょく》のように絡んだ。——呑《の》み込む。熱い幸せが、喉から、胸の方に落ちて行く……。

「美味《うま》いっ」

酒を啜《すす》り——口腔《こうこう》の油っぽさを押し流す。

源内は二口目の筍にはもう少し塩を振った。その時、酔うた手許《てもと》が狂い、塩がちょっと床に落ちた。

すると、どうだろう。

床にこぼれていた茶色い粒に塩が少しかかるや——あっという間に芽が吹き、二寸ほどまでそだっている。

（な——）

源内しか気づいた人はいない。

源内は、考え込むような素振りを見せながら、床に視線を動かす。小さい植物が出てきた種はさっきおりんが落としたものであるようだった。

（こんな早く、そだつとは……まさかっ）

——妖草、という言葉が、源内の胸底をよぎる。

一昨年、平賀源内は妖草・一夜瓢《いちやひさご》がむすんだ縁により、妖草師・庭田重奈雄と知り合った。だが、妖草で一山当てようとした源内に重奈雄は強く反対。両者は、喧嘩別れしたのだった。

良沢が心配そうに、

「いかがされました。御気分でも？」

もう一人の医者、杉田玄白も良沢の「御気分でも」という言葉に強く反応する。

源内は手を大きく横に振り、

「いやいやいや。そうではない。少し飲みすぎたようだ」

誤魔化した源内は、足を少し動かし、袴《はかま》でもって、ふらふらふらふら茎を揺らしている一本の小さい草を隠した。

（さっき、塩がほんの少しかかったら、芽が吹いた。……異様な速さで。ということは……）

塩が入った小皿を目を細めて凝視する。

「源内先生、本当に大丈夫ですか？」

問うてくる玄白に、

「近頃、目が悪くなってきてね。酒を飲むと、よく霞《かす》むのだ」

「……悪い病気だといけない。今度診《み》て進ぜよう」

「かたじけない。もつべきものは、医者の友だな」

などと言いながら、心は、

（ということは――この皿ごと塩をかけたら、この妖草……一気に成育するのではないか）

と、考えていた。

塩皿を手でつまむ。

同時に、源内の脳漿《のうしょう》は、高速でまわり、

（まてよ。……今、ここで塩をかけ、この妖草が一挙に成育する。わしは、これがいかなる存在《もの》なのか知らぬ）

源内が知る数少ない妖草――一夜瓢や草雷の見せつけた異能が、起り得る様々な騒ぎ、悲劇を想像させた。

（今、ここで妖草による大騒ぎが出来《しゅったい》。わしがそれを解決できなかったとする。……本草学者としてのわしの名は、地に落ちる）

ここで玄白や良沢を驚かせたいという悪戯《いたずら》好きの源内と、本草学者として成功したい源内、二人の平賀源内が真っ向からぶつかり合っている。

（もっと、慎重になるべきだ……。これを密《ひそ》かに持ち帰り、我が家にて、その異能をじっくり、観察、熟視、検討、理解し、これについては、わからぬ処がないというくらいまで極め尽くす。その上で……世に出す。――見世物としてな。ふふ。大もうけできるかもしれんぞ！）

わくわくとした源内は箸を落としたふりをした。

そうやって、こっそり二寸ばかりにそだった妖草を回収。誰にも気取《けど》られずに懐中にしまい込み何食わぬ顔で店を出た。


昌平黌の我が部屋にもどった源内は一つまみの塩をもちかえった草にかけてみた。

と……妖草は驚異的な速さで成長、釣鐘人参《にんじん》に似た強い茎をのばし、紫の花を咲かせ、不快な音を奏でながら、茎にふれていた源内の手にからみついてきた。

とても細いのに……恐ろしく硬く強靭《きょうじん》な茎で、源内がいくら暴れても、取れない。破れない。それどころかますます強く締めつけてきた――。

両手をぐるぐる巻きにされた源内は強い痛みと恐怖を感じたが、まだ声は出さない。

顔を真っ赤にして畳の上を右に左に動き、何とか呪縛《じゅばく》から逃れようとしている。

（今助けを呼べば、この妖草の謎をわし一人で突き止めるという策が、もろくも崩れ去る）

この一念から源内は――声を噛《か》み潰《つぶ》し、ぎりぎりと締め付けてくる妖草と孤独に戦う。

　だが、半刻《はんとき》（一時間）ほどすると、拘束はますます強まり、身も心も限界に達した。

　――その時だ。

「源内、おるか？」

　男の声が、外でした。

「お前にかした銭、利息をふくめると、遂に一両の大台にのったわ。今日こそ返してもらわねば、いくら寛大なわしでも、身も心も限界なのじゃ」

　源内が金をかりている同じ寮の学生だった。

「入るぞ」

　無精髭《ひげ》を生やした痩《や》せた男が、入ってくる。

「あっ……」

　――妖草で腕をしばられた源内を見た男の中で、ちっぽけな良心が慌てている。

「源内。その姿は……何としたのじゃ？　誰が、こんなひどい真似を」

「あ、痛てっ、痛い、痛い！」

「今助けてやるからな。まっておれ」

　男が源内を拘束している草を取ろうとする。が、男の腕力は、細い草のこの世のものではない強靱さに敵《かな》わなかった。

源内をいま苦しめている妖草は——もちろん、塩によって大きくそだち、人間を固く拘束する妖草、ハリガネ人参である。

ハリガネ人参が源内を助けようとした債鬼の手にも絡みつく。

「何じゃ、これはっ。ああ痛い、わぁぁぁぁぁ」

男がわめいたため、寮中の学生が源内の部屋に押し寄せた。幾人もの力自慢の若者が、ハリガネ人参に挑むも、源内と債鬼を助けられなかった。結局、近所に住む腕のいい金細工師が呼ばれた。老練な細工師の職人技により、源内は何とかハリガネ人参から救われている。

平賀源内が昌平坂学問所を去り裏長屋に暮しはじめたのはその翌日のことである。

源内は昌平黌に見切りをつけ、立ち去ったのだが、そのきっかけに妖草・ハリガネ人参が関っていることは、ほとんど知られていない。

この一件があってから——源内は藤見茶屋に強い関心をよせるようになった。

みすぼらしい裏長屋で天井を睨《にら》みながら、源内は考える。

（京のあの男を呼ぶか……。いや、止めよう。わしも学者。わし一人の手で、この難事件を解決してみせる）

難事件とはすなわち、何故、藤見茶屋に妖草の種があったのか、もしかすると、同じおりんが経営する桃見茶屋（紅葉茶屋）にも、妖草妖木による怪異が起るのだろうか。そうした一切合財だ。

金細工師の働きによって取られ、多くの学生に踏み潰されたハリガネ人参は、原形をとどめなかった。記憶の中のあの花は人の世の釣鐘人参のそれとほとんど変らない。

（だが、あれは釣鐘人参ではない。……別物だ）

藤見茶屋であの草が一瞬にしてのびた光景、昌平黌で十二分なほど体験した痛みは、源内に――もう、わしの力では収拾できぬ、妖草師を、庭田重奈雄を呼ばねば、と語りかけてきた。

だがそれは源内の誇りが許さぬことでもあった。

こうして源内は、しばし葛藤《かっとう》している。

やがて源内は――一つの結論に辿《たど》りついた。

（もう一度、藤見茶屋なり、桃見茶屋なりに行こう。そこで妖草が出れば……もうわしの手に負えぬ大事。悔しいが、京から重奈雄を呼ぶ他あるまい。だが、次に行った時に出なければ、かの妖草はたまたまあそこに在ったと見てよいのではないか？　わしの手でじっくりしらべてもよいのではないか）

かくして源内はもう一度、おりんの店を訪れようと決めた。

（この前は、藤見茶屋だった。今度は桃見茶屋に行くか。……その前に、まずは）

己の腕を見る。

ハリガネ人参にしばられた所は、痛々しい痣《あざ》になっていた。

本草学は薬草の知識もふくむ。

己で調合した薬草を患部に塗り込んだ源内は、

（取りあえず、この傷がもう少しよくなったらじゃ）

三日後。

本所は桃見茶屋に杉田玄白、前野良沢を誘ってむかう、源内の姿があった。

四代将軍・家綱《いえつな》の頃まで隅田川の東、本所、深川《ふかがわ》辺りは、茫漠《ぼうばく》たる葦原《あしはら》や沼沢地、そして海が広がっていた。

――明暦《めいれき》の大火がこの辺りが都市化するきっかけになっている。

それまでの江戸は、東は隅田川、西は四谷市ケ谷《よつやいちがや》、北は本郷《ほんごう》の辺り、南は虎ノ門《とらのもん》近辺と、狭く密集していた。

しかし大火によって狭隘《きょうあい》の地にかたまった大都会は壊滅的打撃を受け、焼け出されて東に逃げようとした町人たちは、軍事的観点から橋がなかった隅田川に阻まれ、追いついてきた猛火に巻かれ、次々に命を落とした。

この反省から、幕府はそれまでの方針をあらためる。

町を大きく東、江東《こうとう》に広げ、隅田川に橋をわたし、川沿いにいくつもの大きな火除《ひよ》け地をもうけた。

深川の北、本所はこのような方向転換の末、生れたあたらしき町場である。

源内たち三名は札差と呼ばれる金融業者が軒をつらねる蔵前《くらまえ》を横目に、大橋をわたり、本所に入った。

橋の向うには、醤油《しょうゆ》屋や饅頭《まんじゅう》屋、豆腐屋や八百屋が軒をつらねていた。

さる路地で左にまがる。

数町行くと、町場と百姓地の境に、大きな料理茶屋が現れている。

桃見茶屋である。

いかにも人がよさそうな顔をほころばせて、玄白が言った。

「桃見茶屋と言えば……やはり、桃の花の咲く頃、実のなる頃、そして、紅葉茶屋と名を変えた錦秋《きんしゅう》が楽しい」

今は……桃も紅葉も見頃とは言い難い。正直な処、微妙な時期なのである。

「よほど……おりんの店の料理が気にいられたんですな。源内先生は」

やわらかさの中にかすかな戸惑いがにじむ玄白の言い方だった。

細やかな竹でこさえた、背が低い枝折垣《しおりがき》が切れる。そこに、まるで古《いにしえ》の貴人が髪に挿したという挿頭《かざし》のように、小羊歯《こしだ》や菫《すみれ》を上に生やした、萱葺《かやぶき》の小さな門がある。

その門の手前で源内は、

「いやいや、今は若葉の頃。生えたての桃の葉。まだうぶな青紅葉。この風情を解せずして一流の人士と言えんのではないか。特に畑に産する青い葉のもつ薬効は……医者や本草学者なら誰でも知っておること」

「それはそうですな」

今日もにこやかな良沢だった。

「木の青葉も……おろそかにはできまい」

源内は、言う。

「……わしは、本草学者として、木の青い葉が……気鬱《きうつ》など人の心の病にある種の薬効をもつのではないかと考えておる」

「……ほお……」

二人の医者は、強い興味をしめした。

咄嗟《とっさ》に取ってつけた言い訳が思いの外、精妙であったことに気を良くした源内は、少し得意げに、

「清少納言《せいしょうなごん》は言っている。かへでの木のささやかなるに、萌《も》えいでたる葉末の赤みて、同じ方にひろごりたる葉のさま、花もいとものはかなげに、虫などの枯れたるに似て、をかし……。楓の木はほっそりとしていて、夏の初め、萌え出でた葉の先が赤みがかり、一つの方向にだけ広がった葉の様子は趣があり、とても寂しそうな花は、干からびた虫に似ていて、おかしい……」

枝折垣の向うに楠《くすのき》を見つけると、

「また彼女はこうも言う。楠の木は、木立多かる所にも、ことにまじらひ立てらず、おどろおどろしき思ひやりなどうとましきを、千枝に分れて、恋する人のためしに言はれたるこそ、誰かは数

を知りて言ひはじめけむと思ふに、をかしけれ。

楠は、木が多く植えられた所でも、他の木とは一緒に植えられない。鬱蒼《うっそう》と茂った楠の樹叢《じゅそう》を思い浮かべると、何やら恐ろしいが、千本の枝で、恋する人の千々に乱れた心の例えにつかわれることは、一体、誰が、楠の枝は千本と知り、そんなことを言い出したのだろうと考えるにつけ、おかしい……。

よいか、杉田殿、前野殿。我々今を生きる者は、楓と言えば今まさに話に出たような、秋の綾羅《りょうら》錦繍《きんしゅう》と見まがうような赤や黄に色づいた、あの姿しか思い浮かべぬ。だが、これは心の貧困としか呼べぬ症状だ。

昔人の心の持ち様を見て下さい……。清少納言は、夏の初めの、赤っぽい葉を出しはじめた楓の、干からびた虫の死骸《しがい》に似た花に……熱い視線をよせている。この心だ。そして、問題は楠です」

楠を指した源内は、

「楠と言うと今の人は……化物じみた大きな樹、くらいにしか思わない。多少の物知りは、神寂《かむさ》びた社の傍らにある古い樹、せいぜいがこの印象まででしょう。しかし、昔人は違った……。彼ら彼女らは楠をあおぎ、千にわかれているのではないかと思えるこの枝振りを前にして、恋によって千々に乱れる人の心を着想したのだ」

まくし立てる自分に圧倒されている二人にむかって、源内は言う。

「この心こそ、今を生きる我々がなくしてしまった大切なもの」

「だから……花も実もない桃見茶屋にこられた？」

源内の気持ちを噛みしめる面差しで、玄白がたしかめる。

「そう。今申した心を、若葉を愛《め》でることで、噛みしめる……それは、医道を志す諸君にも大切であるし、本草学の道を行くこの源内にも極めて肝要なことと思ったのだ。……人は心によって動く。そのことを、医者も、本草学者も、決して見落としてはならない」

「それを我らにおしえるために、今日桃見茶屋に？」

源内は自信たっぷりに、

「そういうことです」

妖草をさがすという本来の目的をおおうために、広げた風呂敷が思いの外、出来がよかったため、源内はそれこそがここにきた本来の目的ではなかったかと、自分で錯覚しはじめている。

青い果実と葉にいろどられた桃林にいくつか縁台が置かれていた。

花の頃、あるいは紅葉の頃に、どっと押し寄せる客は今、藤見茶屋の方に行っているらしい。

萱葺屋根の下、あるいは桃、青紅葉の木立も、比較的空いていた。

縁台に腰かけた源内たち三人に給仕の娘が茶と羊羹《ようかん》をもってきた。

それを頬張りながら、源内は四囲をうかがう。

（ここにくる途中、妖しい草はなかった）

本草学者の眼が桃の根元を真剣に見まわす。

と——源内の視線が、ある一角で留っている。

それは、源内から見て楓林の奥、蕪《かぶ》や茄子《なす》、瓜《うり》などが栽培される広々とした百姓地と、この茶店の境にある一角だった。

こんもりと杉木立が茂っていた。

源内は何となく、その林が気になった。

「ちょっと、散策してくる」

蘭方の医術について熱く論じ合う二人を、桃の木陰の縁台に置いたまま、源内は立つ。

桃林を抜ける。

同じように縁台が置かれた、青紅葉の林に入る。

――黒々とした杉林はその奥だ。

下男らしき男が、杉林と楓林の間で、草刈り鎌《がま》を動かし、はたらいている。

いよいよ近づいてきた杉林からは、重く冷えた気が漂ってきた。

足を止めた源内は杉木立のさらに向うを注視する。

鎌を止めた下男から、矢のような警戒心が飛んできたが――源内はわざと気づかぬふうをよそおった。

杉木立の向うは草原のようになっていて、その中心にやはり草ぼうぼうの円墳らしきものがあった。この円墳は四囲を背が高い杉木立にかこまれているようだった。

と、近づいてきた下男が、

「……どうされました、旦那様《だんな》」

「うむ。この杉木立の中に何があるか、気になってね」

源内が言うと、下男は頭を振り、

「マムシなどが出るから立ち入られん方がよろしい」

源内はまじまじと下男を眺めている。

顔は三十を少し過ぎたばかりと思えたが……髪が、不気味なほど白かった。なかなか端整な面をした男だが、冷えた気が漂っていた。

「あの塚らしきものは何だろう？」

「……偉い武将の首塚とか、聞いてます。俺も詳しい話は知りませんが」

下男は慇懃《いんぎん》ではあるが、隙《すき》がない声で、答えた。

「わしはマムシなどは、怖くないのだ。嚙まれぬこつを知っていてな」

源内が行こうとすると、下男は、

「――止めておきなさい」

静かだが有無を言わせぬ強さが潜んだ声音《こわね》であった。

源内がまだ行きたそうにしていると――下男は懐に手を入れ、かっと双眼を大きくした。

刹那《せつな》、きりきりと、激しい痛みが、源内の腹を走った。

腹を押さえ、脂汗をにじませた源内は、

「か、厠《かわや》は？」

「あちらにございますよ」

今度は親切な声でおしえている。

そちらに急ぎながら、源内は、杉木立の下にある草を見つけている。

それは、秋に清麗なる花を咲かす釣鐘人参によく似ていた。

杉木立の下で、あの草が三、四本、紫の花を咲かせていた。

藤見茶屋から種をもちかえり、昌平黌で源内に絡みつき、散々苦しめた、あの妖草であった。

(間違いない……ここには、何かある！　ああ、それよりも少しでも早く厠に行かねば間に合わぬぞっ)

源内は後ろからさっきの下男がじっと見詰めてくるのを、ひしひしと感じた。

不気味に思った源内は、その日、それ以上しらべるのを断念している。

＊

重吉は、名古屋にいた。

久兵衛が味噌《みそ》屋として成功したというこの都会で、重吉は壁にぶち当った。もっともその壁は老練な十手持ちたる彼が、半ば予期したことではあったが……。

――つまり、久兵衛を知る者は、ほとんどいないという壁である。

十年前、久兵衛は、この町に風の如《ごと》く現れた。

多額の資金を、鮮やかな手つきで動かし、身代をかたむかせていた味噌屋の権利、所有する土地の一切を買い上げた。そうしておいて久兵衛は味噌屋の経営からは手を引いた。

所有する土地の地代や、いくつかの長屋から上がってくる家賃収入を管理するため、三人の男が置かれたが、この三人はまさか、己らをやとっている御隠居が悪名高い盗賊の親玉だとは気づかず、他の管財人についても知らなかった。だから、御隠居が、

『米相場で当てた』

とか、

『昔、貸していた相手から一気に返ってきましてな』

などと口にして、折につけわたす大金を、そこまで汚れた金と思わず――言われるがままに動かしている。米や大豆を買って、また売ったり。さる長屋の大家の権利を買って、また売ったり。あるいは同じ名古屋の田中屋《たなかや》という両替商にあずけたり。

重吉は――いろいろ手数を踏んだ金も、最終的には全て田中屋へ行っていることを突き止めた。

が、重吉単独だと、田中屋は捜査へ協力する姿勢をまるで見せない。

そこで、尾張《おわり》藩に属する名古屋町奉行の力をかりた。町奉行が出てくると――田中屋は態度をころりと変えた。

これはこれでいろいろ汚いことをしてのし上がった商人だったが、盗賊ほど血腥《ちなまぐさ》い道を歩いてきた男ではない。

死んだ得意客の秘密を守るのと引き換えに、自分が盗賊一味と見なされるのはさけたいと思ったようだ。田中屋はぺらぺらとしゃべった。

それによると――三人の管財人からあずかった多額の金子《きんす》は、ほとんど為替《かわせ》にして江戸の二つの店におくったという。

一つが日本橋の両替商、大森屋《おおもりや》。

もう一つが蔵前の札差、湊屋《みなとや》。

遂に重吉は、郡上歩岐島村の隠れ家→名古屋の三人の管財人→田中屋→江戸の大森屋、湊屋、という青天狗一味の金の流れをつかんだのである。

(この先をしらべるなら……お江戸に行く他ないやろ)

重吉は、かく思っている。その前に、一度、上洛《じょうらく》し、重奈雄や仁兵衛に今までつかんだことを報告した方がいいと考えた。こうして重吉は旅仕度をはじめた。

京。

清水寺の近く。

料理屋・浮瀬《うかむせ》に、重奈雄、椿、かつら、そして蘭山や池大雅夫妻、与謝蕪村の姿があった。

この店は大坂天王寺《てんのうじ》の名高い料亭で、松尾《まつお》芭蕉も訪れ、『東海道中膝栗毛《ひざくりげ》』にも登場する、「浮瀬楼」の姉妹店である。大坂の浮瀬楼も、京の浮瀬も、名物は浮瀬というアワビ盃《さかずき》だ。

でかいアワビ貝の殻を盃に見立てたもので、酒が七合半入る。

この浮瀬で滝飲み（一気飲み）するのが、京坂《けいはん》の男衆に……流行《はや》っていたのである。騒がしい男どもが顔を真っ赤にして、諸肌《もろはだ》脱ぎになり、アワビ盃をぐっとあおったり、大声で歌いながら踊ったりしている。

重奈雄たちの前にもアワビ盃が出ていたがもっと大人しく、ちょびちょび飲んでいた。

数日前、重奈雄は遂に――もうかつらにおしえることはなくなったと、判断した。京にもどったかつらは、妖木伝の書写を終らせている。妖草経の書写ももう終っている。

あとはもう、重奈雄が妖草師としてこれまでつかみ取ってきた処をつたえてゆくだけだった。それも終り遂にかつらが江戸にかえる日がきた訳である。

今日はその送別会ともいうべき会合だった。

瓦葺《かわらぶき》の軒下に、「うかむせ」という提灯《ちょうちん》が、いくつもかかっている。

黄ばんだ畳の座敷を降りると濡《ぬ》れ縁、その向うに手水鉢《ちょうずばち》と細い遣水《やりみず》がある。水際には紫や白のアヤメが咲き乱れ、椿や南天、躑躅《つつじ》や北山杉の植込みがある。

「郡上では……かつらさんの働きで、幾度も窮地を救われた。一人前の妖草師として東都へもどってもらい、存分に活躍してもらう時がきた気がする。兄、重熙も……喜んでいる。今日は出席できぬがよしなにつたえてくれい、とのことだった」

重奈雄が言った。

かつらが、立ち上がり、

「皆さん、いろいろありがとう。……世話になった」

手短に挨拶《あいさつ》すると、腰を下ろす。そして、憮然《ぶぜん》とした面持ちで浮瀬に口をつけ、一気に半分ほどあおっている。

かつらの隣にいた椿は、

「そないに早よ飲んで、大事おへんの？」

「ああ。酒に呑まれるほどやわじゃないんでね」

かつらが、薄く笑う。その笑いがそこはかとない寂しさを漂わせている気がした椿

は、

「……江戸に、もどりたくないん？」

「………」

「まだ、おそわり足りんことでもあるん？」

こちらの話に入ろうとした重奈雄に蘭山が何やらしつこく訊《たず》ねはじめた。かつらは、黙ってうつむいていた。ややあってから、

「それを言えば……あるんだろうが。少し外に出るか」

酒も飲んでいないのに雰囲気で早くも酔いはじめた大雅、話し込む重奈雄と蘭山、そして他の者たちをのこして、二人は席を立つ。

大雅をいたわりつつ町が視線を走らすも何も言わなかった。

二人は遣水に沿い、歩きはじめた。

料理屋の庭からあおぐ空はどんよりしていて、雲が日輪を隠していた。

馬酔木《あせび》の葉に手でさらさらふれながらかつらが歩く。椿も真似をしている。

かつらが、こちらに背をむけたまま、

「郡上で……一揆の深い爪跡を見た」

小さい声であった。

「将軍家のお膝元でそだったあたしは、お江戸には……たわけの侍、意気地《いくじ》なしの侍、堕落した侍、邪《よこしま》な侍も多いけれども……」

いつものかつら節が、椿をちょっと微笑《ほほえ》ませる。

足を止めたかつらは遣水を見下ろし、

「それでも、天下の政道は大きく間違っていないのではないか、将軍家の治国は上手《うま》く行っているのではないか、でなければ、江戸の町がこんなにも豊かで大きく、華やかであるはずがないと、何処《どこ》かで思っていた」

祇園の芸妓が鳴らすのか、けだるい稽古《けいこ》三味の音、そして、

「難波《なにわ》名物、岩ぁおこし、かっておくれぇっ、なあ、お子ぉさぁんぅや、おっさんに叱られる。ええあえ、何としよ。そんな弱い気でつまるものかえなぁ」

というおどけただみ声、宿の女と物見遊山にきた旅人の掛け合いが、庭木越しに聞こえてくる。

かつらは、言う。

「だが……郡上の惨状を見て考えが変った。とどのつまり、たわけはたわけ、阿呆《あほう》は阿呆、奸物《かんぶつ》は奸物だったのではないかと」

「どないな意味？」

「幕府は、全てを吸い取っている」

話がきな臭い方に行ったため椿ははっと緊張した。椿の父は、将軍家御華司《おはなつかさ》をつとめている。

「自ら作事すればよいものを、諸大名に請け負わす。その皺寄《しわよ》せは各藩の領地にいる……貧しい百姓たちに行く」

椿は、唇に指を当て、辺りを見まわす。このような話を所司代配下の武士や、町奉行所の者に聞かれたら、いかなる災いが降りかかるか知れない。最悪の場合、命がなくなるかも知れない。

だが、かつらは構わず、窅然《ようぜん》とした顔で、

「多くの百姓が重い年貢で潰れた。そういう潰れ百姓が、江戸に出てくる。そうやって江戸に多くの金と人があつまる。江戸の豊かさ、大きさは……その上に在ったのだ。案ずるな椿。この庭には我らしかいない。こういう時でなければ……本当のことなど言えぬではないか」

「…………」

「郡上の一揆も、そういう根っこの上に起きたものなんだよ。きっとな。ところが、大公儀は、命を賭《か》けて江戸に出て郡上の惨状を訴えた百姓たちの多くを、晒《さら》し首にした。百姓たちがそれほどまでにして願った定免法もみとめず……金森藩のように、検見法で行くという。そうやって上様の威光を守る気なのだ。上様は……諸国の百姓たちを守るからこそ、上様なのではないのか？　そこまでして守らなければいけない上様の威光とは一体……」

もう本当にこれ以上はまずいと思った椿は、かつらの袖を引き、

「なあ、かつらはん、そのことと……かつらはんが妖草師として江戸にもどることに、どないな関りがあるの？」

青ざめたかつらは、低い声で、

「大いに関りがあろう」

滝飲みして酔っぱらった若い男がどたどたと厠へ走ってゆく。

かつらは、それを見送ってから、押し殺した声で、

「江戸で妖草師をやるということは、公儀の役をになうということ」

椿がうなずくと、

「公儀を馬鹿にしつつも、何処かで信じていたからこそ、江戸妖草師という役目にやり甲斐《がい》を見い出していた。だが、あたしを吸い込もうとしている公儀は……腐った公儀。その実の姿、真の姿というものを、あたしは郡上で見た気がした」

自分を取り込もうとしているものが腐っている、それに取り込まれたくないという反発、これこそが、さっきかつらを憮然とさせていた感情の正体だった。

かつらの気持ちを知った椿は、

「……もどりたくないゆうこと?」

「自分でも、どうすればいいのか、どうしたいのか、わからないんだ……」

かつらは、弱々しく首を横に振る。このようなかつらを椿は初めて見た気がする。

椿はかつらの腕をぎゅっとつかんで、強い声で、

「それでもうちは、かつらはんは東都へもどるべきやと思う」

「………」

「これは、前に言い争いしたような理由《わけ》で言うとるん違《ちゃ》いますえ」

椿は、きっぱり告げた。

「江戸には……今、妖草師がおらん。そやかて、妖草の害と無縁ゆうことではありまへん。江戸で妖草が出ます。妖草は……苦しめる相手、えらびまへんえ?　かつらはんが、腐った公儀と言わはった組織《もの》の偉い人だけやない、魚屋はん、大工はん、豆腐屋はん、うどん屋はん、あ……うどん屋はんあんまりなくて、お蕎麦《そば》屋はんどすか?　お蕎麦屋はん、金魚売りはんに、虚無僧《こむそう》はん、いろんな人を苦しめる」

かつらは目を閉じた。

「公儀のなされ様が……潰れ百姓仰山出すと言わはった。江戸に出て、物売りや職人になった潰れ百姓は仰山おると思う。妖草師がおらんゆうことは、そないな人たちに妖草の害がおよぶゆうこっちゃ。違いまっしゃろか？」

「違わない」

かつらが答えると、

「ほしたら、公儀の腐りと関りなく、かつらはんが東都にもどる意味はあるんと違うかな？」

「…………」

さっきの若者が、厠から出てきて、座敷の方へ歩いて行く。

かつらが、庭石に腰を下ろす。椿も傍らに座りかつらの手の甲に自分の掌《てのひら》で蓋《ふた》をしている。

「公儀が腐っとる言わはったけど、そうやない志もつ人もおるんと違いまっしゃろか？」

「数は少ないだろうけどな」

「ほな、そないな人とつながり合ってゆけば、一つの力になるるん違うかな？　内側から変える力に」

「あまりにも理想的な考え方だ。そういう人や党派は、潰されてきたのだ。たぶん」

椿は、かつらしくない弱気のような気がしたが、それは口にしなかった。

「あのな、かつらはん、真っ直ぐなことしようとした人が、まがった人たちに潰されたらな、次はもっと多くの真っ直ぐな人が出てくるはずや。長い時をかければ、少しずつ良くなっていくかもしれん。そう信じて、今、江戸を騒がす妖草妖木は、かつらはんが退治する。

いろいろ迷ったり、辛かったりするのは、わかる。

そやけど……貴女《あなた》を生んだ江戸の町は、かつらはんをまっとるん違うの?」

「…………」

椿は微笑み、

「そうは言うても、最後は貴女が決めるこっとす。どうしても、もどりとうないゆうことなら、都におればええんよ。かつらはんとは、いろいろあったけど……うち、今、かつらはんが都におらんようになるの、何だか寂しいわ。たぶん、みんなも同じ気持ち」

「お前……」

かすかにふるえたかつらの唇から、ボソッと声が出た。

「……意外といい奴だな」

「うちも、そう思った。初めは、付き合いにくい人と思うとったけど」

「お互い様だな」

椿は桜餅《さくらもち》のようにやわらかそうな頰を上気させ、

「そうどすなあ」

と、

「こんな所におった！」

一滴の酒も口に入れていないのに興奮により、酩酊《めいてい》の塊となった男がきた。

池大雅である。

「かつらはんの話、もっと聞きたい、こないなことになって、ふっと見たら、おらんようになっとる。あれ、何処に行かはったんやと、さがしにきた訳や。なんしか（とにかく）きて下さい」

二人が立つと、自作の扇で色の風を吹かしながら、

「……何話してはったんどす？」

「女同士の内緒の話どすえ」

「女同士の内緒なら、うちの恐ろしい古妻も、混ぜてくれてもええん違います?」

「ほな、娘同士の内緒の話どす」

「生意《なま》気言うたらあきまへん!」

酩酊状態の大雅は、明るく否定する。

「人生は、長く、広く、深い。明るくもあれば、暗くもあります」

「はいはい」

かつらがいなしても、大雅は、

「娘同士でこそ内緒話するよりも、わしや庭田はん、蕪村はんなど、もっと長く生きた者もまじえて話した方がええ話になるゆうことも、あるん違うかな?」

座敷につくと、大雅は、

「はいっ、お二人見つけてきました」

重奈雄が立ち上がり、

「かつらさんは、江戸にもどり、関東最初の妖草師……いや違うな、関東は妖草師が絶えて久しい。真《まこと》に久方ぶりの東国の妖草師となる。その門出に、一さし舞おう」

大雅作の扇をすっと動かし——重奈雄が舞う。

真に見事な舞いで、椿や大雅夫妻、蕪村がさかんに囃《はや》す。かつらもそれを見ていたら少し元気になってきた。

　舞い終った重奈雄に、謝意をつたえたかつらは、

「なあ……関東は妖草師が絶えて久しい、と今さっき言ったな?」

「ああ」

　重奈雄は酒を一杯口に入れる。

「……関東妖草師という者たちが、いたのだ。かつて、頼朝《よりとも》が幕府を開いた頃、庭田の家の傍流の者が鎌倉《かまくら》に下向。妖草師として武家に仕えたという。それが、関東妖草師だ。だが……この流れはかなり前に途絶えた。だから今、関東に、妖草師はいない。かつらさんが江戸にもどるまではな」

「…………」

　関東に今、妖草師はいないという言葉は、かつらにある一人の男を思い出させている。

　旅の途中に出会った不思議なほど妖草に詳しかった男を。

　だが、かつらは、

（まさか）

　その人のことをそっと胸に秘し、重奈雄たちに話さなかった。

二日後。かつらは、京を発《た》ち、江戸へむかっている。

堺町四条の長屋で韋駄南天《いだなんてん》の鉢植えに水やりをしていた重奈雄に、平賀源内から文がきたのは、かつら出立の翌日のことである。

緑色の粒を固めたような紫陽花《あじさい》の蕾《つぼみ》を、血のような西日が赤く縁取っていた。

赤と灰色の絵の具を、水で溶かし、もわっと立った煙に似た雲が、のっぺりした空に浮いていた。

かつらが京を発ったことで重奈雄は己の人生が新たなる段階に踏み出したように思っていた。——椿と所帯を構える仕度を、いよいよすすめて行くのである。

椿が生れた花の家——五台院に入ることは、重奈雄には抵抗がある。妖草師として自由に動けぬ気がするからだ。

かといって、

(この長屋ではちと狭いか)

今、四畳半の長屋に暮す重奈雄。

せめて、六畳一間はほしい。

だが——格式を重んじる滝坊舜海は、家元の娘が長屋暮しすることに、賛同するだろうか。

狭くてもいいからハシリの奥に、小さな庭がある、一軒家に暮すことを期待するのではないか。

身の丈にあっているのは長屋暮しだが、舜海の意向を慮《おもんぱか》れば、一軒の小さい町屋に暮すべきである気がする。それは重奈雄にとって、草木の医者としての仕事をより一層広げていかねばならぬことを意味した。

（このご時世で、なかなか……むずかしいな）

こんなことを考えていたら柄杓《ひしゃく》が止っていた。

水やりを再開すると、

「庭田はん？」

童の声がした。

「おう」

飛脚屋の法被《はっぴ》を着た童が、少しはなれた所に立っていた。

「飛脚の鳥羽屋《とばや》ゆう者やけど……江戸から、文がきてまっさ」

「そうか、そうか」

重奈雄は鳥羽屋の丁稚《でっち》から文を受け取っている。

差出人は――平賀源内、となっていた。

(おお源内さんだ)

懐かしい名を目にした重奈雄は急ぎ我が家に入る。梅雨前であったが、やけに暖かい日で、昼は風を起すヨモギに似た妖草――蓬扇《ほうせん》を動かしたが、今は涼しい。胡坐《あぐら》をかいた重奈雄は江戸からきた手紙に目を通した。


源内の文を読んだ重奈雄の面相は――険しくなっていた。

「江戸か……。もう少し早く、この文がきていたら、かつらさんと同道し、俺も江戸に行っていたかもしれぬ」

実は都へもどってから――穏やかな日々を過ごす重奈雄の胸に、ごく細い針となって突き刺さっている問題がある。

――青天狗の黒幕のこと。

黒幕についてほのめかした久兵衛の言葉は妄言であったと思いたい。

だが、一方で、青天狗が強奪した金子の大部分が、霞《かすみ》のように消えているのが引っかかる。その金の行き着いた先に――黒幕が隠れている気がする。

そ奴を野放しにした平穏は偽りの静けさではないか。いつか、黒く野蛮な手がその誤魔化しの幕を荒々しく引き千切り——世の中の醜く暗い中身が一挙に溢《あふ》れ出るのではないか。

斯様《かよう》な危惧《きぐ》がどうしても拭《ぬぐ》い取れなかった。

源内がよこした文は、重奈雄に、この強い危惧をいま一度思い起させたのである。

と、

「庭田はん」

初老の男の影が格子戸の向うに差している。

「重吉か！」

「へい、お久しぶりです」

「入ってくれ」

編笠《あみがさ》を脱いだ重吉は、疲れた頬をややほころばせて入ってきた。

「奉行所に行ってから、庭田はんの所にこよう、こない思ったんやけど……」

にっと笑い、

「もう少しで日が暮れそうや、今日はどっちか一ヶ所しか行けん、こない思うたら……どういう訳か足が勝手に堺町四条へ向いてました」

「それは、嬉しいな。茶でも飲むか」

「おおきに」

茶で一息ついた重吉は、久兵衛の資産を管理していた三人の男について話し、

「この三人から、名古屋の田中屋に、金が流れてました。盗んだ金と思います」

「その者たちは青天狗の一味ではないんだな？」

「違います。そいで、田中屋から、江戸日本橋の両替商、大森屋、蔵前の札差、湊屋
に為替が流れてました」

「――江戸か」

重奈雄の切れ長の双眸《そうぼう》に冷たい眼火が灯《とも》っている。

「今わかっとるんは、ここまでや」

「なるほど……とにかく、盗んだ金の行き先は江戸であったということだな？」

「へい」

「この手紙を見てくれ。江戸の平賀源内という本草学者からきた文だ」

「拝見します」

源内の文が、重吉にわたされる。

手紙には――次のようなことが書かれていた。

まず、源内は、玄白や良沢と、藤見茶屋で出会った日について、しるしていた。それを読んだ重奈雄は源内を苦しめた妖草がハリガネ人参と看破している。

さて、本所にしらべに行った源内は、そこでも妖草を目撃した。これ以上、二軒の茶屋を独力でしらべるのは危ういという考えが、源内に浮かんだ。そこで源内は――捜査の手を、過去にむけた。

深川芸者をしていたという、おりんの過去である。

すると、すて置けぬことがわかった。

――深川でおりんと共にはたらいていた芸者が三人、怪死していたというのだ。

うち一人は仏になる前にこう話したという。

『あの娘の目には……恐ろしい力がある。あの娘に睨まれると、急に胸が痛くなったり、頭がわれるほど痛んだりする。あたしは、頭は悪いけど、体は至極丈夫でね。今まで一度だって病になったことはありゃぁしない。そんなあたしが……急に胸が痛くなって、ふと見たらあの娘が物凄《ものすご》い目で見ていたんだよ……』

こう話した翌日、その女は胸を押さえ、双眸をかっと見開き、死神に直面したような硬い顔で死んでいた。

源内の文を読んだ重奈雄、重吉両人は――妖草・牛蒡種《ごんぼだね》を思い浮かべている。

重奈雄は重吉に、茶のおかわりをいれ、

「青天狗の糸を引いていた者が、久兵衛の上にいるとして、その者は東国にいると俺は踏んでいた。何故なら、青天狗の凶行は西国にかぎられているからだ。もし黒幕がいるなら、それと無縁の東国に隠れているはず。俺はそう考えた」

重吉は首肯する。

重奈雄は、つづけた。

「そこに、この手紙。もし、おりんが妖草をつかい、おまけに牛蒡種の力をもっているなら、一味の黒幕であるかもしれない。こんなことを考えていたら……」

「わしがきたゆうこっとすな」

「そう。そして、金の行き先も——江戸という」

重吉は顎をそっとさすり、

「庭田はん……全てを解決するには、江戸に行く必要があるん違いますか？」

「その必要があるだろうな。凶賊の仲間が、関東におるなら、ゆゆしきこと。連中はまた、何かやらかし……多くの人が殺《あや》められるかもしれぬ」

焦燥《しょうそう》の炎が、重奈雄の胸中で燃えた。

「行きましょう。江戸に」

「……うむ」

＊

「今年の西本願寺の七夕《たなばた》の立花だが……」

舜海はそう椿に切り出した。

「今年は――椿に立ててもらおうかな」

「……え？」

自ら野山に入り、草花を手折《たお》ってくる舜海は、足腰が丈夫で、よく日焼けし、同年代の町人などよりはよほど健やかに見える。寄る年波かその舜海が、二年ほど前から、幾分か痩せ、歩くのがゆっくりになり、声などが小さくなった気がする椿だった。

老いというものは万人に降りかかるものである。

そう考えると、この世に数少ない平等な事象なのかもしれぬ。

老いは、形のない雨のように、毎日天から降り、人の体にしみ込んでゆく。

であるはずなのに……自分の父親だけが、老いから解放された例外的な存在とタカをくっていたのか、あるいは、ほぼ毎日顔を突き合わす父の微弱な変化の積み重ねに、単に鈍感な自分が気づかなかっただけなのか、椿はわからないが、この処、急激な年波という奴が舜海に降りかかっているような気がするのだ。

この時もそう感じている。

椿に立ててもらおうかなと口にした舜海が、いつもより、やけに穏やかで、やわらかい気がしたからだ。

椿が知る父は……家元として何かを娘に告げる時、もっと厳しく、冷然としているはず。

「ん、いかがした？」

将軍の前で花を活けるゆえ、上方の言葉をひかえている父は、椿が不思議そうな顔をしているのに気づいたようだ。

威儀をつくろい、

「上様に呼ばれてな……。江戸に、下ることになった」

上方の者が、江戸に行く時、下る、という。他の地域の者が京へくるのを、上る、というからその対義語である。最強の武力権力を有する将軍のいる江戸への旅を、下る、と表現する時、上方人は関東人にはなかなか言えない密《ひそ》かな優越感をいだくものである。

舜海は言った。

「本願寺の七夕の花は、二月《ふたつき》ほど前から考えておかねばならぬ大事。今から江戸に下れば……たとえもどってきたとしても間がない。今年は、そなたがわしの名代として立ててくれ」

「本願寺さんの花を……うちが？」

京都西本願寺は七夕の折、花の贈り物を受け付ける。

立花や生花《しょうか》、さらに人形を沢山の花で飾った作り物――たとえば、鯛《たい》をもった恵比《えび》須《す》様や、瓢簞《ひょうたん》から駒《こま》ということわざを花で表現したものなど――だ。

花の贈答品を受け取った西本願寺はこれを対面所で飾り、一般の参拝客に公開する。

いわば、花の展覧会。

この展覧会に滝坊家はいつも竹をつかった立花を贈ってきた。他にも西本願寺の僧が立てた花や花飾り、茶人の花、花道を少しかじった数寄者の作品などが、ずらりと並ぶ。

花の家としての誇りからか、舜海は毎年のように、

『あの本願寺にずらりと並ぶ花の中で、最も見事なものを、我らは立てねばならぬ』

と、口にしていた。

その役目を振られるというのは、椿にとって名誉なことであると同時に、驚くべきことだった。

「――やれるか、椿」

ギョロリと目を剝《む》いた舜海から持ち前の硬質な気が放たれる。

その硬さが、二人のあわいにピンと、一本の糸を張っている。

「やります」

椿は答えた。――舜海が、自分をためしている気がした。

「よし」

満悦げに首を縦に振った舜海は襖《ふすま》を閉めて部屋を出て行った。畳につい居て家元を見送った椿は早速大ぶりな花瓶にむき直る。

今、その花瓶にはいかなる花も立っていない。

背筋をぴんとのばした椿は――すっと手を動かし、幻の花をそこに立ててゆく。

(七夕やさかい、真《しん》は竹。これははずせん)

滝坊家では立花、生花の中心に在る花を、真と呼ぶ。この花は松や竹などもふくむ。

その条件は、高く、真っ直ぐなこと。

真は元々――神の憑代《よりしろ》であった。太い幹に注連縄《しめなわ》を張られた巨大な神木や諏訪《すわ》の御《おん》柱《ばしら》などである。我らの身近にあるもので言えば、門松につかわれる竹がそれだ。

今回は、真は竹と決っていた。竹に添えるものを、決めて行けばよいのである。

（あとはやっぱり……松やろか？　そやけど、松をつかうと家元が立ててきたものと、どないしても似てくる。せっかくうちが立てるんや。うちらしさゆうものを出していきたいんやけど。あと……うち一人でやれるもんやない。助手は誰にしよ？）

その夜はなかなか眠れなかった。また、自分が立てた花は真っ先に、重奈雄に見てほしいとも思うのだった。

翌日、椿は座敷に大花瓶を据え、裏庭で与作に伐《き》らせた竹に、手ずから鉈《なた》を振るい、試しに立ててみた。

やってみると、気負いもあるのか、肝心の竹の姿がなかなかさだまらない。

腕まくりして、悪戦苦闘していると、

「椿様。庭田重奈雄様がお見えにございます」

竹と悪戦苦闘した汗を懐紙で拭《ふ》いていると、重奈雄が薄く唇をほころばせて入ってくる。

緑色の小袖をまとった色白の重奈雄が入ってくると、椿は一陣の涼風が座敷に吹いたような気がしている。

「ほう……」

重奈雄が大花瓶に立った竹に気づく。

椿は、舜海が江戸に行くこと、それがために、西本願寺へ贈る花を自分が立てねばならぬことを、重奈雄に話した。

「おお、素晴らしいではないか！　七夕の西本願寺と言えば、大変な数の見物がつめかけよう。それをまかされるとは……。いよいよ、家元御自ら椿への代替わりを宣言されたにひとしいのではないか」

「そないな大事やないと思うけど。たまたまやと思うけど……」

一瞬、遠い目になった椿は、

「今日は……どないしはったん？」

「うむ。……庭で話そうか」

眩《まばゆ》い夏の日差しが、椎《しい》の乾反《ひぞ》り葉や池水を白っぽく照らしている。満開に咲き乱れた躑躅の植込みが光の矢に射られ、薄桃色に染まった影を苔《こけ》の上に落としている。そんな躑躅の陰に白や桃色の都忘れが咲いていた。

重奈雄と椿は広い滝坊家の庭を二人で歩いた。

重奈雄が言った。

「また、旅に出ねばならぬ」

「今度は何処？」

「江戸だ」

「………」

二人はどちらともなく、足を止めた。池の縁であった。

墨で描いたような形がよい眉を重奈雄は顰《ひそ》め、

「青天狗の一味、いや黒幕と思《おぼ》しき者が……江戸にいる。どうしても俺が行き、しらべねばならぬ」

「長くなるん？」

「わからぬ。ただ、久兵衛の言が真であるならば――連中は盗賊などより、もっと物騒で大きなことを企んでいる怖れがある。……さらに、久兵衛が如き者が、あと何人かいる怖れも」

初夏であったが、椿は寒気を覚えたようにぶるりと震え、

「恐ろしい敵どすなぁ」

「ああ」

「特に……牛蒡種ゆう妖草《くさ》が恐ろしいわ。人を睨んだりしただけで、心の臓を止めたりできるんやろ？」

重奈雄は深刻な顔で、

「そうだ」

「それを、はね返したりできへんの？」

「一応……逆乙女が効くのはわかった。だが、不意に睨まれたら対応できぬ……。また、極めて妖気が強い牛蒡種に効くのか、わからぬ。……どうすればよいか、今思案中だ」

強い感情が、椿の面を真っ赤にしていた。行ったらあかん、という声が喉まで出た。江戸に行ったら重奈雄が強大な敵に殺されてしまう気がした。それは椿にとって――耐えられないことだった。

が、重奈雄の手首を強くにぎった椿の口は、かすれ声で、

「シゲさんが……行かねばあかんのやろ？」

思いとは逆のことを言っている。

「そうだ。俺が行かねばならん」

強く、答えた。

椿は、眦《まなじり》を悲しみの露で濡らし、

「怪我《けが》をせんで……ううん、それは無理かもしれんな。——命だけは落とさず都へもどってきて」

「わかった」

「うちが行かんでも……ええの？」

敵の牙の中に、重奈雄一人を放り込む訳にはいかないように思えた。天眼通を役立てたいと。

なるほど、七夕の立花は大切である。

だが、重奈雄が対峙《たいじ》する敵が妖草妖木で吹かす嵐を思い浮かべれば……他の全ては、吹き飛んでしまう気がした。自分も江戸に行かねばならない、椿はかく考えた。

だが重奈雄は、

「いや、椿は都にいてくれ。七夕の立花は大切だ。それを立派にやり遂げるのは、花道家としての務めだ」

椿は唇をきつく噛んでいる。

「妖草は——心を苗床とする。滝坊の美しい花が立つことで、なぐさめられる沢山の心がある。椿の花を楽しみにしている人も……大勢いるのだ。わかったな？」

「うん。うちが行かんでも、江戸にはかつらはんもおる。……重吉はんも行くんやろ？」

「そうだ」

はらはらと涙をこぼしながら、

「ほな、うちは……この京でシゲさんが無事にかえるのを、まっとる」

「そうしてくれ」

人目がないことをたしかめてから、重奈雄は、椿をきつく掻きいだく。

「この旅が終って、俺がもどったら、祝言を挙げよう」

熱い吐息で囁《ささや》いた。

椿は、こくりとうなずいた。


座敷にもどると立てかけの竹を舜海が見ていた。

椿は、舜海が祝言の遅延などについて、重奈雄にきつく糾問《きゅうもん》するのではないかと案じたが、そんなことはなかった。舜海は江戸に行き、青天狗と関りあると思われる輩《やから》をしらべるという重奈雄の話を、一応大人しく聞いている。

重奈雄が話し終ると、舜海は、

「わしも近々江戸に行くのじゃ」

「聞きました」

舜海はちょっと考えてから、

「どうじゃ？　わしと共に東下《あずま》りするのは？」

「敵がすぐにでも何かする怖れがあります。……急ぎ旅になりますが」

「同じじゃ。将軍家に呼ばれている以上、まごまごできぬ。当方も急ぎの旅路よ」

「重吉という西町奉行所の目明しもおるのですが……」

「障りない。旅は道づれ。多いほど、よいではないか」

「お父……家元の言わはるようにしたら？」

重奈雄、慇懃に、

「わかりました。では、お言葉に甘えさせていただきます」

こうして重奈雄は――椿の父、滝坊舜海の従者として、東都・江戸に下ることになったのである。

東　都

重奈雄が江戸に行くのは生涯で二度目であった。

幾度も上方と江戸を往来している舜海は、やはり草津から一旦《いったん》、中山道に出、美濃から名古屋に南下、そこから東海道に復帰して、三、遠、駿の諸国を抜け、一路江戸を目指すという道をえらんだ。鈴鹿の険を迂回《うかい》するこれが一番、人馬の労は少ないと舜海は語るのだった。

だから加納までは先だっての郡上行きと同じ道行だ。

舜海は駕籠《かご》、重奈雄と重吉は徒歩、他に舜海の門弟や下男などがつきしたがっていた。

都を出て間もない頃、すなわち湖東の水田地帯を北上する時など、舜海はまだ、重奈雄に遠慮がちだった。重奈雄との間の距離をいまだ測りかねている様子が散見された。

伊吹山《いぶきやま》の南を通り、美濃に入ったくらいで、そうした遠慮は徐々に薄らいでいる。

その頃になると、舜海は、宿で重奈雄と酒を酌み交わしながら、椿との祝言をいつくらいに考えているのかとか、椿との新居をどうしようと思っているのかとか、そうした質問を放ちはじめた。

重奈雄は臆することなく自らの考えを述べた。

舜海に、別段、不興な様子は見られない。

ただ一言、

「あの者に……長屋暮しはむずかしいのではないか」

と、口にしただけだった。

これは、どんなに手狭でもよいから、洛中で一軒家をさがした方がいいのではないかという意思表示に思えた。ただこれとて強制的な言い方ではない。ほのめかしたくらいである。

身構えていた重奈雄は、何やら肩透かしをくらったような気がしている。

椿が言うように、舜海は老いてしまったのであろうか。

それとも、重奈雄が妖草の災禍を解決してゆく姿を、見たり聞いたりする中で、重奈雄をみとめつつあるのだろうか。

願わくは後者でありたい。前者なら寂しい、こう思う重奈雄であった。

かくして、重奈雄、重吉を従者とした舜海一行は、五月三日、遂に江戸に入った。

舜海は——東叡山《とうえいざん》寛永寺を江戸での定宿としているという。

寛永寺と言えば、藤見茶屋と不忍池をはさんだ反対側である。初日は寛永寺入りした重奈雄たちだったが、あまりにも敵の拠点に近いのは逆に不都合だし、舜海たちに迷惑がかかってはいけないから、宿をうつることにした。

すなわち、重奈雄が茗荷谷《みょうがだに》、平賀源内の長屋に、青天狗を壊滅させ、江戸のその筋の役人から熱い視線をそそがれている重吉は、火付盗賊改方《ひつけとうぞくあらためかた》の役宅にうつることになったのだった。

重奈雄はかつらの屋敷に赴くのはもう少し後にしようと思っている。何と言っても、今回は源内からきた案件であったし、かつらは江戸にもどったばかりだったから、妖草の事件にすぐ巻き込んでしまうことは、憚《はばか》られたからである。

*

蘭学書を書見していた源内は開口一番、

「庭田重奈雄……頭の固いお主と、またくむことになるなどとは、思いもよらなかったぞ」

　無精髭を掻きながら、皮肉を口にした。

「俺もだよ、源内」

　源内は歌舞伎役者の描かれた浮世絵や、絵草子、本草書、煙草盆などをどけ、重奈雄の居場所をつくる。

　蚤《のみ》や紙魚《しみ》に蝕《むしば》まれたような、窮屈極まりない部屋だった。

　腰を下ろした重奈雄は、

「昌平黌を出たのだな？」

「妖草の騒ぎで、恥ずかしい処を見られてしまったからな」

　源内はごみやがらくたの山をがさまさぐり萎《しな》びた袋を取る。

「それに、あそこは元々性に合わなかった。干し豆を食うか？」

　この干し豆を食うには、埃《ほこり》の中に落ちた煎餅《せんべい》をひろって、もう一度埃になすりつけてから食う覚悟が必要だった。

「……あいにく今日は腹が痛くてな」

「止めておくか？　わしは、いただこう」

　源内は、干し豆をぼりぼり食べはじめている。

重奈雄が言った。

「藤見茶屋でひろい、昌平黌で一気にのびたという妖草だが……ハリガネ人参だと思っている」

重奈雄がハリガネ人参についておしえると、

「まさに、そいつだよ……。どうにかしてとっておくべきだったんだが。惜しいことであった」

「藤見茶屋を見てきたよ。少しはなれた所からな」

「どうであった？」

源内は訊ねている。

「まだ、何ともな……。とにかく一度中に入ってみんことには」

「どっちから行ってみる？」

源内が言うと、重奈雄は、

「本所の方が気になる。桃見茶屋の方だ」

「わかった。わしは一度行っていて、掃除の庭男に怪しまれた。お前もその緑小袖は目立ちすぎる。二人とも変装をする必要があるようだ」

源内は、早速立ち上がると、隣に住む金毘羅《こんぴら》参りの留吉《とめきち》という男、さらにその隣に住む障子張替えの杉蔵《すぎぞう》という男から、仕事道具や仕事着をかりてきた。

金毘羅参りというのは——大きな天狗の顔がついた箱を背負い、家々をまわり、金毘羅様に代参すると言って集金する者である。

元々は、貧しい者が、強い信仰心に動かされて金毘羅様に詣《もう》でる折、道すがらの村人たちから、代参の代りに、路銀や食を乞いながら旅したのが始まりと思われる。だがいつの間にかこれを職業的におこなう物もらいが出てきて留吉はそれだった。

こうして、天狗の箱を背負った重奈雄、付け髭、頰《ほ》っ被《かむ》りをして、障子張替えにつかう刷毛《はけ》、水桶《みずおけ》を天秤棒《てんびんぼう》でかついだ源内は、茗荷谷を出た。

金毘羅参りと障子張替えに化けた重奈雄と源内を、圧倒的な力に満ちた江戸の賑《にぎ》わいがつつむ。

帳屋の店先では二本の枯れた竹が立っている。

京でよく見られる、ばったり床几《しょうぎ》の上に、大福帳、水揚帳《みずあげ》などが並べられ、商家の手代風の男が手に取って見ている。

駿河屋《するがや》という帳屋の隣は、筆屋亀吉《かめきち》。

四角い顔をして眼鏡をかけた、いかにも堅物という店主が棚を整理していて、厳《いか》めしい台行灯《だいあんどん》は、狸《たぬき》、鼬《いたち》、鹿毛の筆はもちろん、極細の筆から極太の筆までおよそ、筆と名がつくものは何でもあると豪語している。

たしかに、店の奥の暗がりに箒《ほうき》でつくったと思われる馬鹿でかい筆が、自信に満ちて立てかけてある。

筆屋の隣は、包丁のまる橋《はし》。

打物屋だ。

道行く人に訴えかけるように、ありとあらゆる包丁が陳列された大箱が、置かれている。

おかみさんだけでなく、職人風の男たちが包丁を買いに来ていた。

紙裁《かみたち》包丁を吟味しているのは紙屋だろうし、畳包丁を手に取って見ている赤ら顔の小男は畳屋だろう。鰻《うなぎ》割き包丁を光にかざし、舐《な》めるように見ている翁《おきな》がいるかと思えば、刺身包丁の選び方を若手に伝授している壮年の男がいる。

店先に腰かけて煙草をふかしている男に、店の者が茶を出しながら、いくつもの煙草包丁を並べて説明していた。

重奈雄と源内は心太《ところてん》売りとすれ違い、水道の余り水を墨東の地にはこぶ、威勢のよい水売りに追い抜かれながら――隅田川にかかった両国橋をわたる。

本所に、入った。

二人は——今日は客として訪れるのではなく、桃見茶屋の周辺をさぐり、例の古塚についてしらべようと相談している。

金毘羅参りに扮した重奈雄と障子張替えに化けた源内。別々にさぐってわかったことは、古塚にはなかなか入りにくいということだった。

というのは、古塚は南が桃見茶屋に隣接していた。西は、隅田川が流れている。北は、隅田川とつながった沼があった。東側は、百姓地になっており、蔬菜《そさい》が植わった畑や萱葺の百姓家がある。

しらべた限りでは鬱蒼たる杉林にかこまれた、あの一角に入るには、桃見茶屋に客として訪れ、そちらから入るか、人目を忍んで百姓地を抜け、東から潜り込むか、どちらかであった。

また、重奈雄は桃見茶屋周辺に妖草など出ていないか、念を入れてしらべてみるも、その形跡はない。

——怪しいのは、杉木立にかこまれた正方形の区域だけであった。

今日の調査はこの辺りで打ち切ろうと二人は話している。

落日がおくる生温《なまぬる》い日差しが、両国橋を行きかう沢山の人々を照らしていた。

柿色に染まった隅田川を若い男女が欄干に手をかけて見下ろしていた。

橋の下を、カモメがつくる白い列、米を載せた舟、猪牙舟《ちょきぶね》、屋形船が滑る。

橋向う、つまり西側では、赤や緑、黄や紫、青や橙《だいだい》、いくつもの色が潮気をふくんだ夕風に翻《ひるがえ》っていた。

――色とりどりの幟《のぼり》の向うに、菰《こも》を張ってつくった、四角形の櫓《やぐら》というべき建物がいくつも並んでいた。一瞬で解体できる高い塔のようなそれらは芝居小屋だ。

「江戸にきたら、両国のお芝居を見なきゃいけない。歌舞伎よりは、ぐんと敷居が低い芝居で、なかなか面白い」

源内が言った。

橋のたもとにはハツ折編笠をかぶった蝶々《ちょうちょう》売りが立っていて、色とりどりの紙の蝶を入れた木箱を首に下げ、

「蝶々も止れ！　蜻蛉《とんぼ》も止れ！　それ止った！」

と、叫ぶ。蝶々売りがもつ管から玩具の蝶が、黄色い風や白い風になってぱっと飛び出ると、子供たちが目を輝かせてあつまってくる。

その隣に立った面長の日焼けした男は稗蒔《ひえまき》売り。

土を入れた土器に稗が芽吹いたのを商っている。これを長屋にもちかえり、小さな

田んぼに見立て、小さな案山子《かかし》を立ててみたり、川を掘って橋をかけてみたり、豆粒のように小さい百姓を置いてみたり、藁屑《わらくず》や楊枝《ようじ》で百姓家を建てたりして、江戸の中に、己だけの小さな田舎をつくるのが、長屋暮しの人々のささやかな楽しみなのである。

芝居小屋の方から五色の玉を天高くに吹き上げる男がやってきた。

シャボン玉売りだ。

すると――今まで蝶々売りにはしゃいでいた童らが、どっと歓声を上げ、シャボン玉売りに駆け寄った。

稗蒔き売りの真ん前でつい足を止めてしまった重奈雄に、

「――庭田はん」

声をかけてきた男がある。

鼠色《ねずみいろ》の頬被りをし、白い髭を生やした屑屋で見覚えがない。

にっと笑い、

「……わかりまへんか？」

「もしや、重吉か？」

「へい」

葭簀《よしず》張りの茶店に日除《ひよ》けのため、さらなる葭簀が斜めに立てかけてある。その近くに人がいなかったため、三人はそちらに移動した。

「……蔵前の例の札差のこと、しらべとりました」

「左様か」

「ここまできたついでや。本所の妖しい店ゆうのも、見ておこうかと」

重奈雄は、重吉に、

「その必要はない。たった今、俺と源内さんで見てきた処だ。おお紹介がおくれたな。こちらが、重吉。この方が、平賀源内殿だ」

源内はにこやかに、

「立ち話も何だ」

さっきから美味い匂いが重奈雄たちの鼻から胃の腑《ふ》にかけてくすぐっていた。

「飯でも食いながら話すか」

江戸の町は、四つ（午後十時）をすぎると、木戸が閉ざされる。それ以降は各町の木戸に張りついた木戸番に潜《くぐ》り戸を開けてもらい、木戸番はその夜間通行する者たちの人数を、拍子木で叩き、次の木戸番に知らせる。

つまり、夜になっても、提灯《ちょうちん》さえあれば、茗荷谷にもどれるが……いろいろ面倒だ。ただ、木戸が閉まるまでには、まだたっぷり余裕があった。

「わしのお勧めの店がある」

両国広小路は源内お勧めの店にて、夕飯を食っていくことになった。

隅田川に背をむけ、芝居小屋に顔をむけ、葭簀張りの茶店、料理屋がずらりと並ぶ。

源内はある一軒で足を止めた。

店先に「山くじら」と書かれた、看板もかねる台行灯が、牡丹《ぼたん》、紅葉の絵でいろどられて、どんと据えられていた。

台行灯の傍らに丈夫な台が置かれていて、縄でしばられた猪《いのしし》が無造作に転がっていた。この店で、山くじら、もしくは牡丹という隠語で呼ばれる猪肉に、野良犬が黒い鼻をすりつけている。

「こらぁっ、あっち行けぇ、お前いつもここにくるよなぁ！」

出っ歯の店主が包丁を振りかざし犬を追い払いに出てきた。

重奈雄たちに気づき、

「おお……お客さん、こりゃ失礼しました。あ、先生。芝居に出られたんですか？」

戯作《げさく》も書いている平賀源内。戯作と芝居は、深い関りがある。

「障子の張替えみてえな格好してるから、ちょっとお見逸《みそ》れしました。いつもありがとうございます。今日は三人で？」

軒からは、四足をしばられた兎《うさぎ》、狸、猿がぶら下がっている。

源内は言う。

「両国と麴町《こうじまち》は、獣肉屋《ももんじ》で有名なのだ。この店の、味噌仕立ての牡丹鍋《なべ》は絶品でな。牡丹はわかるな？　紅葉と言えば、鹿のこと。ここでよいか？」

「もちろんだ」

うなずいた重奈雄は、

「長旅の疲れが、一気にとれそうじゃないか」

「よし。親父、奥の小部屋をつかってよいかな？」

「もちろんですとも。先生。……芝居の筋書きの打ち合わせか何かですか？」

「そう考えてもらってよい」

店に入りながら、源内は、

「いつものやつ。あと、鹿の干し肉も」

「はいよ！」

味噌仕立ての猪鍋、鹿の干し肉、熱燗《あつかん》、たっぷりの白い飯。

奥まった部屋で、そんな夕飯をかこむ。

「これは、美味い……」

大根と一緒に味噌で煮てネギを散らした山くじらの椀《わん》を、重吉の手が愛《いと》おしむように置く。

猪肉の豊かな旨味《うまみ》が熱い汁になって舌にからみ、重奈雄をふるわせる。重奈雄は満悦げにうなずいた。

「気に入ってもらってよかった」

源内が、紫煙をくゆらせた。

「さて――」

重吉が、箸を置く。

他の客はわいわい小唄を歌ったり、猥談《わいだん》に興じたりしているから、まず盗み聞きされる心配はない。

「そろそろ、本題に入りまひょ。まず、青天狗の金の洗い方ですが、実に手が込んどる」

重奈雄は既に源内に、西国に悪名高い青天狗と郡上で激闘してきた旨を語っていた。

重吉は、刃物の如き目付きで、

「まず、奴らは……名古屋で金を洗っとった。米や豆の先物買い、大家の権利や手形の売買。あとは、味噌屋の隠居、久兵衛が何かの方法で得た金という話にする。そないなやり方で、一度血を綺麗《きれい》にぬぐった銭が尾張名古屋の田中屋にあずけられ、そこから江戸に為替としておくられた。

日本橋の両替商、大森屋と蔵前の札差、湊屋。今日二軒とも屑拾いをしながら様子を見てきましたが……玄人《くろうと》らしい男は出入りしてまへん」

「盗人宿《ぬすびとやど》ではないということだな？」

重奈雄が猪口《ちょこ》を置く。

「へい。わしの勘やけど……この先こそが本丸、あるいは本丸に入る大手と思います」

源内が重吉に、

「わしは、盗人のやり口をよく知らんが、金を洗うということに、ここまで念を入れるものなのか？　第一、小判に名や番号が書いてある訳でもあるまい？」

「源内はんの言わはる通りどす。……ここまで念を入れる賊を、長いこと十手持ちをしていて、見た覚えがありまへん。

いきなり、金回りがよくなった男や女がおったとします。あるいは、他所《よそ》からきた、誰も知らん者が異様なほど金払いがええ。誰しも怪しい、思います。盗賊はここを警戒するんや。そやさかい、何か高い買い物して、前からもっとったもののようにして、それを売ったり、山の中に大金を隠しておいて、少しずつつかったり……。それくらいはやります。ここまで手ぇ込んだやり口はなかなか……」

重奈雄が静かな声で、

「つまり――どういうことだと思う？」

重吉は天井をあおいで、しばし考えていた。

やがて、

「……守ろうとしとるん違うかな？」

「…………」

「何か大切なものを、守ろうとしとるように思えます」

真剣な顔で重奈雄を見ると、

「普通、盗賊は、親分か自分たちの命を守ろうとする。そやけど、青天狗は違った」

青天狗をたばねていた久兵衛は既に絶命している。久兵衛はじめ、青天狗一党が守ろうとしているものは、江戸、ないしは東国にあると見ていい。

——それは何なのか。

重奈雄は、得体の知れぬ恐るべきものに、近づいている気がした。

開けてはならない扉の前に己らが立っている気がした。そう思うと、背筋に霜がふく。

「とにかく、わし……田中屋からおくられた金が、大森屋、湊屋で、どないなふうになったか。そこをしらべてみよう、思います」

重吉の声から、覚悟と緊張が漂った。

——京都西町奉行所から、火盗改《かとうあらた》めへの文が、このような重吉の動きを特別にみとめさせているのである。

「わかった。そっちは、たのむ。ただ……敵の本丸、大手ということだから、いろいろ危ういこともあると思う。くれぐれも無理はしないでくれ。何かあったら、俺や源内さん、火盗改めなどに、すぐ相談を」

重奈雄は言った。

「承知してまっさ」

「俺と源内さんは、もう少し——藤見茶屋、桃見茶屋をしらべてみようと思う」

「おりん周りゆうこっとすな？」

「そういうことだ」

源内が、何か思い出した顔になる。

「そう言えば……」

「どうした？」

「おりんの藤見茶屋でな、今度、見合い茶会というのをやるらしい」

源内によると――夫をさがす女や、妻をさがす男、あるいは恋人をさがす若者などをあつめた会合なのだという。

「他にもおりんは、長屋のかみさんだけあつめた会や、上州《じょうしゅう》なら上州、四国なら四国、田舎から出てきた者の会、子供に先立たれ悲しみをかかえて暮す年寄りの会、ある病に悩む者の会など、いろいろの催しを桃見茶屋でしてきたのだ。今度はそれを藤見茶屋でもやるのだろう。

一度は……浪人の会というのを開こうとして、町奉行から、浪人が一つ所に大勢あつまるのはよくないと、横槍《よこやり》が入った。おりんはこの時、町奉行に睨まれたそうだが、彼女の店を贔屓《ひいき》にする者は諸藩の江戸屋敷に多く、店を潰すなどという話は沙汰《さた》やみになったとか」

重奈雄は腕をくんでいる。

瞑目《めいもく》して考え、言葉をえらびながら、

「おりんという女……もし俺が思っているように常世の草をつかうなら、恐るべき相手である気がするな。妖草は人の心を苗床にする。

おりんがおこなっているという様々な催し……これは、人の心に渦を起している気がするのだ。その渦を幾多もの妖草が苗床としているのやもしれぬ。そうした妖草が、桃見茶屋の傍に茂っており、その種子《しゅうじ》が藤見茶屋にきたおりんに付着していたというのは、十分考えられよう」

「その見合い茶会、行ってみるか？」

源内の誘いに、重奈雄の探索心は立ち上がる。

「——もちろん、行ってみよう。本気でさがす訳ではないがな……」

「いるものな。京に相手が」

ひやかす源内だった。

＊

火山が爆発し、大量の噴石が海に降りそそぐ。海面で恐ろしい数の飛沫《しぶき》が立つ。

土砂降りの小田原《おだわら》宿、東海道の路面はその時の海に似ていた。

大粒の雨粒が、地に打ちつけられ、次々に悲鳴を上げている。

大黒《だいこく》と書かれた提灯がずらりと並んだ瓦葺の二階家がある。

——小田原でもっとも大きい博徒の一家、大黒一家である。

「お前《めえ》は薄気味悪いんだよ！　消えやがれっ」

熊のような体格、海苔《のり》をはりつけたような太眉の大男が、毛むくじゃらの腕で、痩せた壮年の男をぶん殴る。

殴られた方は鼻から血を噴き上げて土砂降りの東海道に叩き出された——。

水溜りに転がった男は、ふるえながら、

「銀熊《ぎんくま》の兄貴、最後に親父にあわせてくれ！　お願《ねげ》えだっ」

「親父にあってどうする？」

このやり取りを、銀熊の後ろにずらりと並んだ若い衆と、向かいの蒲鉾《かまぼこ》屋の軒下で雨宿りをしている、子供の巡礼が見ていた。

いつもは、店先に恐ろしげな鮫《さめ》を寝かせて、ねじり鉢巻をしめた男が、包丁でエラを落とし、店の中では、見習いの小僧が魚肉を擂《す》り鉢でこね、赤子を背負った熟練の女が、半円形にことこと切ってゆく蒲鉾屋は、今日はしっかり雨戸を閉じ、静まり返っていた。

ただ、店先にひどく痩せた坂東《ばんどう》三十三箇所の巡礼と思われる童が、雨風に耐え、じっと立っていた。

一瞬で濡れ鼠になった男は鼻血と雨が混じったもので顎を濡らし、

「水呑み百姓の次男坊だった俺をよ、ここまでそだててくれた親父に礼を一言言いてえんだよっ」

「親父はお前にあわねえ」

雨を嫌った銀熊は、玄関から冷たく告げる。

子供の巡礼が、笠の下から、じっと自分を睨んでいる気がした銀熊は、

「餓鬼！　何をそこに突っ立ってやがる。見世物じゃねぇんだ！　行け。そこにいるんじゃねえっ」

「…………」

何も反応しない子供に、銀熊は苛立《いらだ》ち、

「行け、てめえ！」

子供が歩きだす。

銀熊の猛気は、東海道に濡れ雑巾《ぞうきん》のようになって転がった男に落ち、

「親父はお前にあわねえ。親父はな、てめえの目が……薄気味悪いと仰せだ」

雨の中に出た銀熊は、下駄で男の胸を蹴《け》る。血が混じった呻《うめ》きが泥水の中にこぼれた。

「姐《あね》さんがよ、てめえに小言を言った。そしたらよ――」

銀熊は蹲《うずくま》った男の後頭部を下駄でギリギリ踏んだ。

「姐さんの頭が、われんばかりに痛くなったそうだ。てめえに睨まれた瞬間、刀で斬られたみてえに、痛んだそうだ」

去りかけた小さな巡礼の足が――止っていた。

「同じことを言う奴が、他にもいるんだよ……。てめえは、薄気味悪い。博徒としての才覚もねえ」

ずぶ濡れの背中を、幾度も下駄で踏み、

「二度と小田原にくるな！　もし、この町で見かけたら、その時は鮫の餌《えさ》だぞっ。わかったら、とっと行きやがれ。今殺さねえのが、親父の情けだ」

――その時であった。

銀熊の脳天に稲光が走っている。

誰かが、斬った訳でも、殴った訳でもない。

いきなり発作を起した銀熊は、大飛沫を立てて倒れる。

殴られていた男も玄関に並んだ若い衆も、茫然《ぼうぜん》としていた。

さっきの童の巡礼が水溜りをバシャバシャ踏んで近づいてきた。殴られていた男の傍らに立つと、笠の下から、

「白蓉《はくこう》。あらゆる傷を治し、力をあたえてくれる草。どういう訳か……妖草経にその記述が漏れていて、山海経《せんがいきょう》にだけ書かれている草」

そう呟《つぶや》くと、小さな瓢簞を取り出し、中に入った液体を、下駄で踏まれた箇所に振りかけてくれた。

すると……不思議なほどすっと、痛みがやわらぎ、熱い力がそそぎ込まれた気がした。

少年は一切雨にひるまず、液体をかけながら、囁いている。

「この死んだ男が言ったように、あんたは小田原にいるべきじゃない。……もっと広い天下に出るべきだ。俺の下ではたらくべきだ」

玄関に並んだ大黒一家の若い衆は、あまりのことに呆気《あっけ》に取られ、口を半開きにしたり、眉根をよせたりして突っ立っていた。

だが、この少年が銀熊の死に何かかかわっているのではないかと気づき、

「てめえ、何を訳のわかんねえことを言ってやがる！」

「兄貴に何かしたな、この野郎」

「話がある！　こい」

青筋をうねらせ、ドスを抜きながら、雪崩《なだれ》のようになって、雨の中に出てきた——。

刹那、少年は懐に手を入れながら、男たちを見まわす。

と、ある者は、わななきながら胸を押さえ、ある者は、息ができなくなって雨空を苦しげに掻き毟《むし》り、ある者は、殴られたような頭痛に打ちひしがれ、次々に水溜りの中に倒れた。

ほんの二つか三つ数えるくらいの間で……十数人の若い者が絶息していた。

少年は殴られた男に胸を見せている。

その薄い胸には、銀色の胸毛がびっしり生えていた。

それは、よく見れば毛ではなく、牛蒡の花に似た植物的な物体だった。

少年は、男に、

「あんたの首にも……同じものがあるだろ？」

＊

無住の荒れ堂を見つけた二人は、その中で火を熾《おこ》した。

蜘蛛《くも》の巣をかぶった観音像に見下ろされ、下から赤い火に照らされながら身の上話をしている。

男は水呑み百姓として生れ、大黒一家の者となり喧嘩に明け暮れた半生を、少年は、およそ信じ難い異様な身の上を。

「あんたの首に一つ生えていて、俺の胸に十何本か生えているこれは――草。ただの草に非《あら》ず。土ではなく、人の心に生える草、妖草なのだ」

「…………」

俄《にわ》かには信じられぬ話であったが自らの異能にうすうす気づいていた男は真剣に話を聞いた。

大人びた少年はこの子自身の言葉というより、数知れぬ先人が語っているような様子で、

「古来――妖草について知り、幾多もの妖草をあやつり、人の世に災いを起そうとする妖草を刈る者たちがいた。これを妖草師、という」

少年の家は遥《はる》か昔、高禄《こうろく》を食《は》んだ妖草師の家であるという。だが、乱世の波に揉《も》まれ、

「我が先祖は……田舎に隠れ、武将どもに気取《けど》られぬようひっそりと、されどたしかに、妖草についての知見を子や孫につたえてきた。功名や金子に見向きしてはならぬ、そんなものに心奪われれば……やがて妖草が戦につかわれることにつながる。それが、我が小笠原《おがさわら》家の家訓だ。我が先祖は山中にひっそりと隠れ、村々の百姓を苦しめる妖草の災いを人知れず解決してきた」

関東妖草師・小笠原家——鎌倉の幕府に請われ東に下向した関東妖草師・庭田経寛《つねひろ》、この経寛には小笠原道安《みちやす》なる従者がいた。この道安は、経寛の姫と結婚、経寛の男子の家系が途絶えた後は、小笠原道安の子孫が関東妖草師のまとめ役となっていった訳である。

つまり、東の妖草師の末裔《まつえい》を名乗るこの少年と、京の妖草師・庭田重奈雄は——かなり遠い血族同士である。

少年は老人のように思慮深く、死人のように暗い面差しで、語る。

「権現《ごんげん》が江戸に幕府を開いた。各地に藩というものができ、領主の力がかつてないほど強く天下の隅々まで行きわたることになった。

母は悪代官に虐げられている貧しい村の出だった。俺の父は、妖草をつかい、母の村から苦しみを取りのぞいただけなのに、怪しげな術をつかう者と疑われ、領主にとらわれ……牢《ろう》の中で死んだ。母は自ら命を絶った。父は、妖草をつかい――愚かな領主や、その上にいる者たちと戦うこともできたのに、それをしなかった」

憎悪が、少年の面を歪《ゆが》める。

「俺は、駿河の遠縁に引き取られ、目が見えぬ弟は上総《かずさ》のさる検校《けんぎょう》に引き取られた。弟と共に暮したい。そして、俺たち兄弟をここまで追い詰めたものに復讐《ふくしゅう》する。領主と、その上にいる者たちに――。機が熟したゆえ、上総へ旅しているのだ」

「……機……？」

「これだよ」

自分の胸に手を置き、

「母の家系は元々、牛蒡種の筋だったようだ。幾人か、牛蒡種が憑《つ》いた人がいたそうだ。この妖草は強い闘志と深い憂い――二つが混ざり合う時、芽吹く。俺の先祖は牛蒡種が生えたことを忌み、決してこの力をつかおうとしなかったようだが、俺は容赦なくつかう」

猛烈な眼火を滾《たぎ》らせ、

「牛蒡種にくわえ、いくつか面白い妖草を手に入れた。まず、父を殺した領主を討ち、弟を取りもどす。そして、もっとでかいことをしてやる」

「……何だか、面白そうだ。俺ももう小田原にいられねえ。今日からあんたが——俺の親分、いやお師匠様だっ。地獄の果てまでも、お供させてもらいます！」

「よかろう。まだ名を聞いていなかった」

「久兵衛です」

「そうか。我が名は——小笠原敦安《あつやす》」

翌日、大黒一家の親分とその妻が怪死した。

さらに数日後——関東のさる小藩の藩主が、城の厠で急死している。

見合い茶会

重奈雄たちが、獣肉屋《ももんじや》で会合をもった翌日、窮屈な挨拶《あいさつ》回りなど全てすませたかつらは、両国橋の東、本所にむかっていた。

かつらは、小石川の自分の屋敷や、武家屋敷がかたまる近所の通りが、何となく息苦しい。ところが、本所に行く途中、職人の家々がかたまる神田《かんだ》を通ると、その息苦しさが不思議とやわらいで行く気がした。

武士が野を駆けまわっていた時代は違ったのかもしれぬ。

だが、今の武士たちは、武家に生れた全ての者を、一つの四角にはめ込もうとする。

自分はもっと尖《とが》って、もっと沢山の角をもっているから……この定型的な窮屈さに、当てはまらないのだ。

周りがつくった形をぶち壊す。

だから――苦しいのだ。

かつらはそんなことを考えて、歩いていた。

ふと、立ち止る。

（どうして……本所に行こうとしたんだっけ？）

旅の途中、危うい処を助けてくれた、盲目の本草学者の顔が胸をよぎった。

如一。

何故、如一にあいに行こうと思ったのか、かつらは首をひねる。

両国橋の西側、橋の袂《たもと》でシャボン玉売りが、五色の玉を軽やかに吹いていた。

（如一殿は……命の恩人。江戸にもどったら、あらためて礼を言いに行くのが筋であろう。うん、そうだ、そうだ。それに……）

如一は本草学者で、妖草に詳しい。

かつらは本草学者の家に生れ、今後、江戸唯一の妖草師として、将軍のお膝元《ひざもと》を騒がす妖草事件を解決して行かなければならない。そのように幕府はもとめていた。

（今後、何かしら御力をかりることだって、あるかもしれないじゃないか）

納得できる強靱《きょうじん》な理由が見つかったかつらの顔は晴れやかだ。

また、歩きだす。

が、数歩で止る。

（まてよ。……こういう時って、鰹節《かつおぶし》とか箱入りの饅頭《まんじゅう》とかを……もって行くべきではないのか？）

自分が手ぶらなのが気になった。

小石川に、もどりかけている。

ところがすぐに、両国橋にむき直り、

（――否。鰹節や箱入り饅頭をもってお礼に行くなんて、何だか阿部かつららしくないじゃないか……。何ももたずにぶらっと、お礼だけ言いに行こう。その方があたしらしいじゃないか。こういう時こそあたしらしくあろう）

本所に、ついた。

瓦葺《かわらぶき》の商家に立てかけられた葭簀のつくる三角の陰が、ちょこんと座った三毛猫に、隠れ家を提供していた。

黒い暖簾《のれん》に白く染め抜かれた傘の字が、風に揺らぎながら、打ち水をする若い女にふれていた。

かつらは当てもなく本所を歩く。

こうやって歩いていれば、ばったり如一と出くわすような気がしていた。

半刻《はんとき》ほど歩いてみたが、如一にはあわなかった。

(誰かに訊《き》いてみるか)

辺りを、見まわす。

天秤棒に鈴生《すずな》りの果実のように下駄を下げた下駄売りや、深川からやってきたのか、

「から蛤《はまぐり》っ！　から浅蜊《あさり》ぃー！」

殻付きの貝を商う、やけに頬っぺたが赤い子供が、路地を流している。

鉄漿《かね》をつけた瀬戸物屋のおかみさんが、シュロ箒《ほうき》で棚を掃除していた。大きな皿や鉢、陶製のやかんや、白粉《おしろい》入れ、紅皿などが所狭しと棚に置かれていた。

「ちょっと、ものを訊《たず》ねたい」

かつらは女に話しかけた。

女は、かすかに首をかたむけ、

「……はい。何でしょう？」

「この近所に、如一殿という本草学の先生が住んでいまいか？」

如一の特徴を簡単に話す。

「ああ、わかりますよ」

女は店から出てきて、

「あそこをまがって、しばらく行くと……右手に桃見茶屋という茶店があります。桃見茶屋を通りすぎると畑の中に出て、百姓家が幾軒かありますから、そこでまた訊いてみて下さいな」

「かたじけない」

桃見茶屋には新作茶飯という看板が立っていて、大変な人気のようであった。桃の花の頃ならどれほど混むのだろうとかつらは少なからず驚く。

(あたしは、茶店とか菓子にあまり興味がないからな……。そんなあたしが、たまに気に入る菓子があるとする。そうなれば、あたしは浮気をしない。その菓子に一徹。月に一度、必ずそれを食し、飽きるまで賞玩しつづけ、新規のものに見向きもせぬ。だからあたしは……あたらしい店ができると、どっとそこに飛びつく女子《おなご》の心の持ち様がよくわからぬのだ)

同時に、かつらは、新規の茶店だとか珍妙な菓子だとかが大好きなある一人の娘を思い出している。

滝坊椿。

椿を江戸の桃見茶屋につれてきたら、どんな反応をしめすだろうか。

関東菓子を、上から見下ろすようなことを、つんと澄ました態度で言うのだろうか。

「――ふ」

椿の反応に思いをめぐらしたかつらは何だかおかしいのだった。

さっきの女が言った通り、桃見茶屋をすぎると、百姓地に出た。

本所と言えば――本所瓜《うり》である。

今は瓜の初物が出回る時期だ。

青く旨《うま》そうな本所瓜が、水気をたっぷりふくんだ畑で、ごろごろ昼寝していた。

神田のやっちゃ場に初瓜として出すのだろうか。畦道《あぜみち》に置いた籠《かご》に、赤子を寝かせ、日焼けした若い女が瓜をもぎ取っていた。

足を止めたかつらは、

「ものを訊ねてもよいか？」

「はあ……何だんべ」

女は畑の中から応じる。

赤子が、かつらの足許《あしもと》で笑いかけている。

かつらは、無理にニッと笑ってみた。

かつらの笑顔が怖かったのか……赤子が大声で泣き出している。

「おお、おお、おお、どうして泣くんだ、お前《めえ》は」

近づいてきた女は、かつらと同い年くらいであった。赤子を抱くと白昼堂々胸を出し乳をあたえた。

「この辺に、如一殿という本草学の先生は住んでいまいか？」

「……ほんぞうがくって何だ？」

「草とか木の先生だ」

女は大いに得心し、

「ああ。その先生なら、すぐそこだよ」

親切に、おしえてくれた。

「かたじけない」

かつらが行こうとすると、

「あんた、あの先生のこれかい？」

赤子を籠にもどした女は小指を上に突き立てた。

「いや……そういう訳じゃないんだ」

かつらは、頰をやや紅潮させている。

「ふうん。これ、もって行きな。初瓜だ。美味《うめ》えぞ」

「……いいのか？　あたしは、瓜には目がない。大好物なんだが」

「うん。もっていきな。先生も喜ぶべい」

瓜を二つ、土産にくれた。

かつらは女におしえられた家の前まで行ってみた。

それは——畑の中にある庵《いおり》で、黒々とした杉木立を背にしていた。

申し訳程度の小柴垣《こしばがき》にかこまれ、太い竹や、雑木を柱にしている。

「如一殿」

かつらは声をかける。

庵の中から答がある、という期待が、かつらにはあった。

だが如一が住むという草庵《そうあん》は静まり返っていた。

荒《あばら》障子の穴から、ちょっとのぞくと、中は薄暗い。

江戸の端、田園と混ざり合う郊外地の穏やかさを——けたたましい烏《からす》の叫びが切り裂いた。

見れば家の裏に茂った杉の高木に烏が二羽止っていた。

「如一殿、おらぬか」

もう一度呼ばわる。

「誰だね？　わたしを呼ぶのは」

烏が止った木立の方から柔和な男の声がした。

樹がつくる暗がりから、杖《つえ》をついた如一が出てくる。

「……おお……郡上では危ない処を助けていただいた。阿部かつらです。覚えておいでか」

如一は嬉しそうに、

「もちろん、覚えている！　江戸へ、おもどりになったのですな？」

「はい」

「よくここがわかったなあ」

「何人かに、訊いたんだ。百姓の女には瓜をもらった」

かつらは、如一が大きな袋を下げているのに気づく。その袋は郡上で鬼ムグラを入れたものである……。

「薬草摘みでも？」

「……うん、ああ」

曖昧《あいまい》に答えた如一は、

「よかったら、どうぞお入り下さい。手狭な所だが」

庵に入ったかつらと如一は、あれからのことを互いに話した。

かつらは、如一と話していると、時が早く流れて行くような気がした。

如一も楽しそうであった。

「如一殿は、妖草を……感じることができると話していたな？」

「……うん、ああ」

「それは、天眼通という力かもしれない」

「………」

「実はあたしも、妖草に関りある者なのだ」

驚きの風が如一の顔を吹きすぎる。

かつらは、妖草師・庭田家に学ぶため、京に出ていたこと、これからは関東妖草師として孤軍奮闘しなければならぬことを、如一につたえた。

如一は黙って聞いていた。

「かつて、鎌倉に幕府があった頃……関東妖草師という者がいたという」

張りつめた気の糸に、ぎゅっと持ち上げられたように、如一の下唇が引きしまる。

かつらは、つづけた。

「だがいつの頃か、乱世の混乱に巻き込まれ、関東妖草師は歴史の中から姿を消した」

「…………」

「あたしは、その重責ある役目を、復活させるという大役を公儀から仰せつかった。ただ、正直な処、あたし一人でできるのかという迷いもある。上の人間に苦情を申し立てても何も取り合ってくれぬのだが……」

人口三十万人ほどの京は、江戸より小さな町だが、二人の妖草師——庭田兄弟がおり、椿という協力者もいる。

ところが江戸は人口百万を超す巨大都市でありながら——かつら一人で、妖草妖木に対峙《たいじ》せよということになっている。幕府の計画に根本的な罅《ひび》があるのだ。

如一が言った。

「わたしにできることがあれば、手伝いたい。遠慮なく言ってくれ」

かつらは心に虹《にじ》が差したような顔になり、

「とても、助かる！　京のシゲさんも、椿という天眼通の持ち主に助けられているのだ」

複雑な面差しの如一は、

「……そうなんだね」

「如一殿があたしに力をかしてくれるなら百人力だ」

かつらが、強く言うと、

「ただ、わたしは……薩摩藩邸で、薬草のそだて方や蔬菜《そさい》を強くする法などを伝授しているのです。薩摩の島津《しまづ》公は、国を豊かにするために、本草学に強い関心をいだかれている。島津公は恩人。その恩人の御用で、江戸をはなれることも多い。だから、かつらさんの期待に添えない時もあると思う」

かつらは、蒼天《そうてん》のようにさっぱりと、

「それは全然いいよ。そっちの御用を優先してくれ」

そして、腰を浮かせている。

「……では、そろそろお暇《いとま》しようかな」

少し迷っていた如一がかつらに、

「なあ、かつらさん」

「うん？」

「この後、一緒に芝居に行かないか？」

「…………？」

かつらは、ぽかんとしていた。男と二人で芝居に行った経験などなかった。

「両国広小路に、面白い一座がいるんだ。わたしは役者の顔は見えないけど、あの芝居は聞いているだけでとても楽しい」

かつらからうんともすんとも反応がないので、如一は不安そうな面差しになり、

「……ご迷惑だったかな？」

「いや、そういう訳では……」

「門限などが？」

「特にない。ただ……突然だったので驚いたまで。そうか、面白そうだな。よし、行こう」

二人はつれ立って両国広小路に出かけた。

そんな二人の姿を、杉に手をかけて、じっとうかがっている男があった……。


満席の芝居を観終った時、夕焼けが迫っていた。

ありふれた世話物であったけど、如一の隣で観ているのが何だかめずらしく、夢中になって観た。

芝居小屋から外に出ると、落日の広小路は、様々な人でごった返していた。

黄色い袋を背負った男。深刻な顔で低く言い争う男と女。編笠をかぶった二人連れの侍。天秤棒で茄子《なす》と枇杷《びわ》をかついだ前栽《せんざい》売り。からからという豆太鼓を持った童と、赤子を背負った母親。三人の虚無僧。白い揚帽子をかぶった、ふっくらした女と、赤い櫛《くし》、金の簪《かんざし》を頭で光らせた痩せた女。

橋の上で、

「ここまでで結構」

如一が振り返る。

「あとは、杖があれば一人でかえれる」

「……わかった」

「今日は……とても楽しかった」

如一はしみじみと呟《つぶや》いている。横をむいたその顔は、深い悩みの淵《ふち》に沈んだような色をほんの一瞬漂わすも、すぐに笑んで、

「とても、楽しかった」

「あたしも楽しかったよ。本当に」

かつらは、言った。

「また……あえるかな？」

如一が問うてきた。

かつらは大きくうなずき、

「もちろんだとも」

こうして二人は、両国橋の上でわかれた。

＊

如一が本所の庵にもどった時、辺りは大分暗くなってきたようだった。

如一の目は、光を感じることができる。また、目が見えなくなる前に見た、この世界の記憶は鮮烈にある。

だから今、如一は目に感じる光の量、肌にふれてくる大気の涼しさ、人々が起す物音や夕餉《ゆうげ》の炊煙の温かい匂いなどから、この世界が紺屋の甕《かめ》の中のような色に、綺麗《きれい》に染め上げられているのをわかっている。

――庵の前に立つと、誰か中にいるような気配があった。

「誰か……いるのかい？」

如一はたしかめる。

と、

「――わしだ」

「兄さん……」

如一は杖で足許をたしかめながら、庵に入る。

如一は眉を顰《ひそ》め、

「甲州に行っていたのでは？」

「さっき、もどった。といっても……かなり前だけどな。お前が、出かける前だ」

かつらと出かける前という意だろう。

「そんな刻限からここに？」

「そうだ」

兄は底冷えする声で、

「あの女は、何者だ？」

「阿部かつらという人」

「美濃で助けた女だな？」

「ええ」

「とすると――京都妖草師・庭田重奈雄の許で、妖草について学んだ、本草学阿部家のかつらか？」

「かつらさんが……妖草と関りあると今日まで知らなかった。兄さんは、知っていたんだね？」

如一が訊ねると、

「ああ」

兄はしばらく黙っていた。

そして、

「かつらという女に――気を許すな」

兄の警告から、冷え冷えしたものが漂う。

「久兵衛らは、重奈雄や重吉に討たれた。そこに――かつらもくわわっていたようだ」

「――」

「久兵衛を討ったことからわかるように、なかなか油断できぬ輩《やから》。余人にはまかせられぬ。関東妖草師の総師たるわし直々に決着をつける」

「…………」

「だが、わしは手がはなせぬ。あれがそだってくれるまではな。……この前、わしが本所《ここ》にきた時、あれは芽吹いていたのに、今日見たら枯れておった」

「……申し訳ありません」

「一方、わしが甲州で念を入れてそだてていた奴は、しっかり蕾《つぼみ》までつけておる。本来ならば、つきっきりでいたい処だが、重奈雄一味が江戸にきて、何やら嗅ぎまわっていると聞き、急いで出て参った。

お前がもっとしっかりしてくれねば困る」

兄は刺すように、

「――女などに惑うている時ではあるまい」

如一は、言った。

「兄さん……」

「何だ？」

「かつらさんは……我らが先祖と同じような志で、江戸にはびこる妖草と戦おうとしている！」

――恐ろしい質量の殺気が、一度放出され、また引っ込められた気がする。

如一は兄が、関東妖草師・小笠原敦安が――目を閉じているのを知っていた。

敦安は恐ろしい力をもっている。その力は胸に手を当てねば発動されぬが、何かの拍子に手が胸にふれて、不慮の事態が引き起されるのを避けるべく、兄は目を閉じる時がある。

兄は静かに、

「なあ如一……」

「……はい」

生唾《なまつば》を、呑む。

敦安は、つとめて冷静に、

「かつらは、重奈雄方の者ぞ。幕府方の者でもある！」

「わかっております、それは。ただ、話してみると、それほど悪い人に……」

「たわけ！」

敦安が大喝した。

「お前は——わしのたった一人の肉親。お前を守るために、我が半生はあった。ずっと二人で歩んできた。下らぬ女狐《めぎつね》に、たぶらかされるために、お前をそだてた覚えはないわ！」

如一は兄に感謝している。兄は他の者に怖れられているが、自分には滅多に激高しない。そんな兄をここまで怒らせてしまったことが、如一は悲しい。

敦安は、低く、

「これからも……わしのために、はたらいてくれるな？」

相好《そうごう》を強張《こわば》らせた如一は、首を縦に振る。

兄は開眼したようである。

敦安の掌《てのひら》が、如一の頬をはさんだ。

「かつらめは、重奈雄の動きをさぐったり、おびき出したりするのにつかえたりするやもしれぬ。お前はそう思いかつらに近づいたのであろう？」

「…………」

「弟よ。お前は賢い男。きっと、そう考えてくれたに違いない。そうなんだろう？」

違うと言い難い磁力に似た力がその声には籠《こも》っている。

「……はい」

「そうか。ならばお前は、わしの言う通りに動け」

*

重奈雄と源内は——藤見茶屋にむかった。
おりんの店でおこなわれる、見合い茶会に参加するためである。

見合い茶会には、男側が——赤紫の品のよい絹衣をまとった商家の若旦那《わかだんな》風や、黒い羽織に緑の袴《はかま》をはいた厳《いか》つい武士、職人の見習い風、寺子屋の先生、そして重奈雄たち、女側が——何処《どこ》かの女中と思《おぼ》しき艶《つや》っぽい女たち、可愛らしい櫛を頭で光らせた商家の娘、芸者と思しき女、蕎麦《そば》屋と甘酒屋の看板娘、夫をなくした三味線の師匠など、いろいろな者が参加していた。

源内に目で会釈したおりんは、

「皆様……本日はよく、藤見茶屋におこし下さいました。店主のおりんにございます」

おりんの衣は、向かって右上が黒い地。色とりどりの揚羽蝶《あげはちょう》が乱れ飛んでいる。向かって左下が白い地。黒い翅《はね》に、赤や黄、青、華やかな模様が入った揚羽蝶が舞い降りる姿が描かれていて裾にアザミに似た花が咲いていた。

妖草師・重奈雄の観察力はそれがアザミではないと見抜いていた。

（アザミによく似た花を咲かす……牛蒡の花だっ）

「江戸という町は……六十余州のいろいろな田舎から人があつまってできた町。田舎者の寄り合い所帯のような所。神田で生れ、水道の水を飲んでそだった江戸っ子といっても、その何代か前を見れば、みんな大抵田舎から出てきたのです。かくいうわたしも常州《じょうしゅう》の草深き片田舎から出て参りました」

しゃべる傍から色っぽい露が垂れるおりんである。

そんな、おりんの傍らに店の者らしい男が一人立っていた。

三十過ぎ。だが、頭は白い。茶店の下働きの者というより、学者を思わせる重く瞑《めい》想《そう》的な雰囲気の漂う男だった。

「あの男……」

源内が気づく。

小声で、

「――桃見茶屋で、わしを咎《とが》めた男だ」

重奈雄が首肯する。

己らの噂《うわさ》をされていると思った、蕎麦屋と甘酒屋、両看板娘が、あらっと顔を輝かせ、何か囁《ささや》き合う。

おりんは、しっとり濡《ぬ》れた声で、

「これだけ沢山人がいるのに……寂しい気持ち、人恋しい気持ちをかかえて生きている人の、何と多いことでしょう。

だから、わたしは、皆さんに素敵な方を見つけける手助けができればよいと思い、この催しを思い立ちました」

おりんの傍らに立つ男が——重奈雄を睨《にら》む。

重奈雄も相手を見据える。

二人の視線は、ほんの一瞬、ぶつかり合っている。

「皆さん、もう席におつきになっていますね？　もう野暮なことは言いますまい。この楽しい茶会をはじめましょう」

おりんが、言った。

煎茶《せんちゃ》や菓子を口に入れつつ、見知らぬ男女同士が語らう会がはじまった。

不忍池を隠すように下がった藤の花は、最後の見ごろをむかえていて、爛熟《らんじゅく》した香りが漂ってくる。

客は初めに指定された席にいて、時折飛ぶおりんの指示により、男が別の島に丸ごと移動する。この席替えとは別に、あそこに行きたいという要望があれば、おりんか、例の白髪の男に言えばよい。

茶や菓子は若い娘がどんどんもってくる。

例の男は——注文を取ったり、席についての希望を聞いたりなど、まめまめしくはたらいていた。

甘酒屋の看板娘が重奈雄に夢中で話しかけてくる。隣の源内は、三味線の師匠と話していた。

だが、重奈雄は……上の空であった。

ここでは今、いくつもの心が急速に発達、からみ合い、時にはぶつかり合っている。

（苗床ができつつある）

しかも――妖草は他の妖草を呼ぶ。

おりんは、妖草を隠し持っていたり、妖草の種子《しゅうじ》を身につけている怖れがある。そうした妖草が芽吹き、常世から仲間を呼んだら、どんな大事になるか知れたものではない。

刹那《せつな》的に蔓《つる》をのばし花咲かせた、軽やかなあこがれ。

内に秘されてきて、今日もまた隠されている、暗い怒り。

自分よりも美しい相手が、なめらかに異性と話すことへの妬《ねた》み。

不安。

期待。

焦り。

喜び。

いろいろな気持ちが不可視の大きな爬虫《はちゅう》のように蠢《うごめ》いていた。

重奈雄はその心のうねりが、見えた気がしている。

すると――蛍の光、いや、蛍の何十分の一くらいの真《まこと》にちっぽけな光体、つまり光の塵《ちり》の如きものが、その情念の波動に揉《も》まれつつ、右に左に空間を動いている気さえした。

それは重奈雄の肉眼が見ている光景ではない。

――第六感で感じるのだ。

と、あの髪が白い男が注文をつたえるために歩きながら、手を懐にやった。男は何かを出す。

黒く小さいお手玉のようなものだ。

――手を動かす。

重奈雄が見切った光の塵が……ふわふわたゆたい、掌中《しょうちゅう》の黒い小球につく。

黒い玉が放つ磁力が、ちっぽけな光体を引き寄せたとしか考えられぬ。

重奈雄は瞠目《どうもく》している。

甘酒屋の娘に答えようとした言葉は何処かへすっ飛び、重奈雄の全意識は男が手にもつ黒く小さな玉に集中している。

（間違いない……風顚磁藻《ふうてんじそう》っ！）

ということは、風顚磁藻に吸い寄せられている小物体は、真に微細な妖草の源でないか。

（種子……種子の気を見ているのかっ……。なら、俺は——）

天眼通。

古《いにしえ》の妖草師がもっていた異能で、当代の妖草師がなくしてしまった能力《ちから》。重奈雄の身の周りでは滝坊椿だけがもつ、特殊能力。

天眼通がないことで、重奈雄がどれだけ今まで、苦労してきたことか……。

天眼通がそなわる兆《きざし》のようなことは、郡上であった。

恐るべき食人木が襲いかかってきて、命の灯火が消えそうになった時、重奈雄は己にむかってくる冷たい殺気の突進を感じた。

（あれがきっかけとなったか？）

違う、とすぐに思う。

今まで数知れぬ妖草妖木と対峙してきた体験が、悉《ことごと》く肥やしとなり、重奈雄の中に眠っていた天眼通という種が郡上で遂に芽吹き、今ようやくはっきりとわかる状態にまでそだった。そういうことなのだろうと思った。

(俺は――天眼通を手に入れたぞ！　椿)

妖気を見る眼力を遂に得た重奈雄、鋭気を漂わせて店全体を見まわしている。

そこら中で、点状の弱い妖気――種子が生れていた。

また、種子とくらべものにならぬくらい強い妖気を放っている人物が、いくつかの妖草を隠しもっている重奈雄の他に――二人いた。

一人が、おりん。

燈籠鬢《とうろうびん》に結ったかぐわしそうな頭から、時に恐ろしく強くなり、時に弱くなる、得体の知れぬ冷えた凄気《せいき》を放っていた。

もう一人は、白髪の男。

この男、体じゅうから妖気の放出が見られる。

(間違いない。こいつは――妖草師！　恐らく、全身に、武器になる妖草を隠しもっている)

問題は男の胸にやどった妖気の量感。

おりんと同じく、この妖気も、呼吸するかの如く、大きくなったり、小さくなったりしている。大きくなった時の量感は、他の妖草と比べ物にならぬほど凄《すご》い。

男が重奈雄の傍を通る。

——妖気が、大きくなる。

見えない大砲が火を噴き、重奈雄の脳天から胴体までをぶち抜いた。

それくらい大きい気の波動を感じ、重奈雄ははっとのけぞる。

（……何だ、今のは）

男はまた風顚磁藻を誰にも気取《けど》られぬように振り、種子をあつめた。

ここが連中の「採草場」であることはもう疑いない。

源内からかりた藍染《あいぞめ》の着物の肩をわななかせる重奈雄を、源内が案じる。

「……大丈夫か？」

重奈雄の前にいた娘たちは、重奈雄からほとんど身の入った反応がないため、今は他の男と話していた。

「……ああ」

辛うじて、答える。

（……牛蒡種なのか？　おりんや、あの男が身にやどした妖草は。だとしたら——男の牛蒡種は、おりんの牛蒡種にくらべ——桁外《けたはず》れに恐るべきもの。逆乙女《さかさおとめ》が効くかわからぬほど、凄《すさ》まじき牛蒡種だ……）

男が言った。

「さあ、皆様。そろそろ席替えになりますよ」

唇は笑っていたが双眸《そうぼう》には敵意がにじんでいる。釘《くぎ》のようなその視線は——重奈雄を真っ直ぐに貫いていた。

知っているぞ、お前がどうしてここにきたか、と言っている顔だった。

(そういうことなら、こっちにも考えがある)

席をうつった重奈雄は風顛磁藻を取り出している。

さっきと別の女子の前に座った重奈雄、畳の縁《へり》の上辺りを漂っていた妖草の種子を、風顛磁藻でつかまえた。ちらっと——男を一瞥《いちべつ》する。驪竜《りりょう》頷下《がんか》の珠《たま》という天眼通を得た自負と、青天狗を動かしてきたこ奴らを許さないという思いが、重奈雄にこの行動を取らせる。

じっとそれを睨んでいた男が、おりんに眴《めくば》せする。

おりんは妖笑を浮かべ睫毛《まつげ》を伏せただけだった。

重奈雄は畳に落ちた菓子をひろうような素振りを見せながら、妖草の種子を風顛磁藻で回収した——。妬心《としん》を苗床とする天井花《てんじょうか》の種のようである。

男を見やると、胸に手を動かしていた。

——胸の妖気が一気に強まっている。

（やはり、あそこに——？）

重奈雄は、戦慄《せんりつ》する。重奈雄としては牛蒡種対策として逆乙女をつかうことしか妙案が浮かばない。ただ、重熈は『久兵衛の牛蒡種より、もっと強い牛蒡種、真に妖気が強い牛蒡種に……逆乙女が効くか、わからぬ』と語っていた。男がもつのは強い牛蒡種ではないだろうか？　だとしたら、男の牛蒡種を逆乙女ではね返せる確率は、重奈雄が思うに「五分五分」である。

男の手は胸のすぐ近くで止っていた……。

「何か菓子でも取りましょうか」

などと言いながら——重奈雄は妖草を取り出す構えに入る。

脂汗をにじませ、

（くるなら、こい。俺も妖草師。妖草をつかい、悪逆の限りを尽くすお前たちを……見過ごす訳にはゆかぬ）

おりんも——髪のほつれを直すような自然な動きで、白い手を笄《こうがい》近くへもってゆく。黒漆が創る虚空で銀の揚羽蝶が飛ぶ妖しい笄のすぐ傍に、それはあるようである。

おりんの指先はそれから一分《いちぶ》とはなれていない。

（牛蒡種による挟み撃ちか――）

重奈雄は地獄につながる谷の縁に立っていることに気づく。

――逆乙女は、二本しかもっていない。

みじかいのに、やけに長く思われる刹那が、流れている。

と、

「おりん、おるか！」

甲高い声が、ひびいた。

玄関の方から法体《ほってい》の男が顔を出す。

「あ、円阿弥《えんあみ》様」

おりんはいそいそと立ち、小走りに動き、円阿弥の前にぬかずいた。

常連らしい円阿弥は、

「入れるか？　十五人じゃ」

「申し訳ございません。今日は貸切りにしております」

「大切な客人がおるのじゃ。特別に入れてくれい」

「……そう言われましても、困ります。円阿弥様」

円阿弥、甲高く、

「ぬわぁにぃぃっー？　千代田《ちよだ》城で上様に御茶をお出ししているこの円阿弥が、たっての望みと申しても、そなた、入店をことわるのか！」

重奈雄と白髪の男は、まだ睨み合っていた。

「……はい。申し訳ございません」

「ぬわぁにぃぃっー？」

円阿弥はしぶとく、

「京からな、大切なお客人がお見えになっておるのじゃ。どうしても藤見茶屋の藤を見たいと仰せになる」

京と聞いた重奈雄、かすかに眉を顰《ひそ》める。

「お見合い茶会ということで、今日はその御用向きの方の貸切りなのでございますよ」

おりんがやわらかくことわると、

「円阿弥殿。貸切りの場に、無理にお邪魔しても無粋であろう」

……聞き覚えのある声がした。

重奈雄の胸の鼓動が早まっている。

「藤の花を愛《め》でながら……茶を飲む、というこの店の噂は遠く京へもとどいていてのう。わしも、花についてはこだわりのある身。どうしても訪れたく思っておったが、なかなか足をはこべなかったのじゃ」

「それは嬉しゅうございます。お名前をおうかがいしても？」

「将軍家御華司・滝坊舜海と申す」

妖草絡みとはいえ——見合い茶会に出席していた重奈雄の眉間《みけん》の皺《しわ》が、濃くなっている。

「まあ、今日は残念であったが、またこよう。わしの宿は池向うゆえ」

「はい。楽しみにお待ちしております」

舜海がここに入ってきたら、ただでさえ強敵と対峙している現状がよけい、もつれてしまう。取りあえず立ち去りそうなので重奈雄はわずかにほっとした。だが、気は抜けない。白髪の強敵は——まだ胸に近づけた手を、下ろしていない。

「明日から西の丸の方と幾人かの諸侯のお稽古《けいこ》をたのまれておる。かなりせわしなくなるゆえ……幾日か後になると思うが」

去り際の舜海が、何気なく口にする。

と、おりんが、

「滝坊様、幾日か後ですと……藤の盛りを過ぎてしまうかもしれません」

「何と――」

これは舜海にとって……大いなる問題であるようだ。

「せっかく江戸まできて、名高き藤見茶屋の藤を見んでかえるとは……。これは、娘に叱られてしまうかもしれぬな」

いや、叱られないだろう、と重奈雄は思う。

「お茶はお出しできませんが、一目だけでも藤を見て行かれては？」

敵ながら、いや、敵であるがゆえか。よけいなことを言うおりんなのだった。

「何……？　もちろん、長居をする気は毛頭ないのだが、よいのか？」

雲行きが、妖しくなってきた。

「はい、どうぞ見て行って下さい」

「では、一目だけ」

舜海が――入ってきた。

町人の装いをした重奈雄は扇で顔の下半分を隠し、うつむき加減になる。

（何故、くるのだっ……）

歯嚙《はが》みする。

「突然、お邪魔いたす。ご歓談の処、申し訳ない。おお……これは見事な」

舜海が、すぐ傍を通る。

重奈雄の耳朶《じだ》は灼熱《しゃくねつ》の溶岩の如く赤くなっている。

かの敵と、重奈雄の間に、舜海の門人や、円阿弥という同朋衆などが立ち、牛蒡種の邪眼を遮っている。

舜海がひとしきり藤を褒めそやす。

そして、門人に、

「のう、花籠《はなかご》はもっておるか？」

「はい、もっています」

舜海は、おりんに、

「見合い茶会をわしの我儘《わがまま》で止めてしまい、申し訳ない。お詫《わ》びの印に籠花を進ぜる。あそこの藤が少しうるさいようじゃ。……鋏《はさみ》を入れてもよいか？」

「はい。もちろんですとも」

舜海は紫の滝の下端に鮮やかな鋏を入れる。

そして、藤の花と葉を、さっといくつかの籠に盛る。

つかったのは——藤の一点。

ところが、舜海の手にかかると、緑の葉がまるで孔雀《くじゃく》の如く遊び、紫の花が軽やかな蝶の群れのようになって躍る。

一つ一つ別の個性をもつ花籠を次々につくってゆく。

居合わせた人々から、喜びが籠った深い息がもれる。円阿弥も、何故か誇らしげだ。

硬くうつむいた重奈雄の前にも花籠が置かれた。舜海や門人が、重奈雄に気づいた素振りはない。重奈雄はどぎまぎしっぱなしである。

全ての机に花籠を置くと、舜海は、

「……お粗末にござった。ただ、この方が場が華やぐ気がしての」

「いえ。何と……見事なお手並みでございましょう。感服しました。たしかに、この花籠がある方が、楽しく明るくなりました」

おりんが、すかさず応じる。

舜海と門人たち、江戸城の同朋衆が、出て行く。

重奈雄は――はっと面を上げた。

白髪の強敵は……いつの間にかいなくなっていた。

（しまったっ）

舜海を玄関まで見送ったおりんは、

「滝坊様。みじかい一時でしたが、とても、楽しゅうございました。また江戸にお越しになった折には是非ゆっくり遊びにきて下さい」

「うむ。そうしよう」

もどってきたおりんが客たちに語りかける。

「思わぬお客様でしたが……お蔭《かげ》様で、大変美しい花飾りをいただきました。何か今日は、皆様にとてもよいことが起きるような気がいたします。さあ、またはじめましょう」

客たちの歓談が、再開された。

おりんが重奈雄の傍にきて、

「あの、ちょっとお話が……」

重奈雄はおもむろに立った。

おりんは店の隅、さっき舜海が藤を切った辺りに重奈雄を誘い、切られた蔓を弄《もてあそ》びながら、

「甚三郎《じんざぶろう》様、とおっしゃいましたか?」

「うむ」

おりんは、悪戯《いたずら》っぽく笑う。間近で見るとこの女の襟元に隠れる真っ白いうなじや、鬢《びん》のほつれの下の日差しに嬲《なぶ》られた産毛《うぶげ》から、果てしもない色気が漂っているのがわ

かる。

「本当は……」

おりんは挑発的な猫を思わせる面差しで、

「京からこられた――庭田重奈雄様ではありませぬか？」

「………」

二人の間に弾《はじ》ける緊張をよそに、客たちは歓談し合い、不忍池では鴨《かも》どもが何くわぬ顔で泳いでいる。

おりんは他の客に決して聞こえぬ小声で――

「何をしにきたか……知らないんだけどさ。うちの人があんたと、ゆっくり話したいって言ってるんだよ」

鋭利な言葉の針で、重奈雄をちくりと刺す。

「さっきの男のことか？」

「そうだよ」

只《ただ》ならぬ雰囲気に源内を除いた皆は気づいていない。

おりんは、悪獣のような凄気を漂わせ、

「――あんたの仲間をあずかってるってよ。早く行った方がいいんじゃないのかね？」

「何だと？　重吉のことか？」

店の娘が傍にきたから、

「さて……あの人に直接訊いてみて下さいな」

おりんはにこやかに言った。

「本所の方で、まっていると聞きました。本所の何処だかは……おわかりですね？」

顔面蒼白《そうはく》になった重奈雄はおりんからはなれる。源内の所にもどり、むずと引っ張る。

壁際に誘うと、耳元で、

「重吉がさらわれたかもしれぬ」

「何……」

「俺は急ぎ、本所にむかう」

密談する二人を客と話していたおりんがちらりと見る。

重奈雄は、源内に、

「あんたは火盗改めに行って、その旨つたえてくれ」

源内がうなずいた。

「できることなら、本所の方に応援を」

「……罠《わな》かもしれぬ、気をつけろよ」

「元より承知の上だ」

重奈雄と源内は――強引に勘定をすませ、藤見茶屋を出た。

源内とわかれた重奈雄は池の水際の茂みにむかう。木の下から、鉄棒蘭《てつぼうらん》の上にぼろ布を巻いた杖を取り出す。

杖をもった重奈雄は、全力で駆けはじめた――。

＊

同じ頃――

重吉は日本橋の両替商、大森屋、蔵前の札差、湊屋から流れた多額の金子《きんす》が、ある一軒の店に動いていたことをつかんでいる。

黒田屋《くろだや》なる店だ。

日本橋にほど近く、やはり江戸の中心街である木更津河岸《きさらづがし》に古くからある店で、高利貸もやっている。

とかく黒田屋は評判が悪い。

西国の大藩と通じ、御禁制品の売買などにも手を染めているという黒い噂があった。したしくなった火盗改めの者に、何故、公儀は取り締まらぬのか訊ねると、『抜け荷は……町奉行の領分。そして、黒田屋は町奉行と太いつながりがあるとか』ということだった。

一方──黒田屋を快く思っていない店の主《あるじ》から、さる重要な情報も得た。黒田屋を辞めさせられた男がいるという。手代までつとめたその男の名は、新八《しんぱち》。今は泉岳寺《せんがくじ》の近くに住んでいるという。

──重吉は、新八なら何か知っているかもしれぬと思い、この日、彼を訪ねたのだった。

重吉は高輪《たかなわ》大木戸をすぎる。

左方は、簀垣《すがき》の向うに、群青《ぐんじょう》の海が横たわっていた。

簀垣の手前には、葭簀張りの茶店や甘酒屋が、並んでいる。

右手は、様々な茶店や料理屋、米《よね》饅頭屋や草履屋が、軒をつらねている。

泉岳寺の門前には、幾軒かの民屋がかたまっていた。

重吉はうち一軒の前に立ち、

「新八殿、おるか？」

声をかける。

「誰じゃ？」

中から、太い声がした。

「黒田屋について、役目柄——訊きたいことがあるんや」

黒田屋に司直の手がおよんでいることをほんのり匂わせた。その微細な匂いを嗅いだ相手は、しばし黙っていた。

やがて、

「……あんたは？」

白く太い眉をした意志の固そうな男が顔を出す。頬はこけていて、聡明なる眼差《まなざ》しをしていた。小さな家につつましく暮しているようであったが、服装に乱れはない。

重吉は——この男は、黒田屋の不正を嫌い、店主、彦左衛門《ひこざえもん》に追い出されたのではないかと、読んでいる。

己の直感に賭《か》け重吉は十手をちらりと見せる。

「上方で、こないな稼業しとる重吉ゆう者や。幾年か前から西国を荒らしとる青天狗ゆう賊がおります。知りまへんか?」

「知っている。一家皆殺しなど……血腥《ちなまぐさ》い手口で知られるとか」

小声で、

「そう。その青天狗が盗んだ金の動きを追っておったら、いろいろな所をまわりまわって……黒田屋さんの所にきてたのや」

「…………」

「あんたは――黒田屋で、手代までつとめたはった。何かご存知やないかと思ってな」

しばらく考えていた新八は、

「……お入り下さい」


薄暗い部屋は、よけいなものがほとんどなくすっきりしていた。仕事一筋に打ち込んできた新八の淡泊な人柄が、この部屋から贅肉《ぜいにく》とか脂っ気を、そぎ落としてきた気がした。

思い詰めた苦渋が新八の面貌《めんぼう》から漂っていた。

重吉は――もうこれ以上は押さず、新八が何か言うのをじっとまっていた。

相手は溜息《ためいき》をつく。

口を開く。

「わしは、今の黒田屋彦左衛門でなく、先代の黒田屋彦左衛門様に、丁稚《でっち》の時から可愛がられ、商いのいろはをおそわった身。先代には大恩がある。今の黒田屋彦左衛門は先代にくらぶれば……苦労知らずの道楽息子。真面目に商いの道に取り組んでこられた泉下の先代が……そう考えると黙っておられぬ性分で、いろいろずばっと申してきました……」

重吉に話すというより、自らの人生の足跡を振り返るような顔で、ぽつりぽつりと語る。

「それが当代の彦左衛門の気にくわなかったようで、店を追われた」

引きしまった顔様で重吉を見、

「黒田屋が今、危うい商いに手を染めているのは事実……。ただ、青天狗などという凶賊とくむほど、今の彦左衛門は悪党ではない。小悪党だが、正真正銘の悪党ではない。恐らく、青天狗が奪った金子と知らず、悪事に巻き込まれている。そこは黒田屋の手代までつとめた者として、この新八、はっきり言っておきたいのだ。

――重吉さん。信じてもらえますか？」

「新八はんの言わはる通りやと思う。信じます」

「たしかに？」

「はい」

それを聞いた新八は——安心したような顔になっている。

「では、お話ししましょう……」


熟練の手代でまがったことが嫌いな新八は……やはり、黒田屋に流れてきた怪しい金の動きが気になっていた。

その金は主に日本橋の大森屋、蔵前の湊屋から入ってきた。そして、奉公人の手ではなく、彦左衛門自らの手により——三つの行き先に動いた。実体のない取引への出費や、存在しない奉公人への給与という形を取って……。

「三つの行き先とは？」

重吉が問う。

新八は答えている。

「はい。一つは、女。二つは、さる大名家です」

「……大名家……？」

「まず女というのは、元深川芸者のおりんなる者」

これは半ば――重吉が予期していた名であった。

「そして、大名家というのは……」

二つの家の名は驚きの電撃となって、重吉の胸を射貫《いぬ》く。話を聞き終えた重吉は、妖草をつかう怪賊からはじまったこの一件が、予測を遥《はる》かに超えた深みや広がりをもち――幕府を揺るがしかねぬ恐るべき力を秘めている気がした。

重吉の総毛はぶるぶるとふるえていた。

混乱する頭をととのえたい一心で、泉岳寺の山門をくぐっている。

赤穂《あこう》浪士が眠る寺の境内を血塗られた西日が赤く照らしていた。

墓参りにきたのか、紋付き袴の二本差しや、町人の親子連れが、水桶《みずおけ》をもって広大な境内を歩いていた。散歩にきたのだろうか、杖をもった嫗《おうな》もいた。

今、聞いた二家は何を企んでいるのか、そして、この話を何処にどう相談すべきなのか、重吉は迷う。

と――

行く手にあぶれ者風の男が二人、にやにやと笑みながら立ちはだかった。

顧みる。

退路を断つように、山門との間に、やはりあぶれ者のような男が一人と、目付きが鋭く骸骨《がいこつ》のように痩せた浪人が一人立っていた。

「爺《じい》さん」

前に立った大柄なあぶれ者がにやにやと歩み寄る。

――好意からくる笑いではない。

強い者が、弱い者をいたぶる時、牙を剝《む》く。その時に口元を歪《ゆが》ませる冷えた笑みである。

「何かいろいろ嗅ぎまわっているそうじゃねえか。黒田屋さんのことをよ」

「………………」

後ろの二人も、詰めてくる。

浪人から発せられる殺気の冷たさが重吉の後ろ首をひりひりとさせた――。

「ちょっくらあっちに行かねえか？」

横の、黒々とした杉並木を顎《あご》で指している。

「話してえことがあるんだよ」

重吉は、言った。

「わしは、ないんや」

「――あ？」

「わし、お前たちと話したいことが、ないのや」

あぶれ者どもはかっとなり、

「口のきき方に気をつけろ、爺《じじい》！」

「つべこべ言わずに、こい！」

散々罵《ののし》りながらつかみかかろうとしてきた。

重吉が、褐色の種を出し、ぱっとまく。

塩をかける。

「――妖草・ハリガネ人参」

細長い茎が一気に発達、細いがしたたかなる縛《いまし》めとなり――四人の男に絡みつく。

紫の小花が不快音を奏で、四人をさらに苦しめる。

重吉は重奈雄と寛永寺でわかれた折、危ない時の用心のため、ハリガネ人参の種をわけてもらっていた。

浪人が刀を抜こうとする。が、その刀にも――ハリガネ人参が絡み、憐《あわ》れな刃は二寸ほど顔をのぞかせるばかり。

怒りの呻《うめ》きが浪人の口から漏れる。

「な、何じゃこれは、おい！」

慌てふためくあぶれ者どもの額を重吉が十手で打つ。

「黒田屋にやとわれたんか？　そやな？」

「知るか、この野郎っ」

重吉はもう一度十手で叩く。

箒をほうりすてて、寺男が駆け寄ってきた。

重吉は十手を見せて簡潔に事情を話し、後は寺男にまかせ、泉岳寺を後にした。

庭田重奈雄、平賀源内は――重吉が敵方の手に落ちたと思い込んでいる。だが、重吉はこのように危難を掻《か》い潜《くぐ》っていた。

では、敵が確保したという重奈雄の仲間とは一体……。

本所《ほんじょ》の戦い

　早稲田《わせだ》と言えば――この頃は江戸の郊外であって、田んぼや、早稲田茗荷《みょうが》の畑、蛍が飛び交うのどかな田園である。

　だから、この日、かつらは、神楽坂《かぐらざか》を登り、様々な菓子やら料理やらの匂いが賑《にぎ》やかに混ざった赤城《あかぎ》神社の社前《まえ》を通りすぎ、しばらく西に行った所で、都会の雑然が遠ざかり……もっと素朴な臭いにつつまれたのを感じた。

　草の臭い。夏の暑気に蒸れた田の臭い。水路の藻《も》の臭い。牛糞《ぎゅうふん》やたい肥の臭い、である。

　実は今日――本所の方から歩いてきた枇杷売りの媼が、如一の言伝《ことづて》をもたらした。

　それによると、早稲田の方で田を駄目にする妖しい草が出たという。聞き捨てならないので自分も行ってみるが、もしかつらさんも気になるようなら是非、現地で、とのことだった。

かつらはこれぞ関東妖草師としての初仕事と勇み立っている。

武家屋敷が並ぶ飯田橋《いいだばし》を駆け抜け、神楽坂を登って町を出、早稲田田んぼで如一と合流した。

二人はある妖草の芽が近くの稲や草を枯らしているのを見つける。

恐《こわ》オモダカ、という妖草《やつ》で、もっと成長すると手強《てごわ》いのだが、まだ小さかったから、たやすく始末できた。

少し小高い草地に腰かけ、キリギリスが鳴くのを聞きながら、かつらが持参した握り飯を食す。

青き早稲田田んぼの向うに黒々とした広い森がある。

尾張藩下屋敷。戸山《とやま》と呼ばれる場所である。

如一は、百姓たちの暮しを少しでも向上させたい、そのために本草学をつかいたいという清流のような志を打ち明けた。

かつらは如一の志に共鳴している。

自分が幕府について思ういろいろなことなどを、彼に吐露したく思った。もちろん、全ては話さなかったが、思っている処のいくばくかを放出する。

如一はそれをじっと黙って聞いてくれた。

と、恐オモダカに田を荒らされていた早稲田村の百姓がきて、

「雑司ヶ谷《ぞうしがや》の森の中に……奇妙な花が生えているそうです。その花の傍に行くとくらくらと眩暈《めまい》がするとか。如一様、見ていただけませんか？」

かつらは重奈雄がよく口にしていたことを言っている。

「妖草は、他の妖草を呼ぶ。雑司ヶ谷の妖草がきっかけで、早稲田に妖草が出たのか。早稲田の妖草が大本で、雑司ヶ谷に怪異が生じたのか……。恐らく、そのどっちかだな。早急に行ってみよう！」

元より如一に異存はない。

こうして、かつらと如一は二人で――妖しい草が出たという雑司ヶ谷にむかう。

雑司ヶ谷は、早稲田田んぼの方から、池袋《いけぶくろ》村の高台の方に登った寂しい場所である。

鬼子母神《きしもじん》の門前にかたまった料理屋、茶店をのぞけば、百姓家や竹藪《たけやぶ》、林、それに雑司ヶ谷茄子や雑司ヶ谷南瓜《かぼちゃ》の畑などが広がる。

問題の草は……鬼子母神裏手の樹叢《じゅそう》の中に現れたとか。

二人は篠竹《しのだけ》や烏瓜、コナラの枝葉を掻き分けて、すすんだ。

苔《こけ》むした五輪塔や石仏などが固まっている所に出た。

細い霊気が淀《よど》んでおり、大きな犬四手《いぬしで》が西日に差されて佇《たたず》んでいた。

その木陰に一輪の花が咲いていた。

暗い赤紫の茎葉。丹色《にいろ》の花。

阿蘇《あそ》の草原に生える美しき花――マツモトセンノウに似ている。

その花を凝視したかつらは、くらくらと眩暈がしている。さらに――自分が大きくなったり、小さくなったりするような、異様な感覚に襲われた。

「これは……妖草経第四巻に出てくる、説諭草《せつゆそう》では……」

妖草・説諭草――人の世のマツモトセンノウに瓜二つの、常世の草である。

赤く美しい花を咲かせる説諭草は、妖力をもつ花粉《こな》によって、人に眩暈を起す。ただ、この花の恐ろしさはそれに止《とど》まらぬ。

人は説諭草の花粉にある程度なれてくると、耐性がつく。

耐性のある人間が、耐性をもたぬ人間を説得した場合……耐性をもたぬ人は容易に説諭されやすい。

つまりこの妖草――使いようによっては、相手をあやつったり、洗脳したりすることにもちいられる。

説諭草を駆除するには、銀の小刀で花を全て落とした後、掘り出した根をやはり銀の小刀で細切れにする必要がある。

眩暈と戦いながらかつらは銀の小刀を出した。

と、如一が手で制し、

「まあ……急いで切る必要はありますまい」

如一の急いで切る必要がないという言の葉が、重々しい花押《かおう》となって、心に印をつけ……かつらはこれを切ろうとした己を疑い出す。

せっかく取り出された銀の小刀がしまわれる。

如一は、言った。

「この美しい花が……ここに咲くのも何かきっと、意味があるのでしょう」

（何で……この花を散らそうとしたのだろう？）

意味をもってここに咲くという美しい説諭草を何ゆえ己は刈ろうというのか。かつらは、そんな疑いを自分自身へぶつけた。

すると、

――これが、妖草だからだ。

内なる声がしている。

(だけど、美しい花……でないか?)

如一が、静かに、

「切るのは可哀そうだ」

(切るのは……可哀そうだ)

――刈れ、かつら。お前は関東妖草師。妖草師不在の江戸の人々を妖草妖木の災いから救う者。

二つの声がかつらの中で激闘していた。

だが結局……如一の説諭が勝ってしまった。

銀の小刀をしまったかつらはぼんやりと赤い魔の花を眺めはじめた。

如一が囁く。

「貴女は……今の公儀が、弱い人々を苦しめ、押し潰《つぶ》している事実に、郡上で気づいたと言われた」

かつらはこくりとうなずいている。

「わたしも、そう思う」

如一は説諭草を見詰めながら語る。

かつらは説諭草から視線をはずそうとしたが、無理だった。どうしても、ずっと見たいという甘い欲求が心を溶かし、そちらを見てしまう。

如一は一歩、説諭草に近づく。かつらもそれにならった。

「今の幕府を、いや世の中を立て直すには……大きな波が必要と思います。同じ志を持つ者によって起される大波が」

「素晴らしい考えだと思います」

人心をあやつる赤の魔草の前でかつらは同意した。

如一は言う。

「だとしたら、この草も……つかえるじゃありませんか？」

「…………」

「――そう。同じ志の人をふやすのに、説諭草もつかえるでしょう」

かつらはここで初めて如一の言葉に引っかかりを覚えている。

人間による人間の説得は、言葉の力や、その人の人柄によっておこなわれるべきであり、決して妖草の力などにたよるべきではない、こういう小さいけれど強い声が、たしかに胸の内でしたからである。

「そう思いませぬか？」

「………」

如一が畳みかけても——かつらは小さく、首をかしげていた。

説諭草の強い妖力がかつらの中に芽生えた反論を押し潰そうとする。凡俗の人なら、ここで首を縦に振っていたかもしれない。だが、かつらがもつ鋭角的な気性と固い信念が、首を縦に振らせなかった。

如一が説諭草に歩み寄る。

かつらに、むき直って、

「こちらへ」

——この言葉にかつらは逆らえない。

かつらの足はよろよろと、如一と説諭草に近づいた。

如一がしゃがみ仏のような微笑《ほほえ》みを浮かべながら説諭草にふれた。かつらも、そうしてみたくなった。

剣をにぎることが好きな指先が、赤い花にふれる。

――――――！

如一の言葉が無条件に正しいという声がまるで電撃のように、自分の中に流れ込んできた。

如一はかつらに顔をむけ囁いている。

「貴女《あなた》は、わたしと同じ志をもっている」

それはそうなのだ、そこは否定できない。

「民百姓を救う義挙に……わたしと、くわわりませぬか？」

本当にそのような義挙があるのならかつらもくわわりたい。強い同調の念が、にじみ出す。

「義挙……」

かつらは呟いた。

説諭草の赤い花びらを撫《な》でる如一の指と、同じく妖花にふれたかつらの指が、ほんのかすかにふれ合った。

かつらはその指だけ熱くなった気がした。

如一は言う。

「天下を引っくり返す」

かつらの眉に、険が走る。

「今の天下には……たとえ謀叛《むほん》人の汚名を引き受けてでも、天下を丸ごと立て直すのだという強い覚悟をもった人が必要なのだ。そういう者がなかなか出てこぬから、結局は、無能な者、家柄だけが高貴な者、堕落した者による、およそ政《まつりごと》という名とは程遠い……醜い何かが、だらだらとつづいていくのです」

如一は強い語調で語っている。

「これを終らすには相当な覚悟をもった者による義挙が必要」

「義挙とは一体……」

如一はかつらの手を摑《つか》む。囁き声で、

「わたしは薩摩の島津公につかえている。兄、敦安は……田安《たやす》公につかえています」

田安宗武《むねたけ》——御三卿の一人で、九代将軍・家重《いえしげ》の弟である。

将軍・徳川家重は幼少の頃より、言語が不明瞭であった。今の幕府で家重の言葉を解せるのは側用人《そばようにん》・大岡忠光《おおおかただみつ》ただ一人であり、このことが忠光の巨大な権勢の源泉になっていた。

一方、宗武は、幼少の頃より知勇兼備、英邁《えいまい》の誉《ほまれ》高かった。

吉宗が将軍であった頃、幕閣は長男・家重を推す一派と、次男・宗武を推す一派に密かにわかれ、暗闘をくり広げていたのである。

吉宗も宗武に目をかけていたが、長子に相続させねば、将軍家で大いなるお家騒動が起きてしまう、と憂慮、家重を将軍としたのだった。

宗武には——自分は将軍になれるという強い思いがあった。

だから、兄が将軍になった後は面白くなく、その苦い思いが側近に漏れることもしばしばであった。

家重にはこうした弟の振る舞いや言動が全てつたわっている。

こうして、宗武には、将軍弟でありながら——生涯目通り禁止、という厳しい措置が言い渡された。

かつて、信玄《しんげん》を産んだ天険の要害・甲斐《かい》を中心に十万石を領する不遇の将軍弟・田安宗武。

今の幕府を引っくり返そうという者がいた場合……真っ先に飛びつくのが、この宗武だった。

一方、薩摩の島津藩は、関ヶ原《せきがはら》の敗走以来、徳川幕府への遺恨深く、何としても恥を雪《すす》ぎたいと思っていた。

現在は、幼少の藩主を祖父で元の藩主・島津継豊《つぐとよ》が後見している。先祖伝来の倒幕の志逞《たくま》しい継豊は、用心深い気質で、国許や琉球で――様々な「仕度」をととのえる一方、自らは病気と称して江戸屋敷に引き籠《こも》っていた。

鹿児島ではなく江戸に籠る辺りが、継豊の類稀《たぐいまれ》なる老獪《ろうかい》を物語っている。いざ、倒幕の諸準備が公儀に漏れても……家臣が勝手にやったことと言い逃れできるからだ。

薩摩飛脚と言えば――生きて帰らぬことの例えである。薩州に入った公儀隠密はほとんどもどらぬ。

この秘密の国の事実上の太守・島津継豊は、古くからつながりがある近衛《このえ》家を通じ、田安宗武とも深い縁を構築していた。

田安宗武と島津継豊――怨《うら》みかかえた将軍弟と、老獪なる外様《とざま》の雄。この二人の大物に小笠原兄弟はつかえていた。

重吉が突き止めた青天狗の強奪金の行き先は、おりんの店、田安家、薩摩藩だったのだ――。

説諭草の魔香にからめとられたかつらの手は、如一の手に固くにぎられていた。

如一は囁いている。

「田安公の力と、島津公の力で、今の公儀を倒し、政を刷新する」

薩摩の島津継豊は——黒田屋から流れた裏金で、琉球にきていた清人《しんじん》を通じ、最新のエゲレスの大筒と軍船を入手。これを薩南の離島に隠していた。また、如一の指導の許、奄美《あまみ》や琉球で芭蕉《ばしょう》を増産。——芭蕉兵をふやしていた。

いざとなれば、芭蕉兵をのせた異国の大船を江戸湾に浮かべ、砲口を千代田城にむけたり、大坂堂島《どうじま》の米市場から大量の米俵を載せて出立した菱垣廻船《ひがきかいせん》を、湾上で撃沈。

……江戸の町に、深刻なる米不足を引き起す所存《つもり》である。

「島津公の砲火だけでも……幕府の根幹は揺らぐと思うが、兄は諸大名が神輿《みこし》をもとめると考えた。故に田安公に近づいた。田安家の領内で、兄は……常世先手組《とこよさきてぐみ》なる一団を鍛えた」

——鉄棒蘭などの妖草を武器としてつかう武士の一団だ。

「常世先手組が江戸に雪崩れ込み、島津公の大筒が火を吹けば……古く腐った世は終る。あたらしき時代がはじまる」

如一の言葉は説諭草の助けもあり、大きな説得力をもって、かつらを揺さぶってい
る。
今の公儀のなされ様に憤りをかかえているのはかつらも同じなのである。
「わたしと共に戦おう。かつらさん！」
如一は、同意をもとめてきた。
説諭草をまた見てしまう……。
赤い眩暈が起き、如一の言葉こそ正しいのだという声が、胸底で渦巻く。
かつらはうなずきかける。
――本当にそれでよいのか、という声が聞こえた。
同時にみじかかった都での日々がかつらの胸に浮かんだ。
重奈雄に教えを請い、時に椿と対立しながら、常世の植物と対峙した都での日々。
今、如一にしたがえば、あの日々にきずいた大切なる根が、傷つけられてしまう、
こんな声が胸底にひびいている。
それは重奈雄の声である気もしたし、自らの声である気もする。
(妖草を武器として戦につかう……？　そんなことを、あたしたち、妖草師がみとめ
てよいのか？　そんな戦が起きたら多くの無辜《むこ》の民の命が……)

如一がかつらの迷いを看破したように――

「大きなことを成すために……多少の犠牲は止《や》むを得ない。わかってくれ」

かつらは頭を振る。

――光の珠がいくつも、かつらの頰を流れる。

かつらは、如一に引きずられようとする己の心を……強い思いで切った。

同時に、かつらの手は素早く銀の小刀を振り――説諭草の赤い花を勢いよく散らした。

殺気に押されて飛び退《すさ》った如一は、

「何てことを！」

かつらは赤紫の茎を摑《つか》み、力いっぱい抜くと、根を銀刀で切った。

如一は天眼通により妖気の消滅を見たようだ。悲しげな面差しを、うつむかせていた。

泫然《げんぜん》たるかんばせで、かつらは、

「如一殿こそ、あたしに……何をしたっ。何をしようとしていた！」

強く吠《ほ》えた。

滴がぽたぽたと、足許に垂れる。

如一は言った。

「……助けたかった」

「誰を？」

「貴女をだ」

――後ろで複数の足音が下草を踏みしだいている。

顧みる。

足音の主は、覆面をした五人の侍だった。手に手に棒をもっていた。その棒では――黒く強靭なる妖草・鉄棒蘭が蠢いていた……。

(こいつらが、常世先手組かっ)

かつらは、直覚する。

「そうか……青天狗も一味か。だから郡上に――」

「兄から、助けたかった」

武士の一人がかつらに粉を振る。

それを嗅いだとたん、かつらは気をうしなう。

妖草・眠りツチグリの粉末を嗅がされたのだ。

*

庭田重奈雄は両国橋を奔馳《ほんち》している。

本所に入る。

落日に照らされた桃見茶屋が、見えてきた。

だが、重奈雄は目指すべき地がそこでないと知っていた。

茶屋前をすぎ、瓜畑に入る。

西日に射貫かれた重奈雄の影は巨人の如く大きい。

黒い杉木立にふくまれた只ならぬ妖気が、近づいてきた。

(今ならわかる。ここに、いくつもの妖草が茂っていることを!)

天眼通——幾多もの試練の積み重ねにより、遂に今日、重奈雄が獲得した念願の能力《ちから》。

重奈雄の天眼通はここがいわば、妖草の育成所であると知った。

(恐らく、桃見茶屋や、藤見茶屋であつめた種子をここでそだてていたのだ! だが……何のために?)

敵の目的はまだ、深い靄《もや》により、重奈雄の目には隠されている。

杉木立の下までくる。

木陰には、なべて下草が茂っていた。

その中に……蛇《じゃ》の鬚《ひげ》そっくりの草どもがもこもこ茂っていたが、天眼通はそれが妖気の塊であると見切る。

(針の山の草)

針の山の草――人の世の蛇の鬚そっくりの草であり、獲物が近づくといきなり刃物のようになって傷つける。かなり悪質な妖草《くさ》である。

重奈雄は赤い福草粉《さきくさ》を散布した。

人の世の草と瓜二つの妖草――そういう妖草は実に多い――の力を、無効化してしまう赤い霊草粉。

その粉がかかり……しょんぼりしてしまった針の山の草を、踏みしだく。

ハリガネ人参が二本、左右から襲ってくるも、その細い妖気を見切っていた重奈雄は、杖に念をおくる。

杖をつつんでいた布が――勢いよく吹っ飛ぶ。

三本の鉄棒蘭が起す黒風がハリガネ人参を打ち据えた。

敵の重要拠点を守っていたハリガネ人参どもが、あっという間に粉砕される。重奈雄は天眼通により開けた妖草師としてのあらたなる地平の広さに戦慄した。

そして、斯様《かよう》な力をもちながら、常に自制し、己を戒め、社会の黒子に徹しつづけた古の妖草師たちを改めて畏敬《いけい》している。

重奈雄は荒れた篠原《しのはら》に踏み入る。

細く密生した篠竹は、重奈雄の顎くらいの高さがある。大体が何の変哲もない、こちら側の篠だった。

が、所々、あちら側のものが混入していた。

（怨み篠竹）

平常なる篠の中に、冷たい殺気を隠した妖物が差し込まれている。

何食わぬ顔で混ざり込んだそれらを、凡人は見抜けぬ。

ただ、天眼通の所持者のみが――看破し得る。

重奈雄は篠原に潜んだ細い妖気を正確に見抜いていく。

傍を通る度に、鉄棒蘭で砕く。

そうやって篠原に強引に道を切り開き、草におおわれた古塚の前に出た。

丸く小さな塚に男が一人腰かけていた。

さっき藤見茶屋にいた、白髪の男だ。

だが髻《もとどり》をほぐし、白い髪を総髪にして、流していた。さらに——黒みがかった深緑の衣に着替えていた。

鋭い眼差しで重奈雄を睨みながら、男は、

「庭田重奈雄。待ちわびたぞ」

重奈雄は足を止めている。

硬く緊張したその杖で——鉄棒蘭どもが、わななく。

対する男はいかにもくつろいだ表情で、手ぶらであった。だが重奈雄は、男が体じゅうに妖草を隠しもっているのを知っていた。

(特に、胸の妖草が……)

右手は鉄棒蘭の杖に、左手は懐中に忍ばせた別の妖草にふれながら、

「取りあえず、名を聞いておこう」

「関東妖草師・小笠原敦安と申す」

重奈雄は、深く訝《いぶか》しみ、

「……関東妖草師は、遠い昔、潰《つい》えたと聞いていたが」

「いや。我らは隠れたにすぎぬ」

敦安は答える。

まだ、草深き塚に腰かけたままである。

「――重吉をさらったな？」

「いいや」

穏やかに否定した敦安を、重奈雄はなおも疑う。

敦安は重ねて、

「重吉をさらってはいない」

その言葉の真偽は知れない。一体敵は……いかなる目的があり、重奈雄をここに誘ったのだろう。敦安は言う。

「まあ、座れ。我ら妖草師にとって、草の上は極上の畳表や緋毛氈《ひもうせん》の上に勝ろう」

敦安は周りに茂る草どもを愛《いと》おしむように眺めて、

「妖草師同士が対面するのだから、両者共に草を筵《むしろ》として座り、語らうのが在るべき姿であろうよ」

「全くその通りだな」

重奈雄もまた、雑草の上に端坐した。

それを見た敦安、ほうり出していた足を直し、草深き塚の上に正座した。

虫の音と草の香が、二人をつつんでいる。

——その状態で重奈雄と敦安、上方妖草師と関東妖草師は、静かに対座していた。

やがて、敦安が、

「妖草師とは——妖草の災いから人の世を守り、人々の幸を願う者」

「うむ」

「もっと突き詰めて言えば、人々の幸を守るために我らはある」

「そうであろうな」

重奈雄は言った。

敦安は低い声で、

「本物の妖草師は、富や栄達をもとめぬ。故に我が先祖は戦乱に傷ついた東国の民草が、妖草妖木によりさらに傷つかぬよう密かにはたらきつつ、草深き田舎に隠れたのだ。それは、強欲なる武士どもから、守りつたえてきた妖草や妖木の知識を守り、それらが戦につかわれぬようにするためでもあった」

「もしそれが真なら……俺は関東妖草師の先人たちを……深く敬わざるを得ぬ。何故なら、それこそが俺が理想とする道だからだ」

偽らざる本心を口にする重奈雄だった。

「だが、おかしいな」

重奈雄の声調に翳《かげ》が差す。

「お前たちは……藤見茶屋、桃見茶屋で、妖草の種子を意図的に発生させている。それをここにもちかえり、そだてているのであろう？　さっきお前は、妖草の災いから人の世を守るのが妖草師と言った」

「言ったな」

「であるのに――お前は妖草をそだてている。それも、災いをばらまきそうな、かなり危うい妖草ばかり」

「妖草をそだてているのは、京の庭田家も同じではないか？」

「たしかにな」

素直にみとめた重奈雄は、

「ただ、我らは、妖草を邪なやり方でつかう者に対峙するため、はたまた、妖草の研究のため、これをそだててきた。他の妖草の害をなくしたり、やわらげたりする妖草を慎重にそだてて参った……。

我らが妖草をそだてる時には、種子の流出には極めて気をつかった。さらに、これが人の世に広がるとかなり危ういと思えるものは、一草たりともそだてたことはない。だが、ここはどうか？」

重奈雄は厳しい顔様で辺りを見まわす。

隅田川の方から、生暖かい風が吹いている。

——辺りの草どもが、重奈雄に敵意をもつ者であるかのように、茎をこすり合わせ、葉を激しくふるわせ、ざわざわざわと、一斉に威嚇《いかく》してくる。

夕闇が席巻する草深き野から敦安に視線を動かした重奈雄、

「だが、ここには、怨み篠竹、針の山草、まともな妖草師なら決してそだてぬ物騒極まりない妖草、闇の妖草師が好む恐るべき怪草が……夥《おびただ》しくそだてられている。もし、童などがここに入ってみろ。怪我人、いや、死者が出てもおかしくはない状況だ」

「ここは将門《まさかど》方のある武将の首塚で、この辺りの童は祟《たた》りがあると信じている。滅多に近寄らぬさ」

重奈雄、手厳しく、

「仮にここに一人の童も入らぬとして——やはり、大きな障りがある。妖草は他の妖草を呼ぶ」

敦安が笑む。

重奈雄は、そんな敦安に、

「お前が真に関東妖草師なら、それを知らぬはずはない！　ここの妖草妖木は、本所深川、両国などに次々に広がり人々を苦しめる怖れがある。……それは、まっとうな妖草師の道と真逆の所業である」

陽はどんどん落ち――敦安の面貌をおおう翳は濃化していた。重奈雄は、その翳に魔が棲《す》んでいる気がした。

「小笠原敦安、俺は――お主の所業に、江戸の東を妖草で満たすような底知れぬ陰謀めいたものを感じる」

「……ふふふ。ははは！」

敦安は不気味な声で笑った。

「さらに敦安、俺がお前に疑いをいだく根拠は、他にある」

「ほう」

「西国を荒らしていた青天狗なる許し難き賊がおる。妖草妖木をもちい、多くの人々を殺《あや》め、町を恐怖に落としてきた盗賊だ」

「…………」

「この青天狗の首領、久兵衛は、妖草・牛蒡種の宿主であった。お前も、おりんも、そうだな？」

　敦安は答えぬ。

　重奈雄は鋭い声で、

「久兵衛は……お師匠様なる黒幕がいて、そ奴は自分より遥かに恐るべきことを企んでいると、ほのめかしていた。久兵衛が強奪した金子の多くは、江戸に流れ、そこで消えていた。また、青天狗の凶行がはじまった少し後に、桃見茶屋ができたようだ。お前はある時は、桃見茶屋で庭男を、またある時は、藤見茶屋で手伝いのようなことをしている。そして、体じゅうに物騒な妖草を隠し持ち、常に妖草をあつめている」

　翳になった敦安の表情は、窺《うかが》い知れない。辺りは夕闇の紺に染め上げられている。

「これらはある一つのことを物語っているように思われる」

　重奈雄は、一語一語きざむように、

「――お前が青天狗の黒幕で、何かとてつもない悪事を企んでいるという事実だ！」

　敦安は少しも動じず、

「よくぞ、そこまでしらべたの。重奈雄。お前を目障りだと思っていたが……今、その明察を見るに、なかなか得難い人材のように思えてきた。うむ。まさに、その通りぞ。久兵衛は我が手先であった。

だが、お前は一つ間違っている。

拙者は……汚れたものを、妖草であらおうとしているのだ」

重奈雄は、激しく、

「語るに落ちたとはこのことぞ、敦安！」

敦安は不思議そうに首をひねる。

「久兵衛を走狗《そうく》としてつかいながら、どうしてあらうなどと言えようか！　血塗られし青天狗の親玉である貴様は、あらうという言葉からもっとも遠くにいる！」

重奈雄は大喝した。

敦安は、重奈雄に、

「重奈雄。世の中には大事と小事がある。腐り切った世を正すには……荒療治が必要。その荒療治の折に……ある程度の犠牲が出るのは、やむを得ぬ仕儀ではないか？」

敦安の魔情が牙を剝いた気がする重奈雄だった。

敦安は重奈雄に、

「そなたも、郡上で見たろう？　公儀や諸藩の悪政で苦しむ人々を。彼らを救うためには……一度、幕府に崩れてもらう必要がある」

内に燃えたぎる憤怒の火炎をのぞかせながら、敦安は叫ぶ。

「そのためには、銭も要る！　妖草も、要る。わしの立てておる計画は全て、そこにつながっているのだ！」

「妖草の災いから人々を救うために粉骨砕身し、妖草が戦につかわれることを忌避した関東妖草師。私利私欲に背をむけた気高き人々。

小笠原敦安、お前は……その全ての逆を行っている！

お前が、妖草の災いを撒《ま》き散らし、妖草をつかって多くの人々を殺めて血の海を現出させ、その血で濡れた手で万金をあつめておる」

敦安は、首を横に振り、

「全て、世のためにしておること……。お前如き痴《し》れ者にとやかく言われる筋合いはない。のう、重奈雄、さっき、うぬの仲間をあずかっておると、おりんが言ったろう」

「重吉をさらっていないと自ら言ったばかりでないか」

敦安は、嘲笑《あざわら》い、

「うぬの仲間は……重吉だけかよ？」

「――」

重吉は、敵の金の流れを追っていた。味方がさらわれたと聞いた重奈雄はてっきり重吉が捕われたと思っていた。だが、これは、重奈雄の先入観による思い込みであった。

（まさか――）

重奈雄は口を開く。

敦安は、その口めがけて、冷たい言葉の塊をぶち込む。

「阿部かつらをあずかった。かつらの命が惜しければ、我が傘下にくわわるか、全てから手を引き都へもどるがよい。もし、ことわれば、かつらの命はないと思え！　婦女子を質にとるなどという手におよびたくなかったが、これも天下のため。やむを得ぬ」

鬼の形相で敦安は告げている。

重奈雄は、言う。

「腐っているのは……お前ではないか」

鋭気の風を、関東妖草師にぶつけ、

「左様な脅しには、屈しぬ！　お前を倒し、かつらさんを取り返す」

陽はどんどん落ち、二人をかこむ篠原は、濁れる海底に茂る藻《も》の群がりの如く、曖《あい》味模糊《まいもこ》となりだした。

重奈雄は立つ。

左手が懐の中のある妖草にふれる。

逆乙女――あらゆる妖草の攻撃をはね返す驚異の妖草である。

胸の傍まで手を動かした敦安には、天眼通があるようで、

「……懐に忍ばせているのは逆乙女か？　そんな貴重な妖草が、庭田の家にはあるのか」

逆乙女が牛蒡種に効くことは久兵衛との戦いでわかったが、桁外れの妖気を放出する敦安の牛蒡種に効くかは、未知数である。

もちろん、効かない怖れは十二分にある。

敦安が言った。

「一つの賭けに出た訳か」

手は胸にふれるぎりぎり手前で止っていた。

「賭けに成功すれば、お前の勝ち。しくじれば、拙者の勝ちか？」

「………」

重奈雄は冷えた生唾を呑む。

奴が牛蒡種にふれれば――重奈雄には逆乙女しか頼る札はない。

じりじりするような時がすぎる。かなり危うい妖草《くさ》合わせになかなか踏み切れぬのは、敦安も同じようだ。

重奈雄が、唇を嚙む。

（椿、もどれなかったら……すまぬ）

＊

同瞬間。

京都、五台院――

椿は只《ただ》ならぬ胸騒ぎに襲われている。

京は、江戸よりも陽が落ちるのが遅い。

まだ庭の広い所などには、夕焼けの最後の切れ端がのこっていた。が、椿がいる部屋の中は既にかなり暗くなっていた。

助手の綾が行灯《あんどん》を灯す。

まだ、綾から抜け切れぬ憂いを、赤くあえかな明りが下からぼんやり映し出す。

椿は西本願寺に贈呈する七夕立花の助手を綾にたのんでいたのである。

こうやって少しでも外に出る機会をふやし、あの悲劇から救われてほしいと椿は願っていた……。

「椿はん……」

綾が心配げに呟く。

真である竹に、明日への希望をあらわす樹——翌檜《あすなろ》を添えた椿が、俄《にわ》かに胸に手を当てたからである。

「……どないしました？」

綾には、父や奉公人を皆殺しにした一党は滅んだとつたえてある。重奈雄は別件で江戸に行ったことになっている。少しでも早く綾に、あの夜のことを忘れてほしいと思ったからだった。

「ちょっと、かんにんな」

椿は腰を上げる。

部屋を、出た。

暗くなった濡れ縁を小走って、

(シゲさんに何かあったんや)

本能的に思った。

腰高障子《こしだか》を開け、仏間に入っている。

仏像に必死の形相で手を合わせた。

（うちには、ほんにシゲさんしかおまへん。シゲさんが、何かどえらい目に遭っとるんなら……うちが代りに背負《せ》ったろう覚悟があります。うちの命に替えてもシゲさんを守りたい……ほんまどす）

線香をつけ、念珠を揉《も》む。

胸がぎゅっと狭まるような気がする。

（そやさかい、シゲさんを何とぞ、守っておくない！　お願いします）

＊

訳のわからぬ力が――己にそそぎ込まれる気が、重奈雄はした。
敦安の牛蒡種と、庭田邸の逆乙女がぶつかり合った時、当方が勝つ。そんな信念が炎のように湧いた。
重奈雄は強い双眸で敦安を睨む。
敦安は――その圧倒的な気に、少し押された。重奈雄がまだ何か隠し球をもっているような気がする。

足許に生えていた浅茅《あさじ》に似た妖草を毟《むし》り、白い花穂に息を吐く。

いきなり突風が喚《わめ》き——重奈雄を遥か彼方に吹っ飛ばす。

「妖草・知風草！」

と呟いた敦安は、

「庭田重奈雄、この勝負、あずけた！　お主が拙者を邪魔立てしつづける以上、かつらは斬る。もし仇《あだ》を討ちたくば、甲斐に参れ。我が妖草城にて出迎えよう。——甲州妖草城にてまつ！」

声高に叫ぶや、駆け去った。

重奈雄が起き上がった時、既にその姿はなかった。

と、同時に「御用」と書かれた提灯《ちょうちん》の灯の波が、妖しの草地を席巻している。

平賀源内がつれてきた火付盗賊改方の人数だった。

火盗改めの役所にて——重奈雄、源内は、重吉と合流する。
重吉からは血で汚れた銭の行き先が、おりんの店、薩摩藩、田安家であったことが、
重奈雄からは、敦安が関東妖草師であり、かつらをさらったと思われること、かつら

の命が危ういこと、敦安は甲斐にむかったと思われることが知らされ、一同に激震が走る。

早速——捕吏が藤見茶屋に殺到するも、既にもぬけの殻だった。桃見茶屋も同じである。

もはや、これは火盗改めの手には負えぬ案件と判断した時の火付盗賊改方頭は、即刻、江戸城の全てを取り仕切る側用人・大岡忠光の屋敷を内密に訪ねている。

この時、大岡忠光は滝坊舜海について、花の稽古をしていた。

別室で知らせを受けた忠光は、舜海のいる室にもどり、

「家元。以前、妖草師・庭田重奈雄という男のことを、わしに話して下さった……」

舜海は、黒光りする相好をやわらげて、

「ええ。実は大岡様にはまだ話しておりませんでしたが、その重奈雄と我が娘が……今度祝言を挙げることになりましてな。……重奈雄が、どうかしましたか？」

「それは祝着、家元の義理の息子となる男であったか。ならば、信頼できる人物なのであろうな」

「もちろんにござる。先日も、それがしと共に江戸にきたのです」

忠光は重奈雄と仲間たちからもたらされた情報を、舜海につたえる。

舜海は岩のような硬い面差しで話を聞いていた。

忠光は、舜海を真っ直ぐ見つめ、

「――そなたとわしの仲。上方で知恵者と謳《うた》われるそなたの考えも聞いてみたい」

舜海はすかさず、

「それがし……花を立てることのみに、心をくばってきた者。そのような向きのことは、手にあまりまする」

「いやいや。わしは……花の道は、武の道につながると思う。将軍家をそなたの言う真と見て、三百諸侯を周りの小さき花に見立てることもできよう。そのように見立てた時、そなたなら……何処に鋏を入れる？

諸侯や旗本であれば、この話、必ず利害が入る。そのような利害と無縁のそなたの意見を是非とも聞きたい。そなたが今日、わしの屋敷にいることは何かのめぐり合わせであろう。全て花のことと見立てて、考えてほしい」

忠光から投げられた重い言葉に、舜海はようやく、

「恐れ多いことなれど……」

前置きした上で、

「そこまで仰せになるなら、申し上げまする。お聞きした限りでは、甲州の鳳凰《ほうおう》シャ

ジンの花、南国の霧島躑躅を、この天下という花瓶から取り除くのは、些《いささ》か性急すぎるのかもしれませぬ」

田安家を鳳凰シャジン、島津家を霧島躑躅に見立てたのは、明らかだ。

「というと？」

「家中の一部の者が関東妖草師を名乗る妖人にたぶらかされただけ、ということも十分あり得る。花そのものを、よからぬものと見倣《みな》し、鋏を入れますと、窮鼠《きゅうそ》猫を嚙むような騒ぎになることも十分考えられまする。田安公は御当代様の御弟君……ご兄弟が争われるのは、よくありません。薩摩隼人《はやと》の武勇は古来知られています。追い詰めすぎるのは得策とは思えませぬ」

これは、宗武を危うい存在と見なしてきた家重最側近にとって、消化するのに時がかかる苦い言葉であった。

しばらくしてから、忠光は、

「小笠原兄弟だけ取り除き、鳳凰シャジンと霧島躑躅はお咎めなしにせよ、ということか」

「左様」

忠光の薫陶を受けつつ側用人を目指す、さる幕臣が、忠光と共に花の稽古を受けて

いた。この男、これまで面を伏せがちにして口を閉ざしていたが、初めて少し顔を上げ、

「それが、綺麗な落としどころでございましょう」

緊迫する局面を楽しむような、ほのかな余裕すらにじむ口ぶりだった。

男の名を、田沼意次《たぬまおきつぐ》という。

忠光は舜海から贈られた、待賈堂という印が入った扇を額に当て、

「……よし。田安公の許には、わしが参ろう。小笠原敦安なる妖人がすすめていた驚天動地の計画と、一切関りない旨をたしかめて参る。意次」

「はっ」

「そこもとは、薩摩屋敷に参れ」

「御意。薩摩の御隠居様から、小笠原如一がすすめていた、諸々の計画に一切関りないという言質《げんち》を取って参ればよろしいですな？」

「うむ」

扇をしまいながら、忠光は、

「また、黒田屋なる町人には厳しい仕置が下されねばなるまい」

その夜のうちに、大岡忠光は田安邸に、田沼意次は薩摩藩邸に、それぞれ田安宗武と島津継豊を訪ねている。

徳川吉宗の英雄的な気風をもっとも濃く受け継いだと言われる田安宗武は、この頃、四十代。男盛りであった。

宗武はこの夜、根来《ねごろ》の者に特別につくらせた管打ち鉄砲の性能をたしかめるべく、自ら練兵場に立ち、弾込めをし、射撃訓練をおこなっていた。

宗武の鉄砲好きは父親譲りである。

そんな時——大岡忠光が突然に来訪してきた旨を告げられる。

宗武は、一切うろたえず、淡々と、

「鉄砲を片付けよ。床几《しょうぎ》と、短冊をもて。余は月を見ながら和歌を練っていた。そのように口裏を合わせよ」

「——御意」

配下が一斉に、足音を殺しながら駆ける。

このような次第で、忠光が月明りに濡れた柘植《つげ》の木の傍らに通された時、そこで見たのは夜空を仰ぎ、筆を片手にもって首をかしげた一人の文人であった。

忠光は月下の文人に恭《うやうや》しく、

「お久しゅうございます。御機嫌は、如何《いかが》にございますか？」

「うむ。風邪など少しもひかぬのが、自慢の種であったが、寄る年波のせいか……近頃は必ず夏風邪を引くようになっての」

疲れたような、弱々しい声音である。

「やっと快癒して表に出てみれば、月があまり見事なので歌でも詠《よ》もうと思った次第じゃ」

鎧《よろい》の上に小袖を着るように、さっきまでの精気を巧みに隠す宗武だった。

忠光は、宗武に、

「左様にございますか。……夏風邪の御快癒、祝着至極にございます」

「して、主膳《しゅぜん》、今日はいかなる用向きで参った？」

「さればでございます。田安公は、青天狗なる一党をご存知でしょうか？」

「知らぬな」

宗武は、はっきり答えている。

「それはいかなる者たちなのか？」

宗武の問いに、忠光は、

「はっ。主に西国を荒らしまわった盗賊の一味で、一家皆殺しなど荒い手口で知られます」

「……ほう」

不審が宗武の面貌をよぎる。

「もう一つ、小笠原敦安なる者をご存知でしょうか？」

「もちろん。当家でやとうておる本草学者じゃ。余も、彼《か》の者の講義を幾度か聞いておる。敦安がいかがしたのか？」

心持ち険しさがにじむ声だった。

忠光は——周囲の武士どもが、俄かに殺気立つのをひしひしと感じた。田安の臣は元は幕臣であるが、宗武の周りをかためているのは、宗武こそ将軍にという強い思いを燃やした輩であるから、忠光への憎しみは強い。元より、生きてここを出られぬかもしれぬと覚悟を決めてきた忠光は、

「田安のお家の……いえ、徳川家の一大事にございます。余人の前で、軽々しく言上すること、はばかられます。お人払いを」

——なりませぬ、という声なき声を家来たちは、宗武におくる。

宗武と忠光、睨み合う両者のあわいで、白熱をおびた緊迫が弾けた。

眉を顰めた宗武は忠光を睨んだまま、

「――下がれ」

家臣たちに、命じた。

大半の侍は素直にしたがったが、二名、そこを動かぬ武士がいる。その二人から放たれる硬質な気が忠光にぶつかる。

宗武が――素早く扇を振る。

煮え滾《たぎ》りそうな血を辛くも鎮め、二人の侍は遠ざかって行った。

月明りの下に忠光と宗武は二人きりになっている。

ただ、大きな御殿の前には篝火《かがりび》が焚《た》かれ、幾人もの武士がかたまっている。もし宗武に何かあったら殺到する構えである。

忠光はそんな瓊台《けいだい》を一瞥してから言う。

「敦安が青天狗をつかい、金子をつくっていたという噂があるのです。その金子が薩州公、田安公ご家中に流れているという……」

「無礼な。下らぬ流言じゃ！」

宗武は一喝した。

忠光は、ひるまず、

「敦安が上様に害意をいだいているという、ゆゆしき噂を申す輩もおります」

宗武は、いきり立ち、

「余が、血を分けた兄弟である上様に、謀叛をくわだてていると申すか！　誰じゃ、そのような世迷言《よまいごと》を申す輩はっ。ここへつれて参れ！」

「世迷言……と仰せになるのですな？」

「当り前じゃ」

忠光、大袈裟《おおげさ》に、

「忠光……心の底から安堵《あんど》いたしました」

「…………」

「田安公にそのような野心はないと、大岡忠光、心の底から信じておったのでございます。ただ噂がある以上、役目柄、しらべねばなりませぬことご容赦下されまし。

さて、田安公が血を分けた兄君であられます御当代様に、これからも粉骨砕身、厚い忠節にはげまれるご存念であること、よくわかりました」

宗武は、不快そうに忠光を睨んでいる。

「さて、御家中には天下の豪傑もおれば、知恵者もおり、兵法家もおれば、いろいろな学者もおりましょう。真に幅広く層が厚い。そうした御家中には、元気のよい者もおりましょう。

御三卿の一つ、田安の御家中、そうでなければ困ります。ですが……元気がよすぎるのも考え物でございましょう?」

一拍置いた忠光は相手の反応を見る。

話を、つづけた。

「左様なはねかえり者の、胸中に生じた、錯乱した企てが、これ全て公の差し金によるもの……などという了見の狭い考えを、忠光はもちませぬ。そのような妄想と申すべき愚かな計画を初めに考えた者の咎《とが》であること、これ明白。さて、小笠原敦安が、青天狗なる盗賊をつかい、西国筋を大いに荒らしまわり、倒幕の企てまで立てていたこと、最早、明らかにござる」

宗武の額で、太い青筋がふるえていた。

忠光は厳格なる顔様で、

「ですが、これ……敦安一人の立てた計画で、田安公は関りありませぬな? 敦安一人を罰すれば、すむことにございますな?」

宗武は何も言わない。

忠光は畳みかける。

「妖人一人の始末で、すむはずですが……」

恫喝《どうかつ》と譲歩が混ざり合った提案であった。

長い沈黙の後、宗武は言った。

「余は何も知らぬ。もし、左様な噂があるのなら……それ全て、敦安めの一存から出たことであろう」


田沼意次が詰問に訪れた薩摩藩の答も同じだった。如一が立てていた計画に、藩は一切関りないということだった。そのように、幕府に答える一方、島津家はエゲレスから大金をはたいて買いもとめた最新の軍船二隻を、第三国に売却している。

また、如一の指導の許、拡充された南国の芭蕉畑にも、火をかけるよう下知している。

甲州《こうしゅう》妖草城

五月十四日。

重奈雄、重吉は——火付盗賊改方の捕吏二十名と共に、甲州街道を西にむかっている。

あの後、重奈雄たちは側用人・大岡忠光に会った。

忠光からは——此度《こたび》の一件に、田安公と島津公は、一切関りないこと、青天狗をつかった怪しい事件の数々は悉《ことごと》く、敦安、如一、おりんら、ごく少数の不平分子によって引き起された可能性が高いこと、田安家が、一連の騒動に何ら関りない以上、敦安が言っていた妖草城なる施設に、たとえば幕府軍をつかわすような措置はむずかしいことが、告げられた。

『田安公を刺激するようなことは……避けたい。故に、小人数の捕吏を甲州におくり、敦安らを一掃、お縄につかせねばならぬ。

庭田重奈雄、そなた、妖草師として妖草なるものが引き起す怪異に通暁しているとのこと。噂《うわさ》はかねがね、滝坊殿から聞いておる。

そこでじゃ、重奈雄……そなたには少数の捕吏を率い、甲斐において、敦安らに鉄《てっ》槌《つい》を下してほしいのじゃ』

そんな重い使命が……忠光から下されたのだった。

空は鼠色《ねずみいろ》に沈み込み、さっきから、温《ぬる》い雨が降ったり、止んだりしていた。

びっしり木が茂った山肌を、やわらかい霧が、舐《な》めまわすように這《は》っている。

重奈雄たちは昼過ぎ、天領と田安領の境に着く。

と——前方に、木戸が厳《いか》めしく立ちふさがった。

鉢巻に襷掛《たすきが》けした兵が数十名、火縄銃や弓、十文字槍《やり》などをもって、守りを固めていた。

「田安兵や」

重吉が呟く。

重奈雄たちは、一瞬、足を止める。

——天眼通が見るに、この番所に、妖草妖木は一つもない。

（妖草師はいない）

田安家としては、将軍への恭順、敦安の計画との無関係性を重ね重ね主張している訳だから、この兵士たちはよもや襲いかかってはこまい。

が、田安宗武の謀叛の嫌疑は、限りなく黒に近い灰色と、重奈雄たちは読んでいる。

それを考えると——今何が起きても不思議ではなかった。

「どないします？」

重吉をはじめ、皆が、重奈雄の決断を待っていた。

重奈雄はしばらく考えてから、

「一切、ひるまず、押し通ろう」

ここで兵士が重奈雄らを襲えば、幕府と田安家の戦となろう。それは彼らがもっとも避けたい事態のはずだと重奈雄は考える。

再び歩みはじめた重奈雄一行。

果たして、木戸を固めていた侍どもは矢の一本、鉄砲の一弾といえども射かけてこない。

鉢巻を締め、陣羽織をまとった老侍がすすみ出る。しなびた猿に似た顔の男で、元は旗本だろう。

「田安家家臣、永井頼母《ながいたのも》と申す」

穏便な声調である。

重奈雄は、頼母に、

「庭田重奈雄と申す。公儀の特命をおび、御領内に検断に出向いた次第にござる」

「承ってござる」

頼母は慇懃《いんぎん》に言う。

「それがしはもちろん違いますが……家中に、万に一つ——小笠原敦安なる妖人に同心した侍がいた場合、不測の事態が起きかねませぬ」

たとえば、敦安派の侍に重奈雄が急襲されるような事態だろう。

「……左様な事態を何としてもふせぐために、途中までみどもらの手でご警固しようと思い、こうしてお待ちしていた次第にござる」

虚言のようには思えないが、一応風呂敷から——屈軼草《くってつそう》の鉢植えを取り出した。佞人《ねいじん》を見るとひれ伏す常世の嘘発見器というべき妖草は……直立したままだった。

重奈雄は、思案する。

（恐らく……田安家中に、もともといろいろの考えがあったのだろう。幕府とことを構えるのはよくないという派と、宗武こそ将軍にふさわしい、敦安の妖しい力を借り

てでも、天下を引っくり返そうという一派と）

今、ここにいるのは、敦安と距離を置く一派と思われる。

「敦安は……妖草をそだてる根城のような所を、甲州につくっていたはず。我らはそこを目指している」

敦安の話題は——永井頼母のような一部の田安兵にとって痛みをともなうようだ。

重奈雄が敦安の名を口にしただけで、頼母は傷に塩を塗られるような苦い面差しを見せている。

それはそうであろう。

田安家は徳川吉宗の次男坊を当主としてはじまった。当然、その家臣は、元をたどれば……幕府旗本や御家人、紀州藩士《きしゅうはんし》につながる。

宗武を将軍へ——という一念を滾《たぎ》りに滾らせた過激派もいたが、それは少数で、大多数の家臣は徳川宗家との戦いも辞さずという気持ちにかたむいてゆく宗武を仰ぎ見ながら、深い苦悩をかかえていたのだ。

そういう者たちからしてみたら、今回の大岡忠光の意向を受けた、庭田重奈雄らによる検断は歓迎すべきことなのだった。

苦渋に満ちた顔をうつむかせた老侍は、

「ごく近くまでご案内いたそう。ただ……同じ家中の者同士、刃をむけ合うのは、我ら一同、強い抵抗がございます。上意とあらばしたがいますが……もし許されるなら、案内《あない》までという形にさせていただきたい」

妖草城まで道案内はするが……あとの検断行為は、御身らにお任せしたい、こういう趣旨の言葉に、火盗改めの与力たちはいきり立ち、咎《とが》めようとする——。

が、重奈雄はそれを制し、

「ご苦衷、あいわかります。案内だけでも大いに助かります。よろしく、お願いいたす」

こうして、永井頼母以下、田安兵の先導により、重奈雄一行は敦安の拠点を目指すのだった。

＊

こんな場所が——日本にあるのか、というのがかつらの素直な印象だった。

あの後、気がつくと、目隠しと猿轡《さるぐつわ》、手縄をされ、駕籠《かご》に入れられ、何処かにつれ去られていた。

助けを呼ぼうにも声を出せず、抜け出そうにも、体を動かせない。

激しい振動に、かつらは吐きそうになったが、そんな状況でも体はだんだん慣れてくる。

次第に疲れが出てかつらは眠り込んでいる。

次に目が覚めたのは――駕籠から出された時だった。

辺りは、夜闇に沈んでいるようであった。

如一が、猿轡をはずしながら、

『まだ、気は変りませぬか？』

『当り前だ！　見くびらないでくれっ』

かつらは声をかっと燃やす。

『そうですか……なら、致し方ない』

寂しげに言う如一だった。

如一がどういう表情でそれを口にしたのか……想像できたかつらは、童女の頃、山《さん》王《のう》の祭りがあけた翌日の気怠《けだる》い昼下がりに覚えた感傷を思い出す。

それは、尊い何かが、いつの間にか自分から遠ざかってしまった時の渇き、と呼ぶべき感覚だった。

かつらは何か如一に言いたいと思う。
だが――今言葉を発したら負けという気持ちで、いっぱいになる。
目隠しをされたかつらは無言のまま常世先手組に連行されている。
しばらく歩いた所で、目隠しをはずされた。
そこは極めて大きい建物の中だった。
（ここは……？）
暗く長い廊下がずっとつづいていて、天井は高い。
所々、黄緑色に発光していた。
その光を頼りに見える壁は灰色だ。
そんながらんとした建物を侍二人にはさまれたかつらは、歩かされる。
先導する武士はかつらの縄をつかみながら階段を登りはじめている。
かつらが、止ると、
『行けい』
背後から、乱暴に押された。
三人は無言のまま階段を登る。
その階段は、かつらが生れて初めて見る形式《かたち》――螺旋《らせん》状に上へ登ってゆく階段だった。

登っても登っても、きりがない。

全《まった》き闇と言っていいくらい暗く危なかったが、所々、黄緑の光が足許を照らしてくれる。それは自家発光する苔《こけ》のようで、人の世のものではない。――常世の苔《もの》だろう。

行灯《あんどん》も燭台《しょくだい》もない不気味な階段をただその苔だけが照らしている。

何処までも続く階段に息を切らせたかつらは、

『いつまで、登らせる気だ？』

『…………』

苛立《いらだ》って、

『なあ、ここは一体、何処なんだ』

『…………』

何を訊ねても答はないため、かつらはあきらめる。無限的な階段を登りながらこの建物が江戸城天守閣より高いのではないかと、思いはじめた。恐らくは塔の如き形の建物だろう……。

（こんな大きな塔があると、あたしは聞いた覚えがない）

あまりにきつい登高が丈夫なかつらの足を激しく痙攣《けいれん》させる。

『もう無理だ……歩けない』

疲れの塊が足を重くする。一歩上がるだけでも、汗が噴き出、息が千切れる。

『ここだ』

武士が言った。

板戸が開けられ、手縄をはずされたかつらは灰色の狭い部屋に放り込まれる。黄緑の苔が天井に所々生えていて、そこから朧《おぼろ》な光が差していた。

『窓から落ちぬよう気をつけよ』

見れば——歪《いびつ》に丸い窓が、灰色の壁にぽっかり口を開けていた。人が一人くぐれる大きさで格子などはない。

板戸が、閉められる。

かつらは早速板戸に飛びつき——内側から開けようとした。

が、鍵がかけられたらしく、一向に開かぬ。

かつらは今度は窓へむかって這っている。

下に樹などあれば——窓から飛び降り、逃げられるかもしれないと考えたからである。

窓から、のぞく。

「――」

かつらは絶句する。

そこにはただ、垂直の壁と深い闇があるばかりであった。

(何て高いんだ)

少なくとも樹などは一本も見当らない。

この恐るべき高みから飛び降りたならば……全く見えぬほど遠い地面に叩きつけられて、息絶えるより他にない。

わななきながら床に転がったかつらは、

(明るくなれば、ここは何処なのか、逃げるにはどうすればよいか、何か手がかりが見つかるはず)

辛うじて自分を落ち着かせた。

朝が、きた。

不気味なほど高い塔には人声一つない。

かつらはまた、あの歪な窓へむかって這っている。

下を見る。

灰色の霧が、海の如く広がっていた。眼下は一面の――灰色！

空もどんより曇っていた。

あとは、何も見えない……。

(馬鹿なっ、雲の上にいるだと！　こんな高い塔が日本の何処にあるというのだ)

かつらは心底、戦慄《せんりつ》している。

だが冷静になって考えてみると、

(ありえない。これほど高い塔をどこぞの藩が建てれば、必ず噂になる)

かつらは窓から垂直に落ちてゆく壁を見下ろす。

所々、大きな罅《ひび》が入ったり、苔むしたりした、灰色の岩のような壁である。あまりにも高く厳めしい壁で、人為の手よりは、もっと大いなる手がくわえられたものである気がした。

ある一つの着想がかつらの脳中で瞬《またた》く。

(もしかしたら――これは高い山の中にくりぬかれた岩屋では？)

だとしたら、納得できる。

この壁に見えるものは――断崖《だんがい》なのだ。

甲斐の北や南には人の立ち入りをこばむほどの高峰がひしめき立つ。その一峰に、こうした崖を擁する魔峰があったとしても、不思議ではない。

そうは思っても、どうにもこの牢獄《ろうごく》に現実感がないのは確かだった。あの——果てしなく長い螺旋階段をきずくには、尋常ならざる作事が必要である。近年、それほどの大作事があったという話は聞かない。さらに古い時代の大王《おおきみ》や国司は、これほどの作事を貫徹する技術力をもつまい。

かつらは再び、板戸の方に動く。

「おい！　誰か、おらぬかっ」

叫んでみても、答はない。

不気味な塔、はたまた岩山は、しんと静まり返っている。

かつらは叫ぶのを止め床にごろんと崩れて瞑目《めいもく》した。

一粒の涙が、こぼれた。

声を上げたかったが、嚙《か》み殺す。

なるべく体力を温存、逃げられる僅《わず》かな隙《すき》に賭《か》けようという心づもりだ。

思えば、江戸にいた頃も、目に見えぬ監獄にとらわれているような心持が、ずっと、つづいていた。ここは現実というよりも、そうした自分の心象が魔的な働きによって、はっきりと形を取った空間——魔所ではないか、そんな思いが芽生えてくるのだった。

＊

「幾人かは既に聞きおよんでおると思うが……」

敦安は言った。

背が高い槐《えんじゅ》の前だった。甲州妖草城と敦安が密かに呼ぶ、山の中の要塞《ようさい》だった。

常世先手組、五十人近くが鉄棒蘭の杖をたずさえ、話を聞いている。昨夜、十人以上の者が、逐電している。

「幕府との一戦に及び腰の一派が、殿を押し込め、殿のご真意が家中につたわるのを妨げておる様子」

敦安の真っ赤な嘘を聞いた先手組の面々に、動揺が走る。

彼らは敦安の子飼いではなく、宗武の家来である。

「我らは殿のご真意に添い、行動する！」

敦安から少しはなれた所におりんと如一が立っていた。

宗武から見捨てられたことを、敦安は既につかんでいたが、その事実を侍たちに巧みに隠し、

「我らがここで戦いつづければ……やがて、殿と我らの意思の疎通を妨げておる佞臣《ねいしん》

たちの暗雲も取り除かれるであろう」

宗武への忠誠心など毛頭敦安にはなく、ただ利用しているだけだったが、そのようなことはおくびにも出さず、

「さて、公儀は、正面切って田安家を刺激することを怖れておる。いきなり、軍勢をつかわしてくることはない。

初めは京都妖草師・庭田重奈雄なる男が率いた小人数の者を甲斐に入れ、当方の動きをさぐってくることだろう。

――重奈雄めは間違いなくここにくる！

その重奈雄を討てば、幕府は間違いなく軍勢を催す。ここが正念場じゃ。お主ら常世先手組の実力は――一人で幕府足軽二百人に匹敵する。それくらい、我らがもつ妖草の力は計り知れぬ。今ここに五十人近くおるゆえ、一万の幕府軍がきても怖るるに足らぬ。そして、恐らく敵は数千。……余裕の人数である」

敦安の整然たる論理が、うろたえはじめた常世先手組の心の隙間にぴたりとはまってゆく。

敦安はつづける。

「数千の兵が、僅か数十人によって壊滅したら……敵は動揺するであろう。家中の味

方も勢いづこう。よいか、皆の者、我らは殿のご本心をお守りすべく、戦うのだ！　殿は自ら天下の采配《さいはい》を振るいたいという意志を強くお持ちである！」

固唾《かたず》を呑む常世先手組を、敦安は見まわして、

「ここには、我が方の得物となり得る十分な妖草がある。薩摩隼人の助太刀《すけだち》などがくわわれば、我らは間違いなく天下分け目の大戦に勝ちをおさめることができよう」

常世先手組の一人、ひょろりとした男が口を開く。

「恐れながら……」

「何じゃ」

「皆の得物たり得るほど多くの妖草が、ここにはないような気がするのですが」

「心配は無用である」

敦安は、はっきりと言った。

「……竜華草《りゅうげそう》なる妖草がある。竜華樹の如き草という意味じゃ。竜華樹は知っていよう？　釈迦《しゃか》入滅の五十六億七千万年後……弥勒菩薩《みろくぼさつ》なる者が、その樹の下に現れる。そして、一切の衆生《しゅじょう》を救う。一人の例外もなくだ」

竜華樹——セイロンテツボクのことだという。セイロンテツボクはスリランカに茂る高木で、若葉は真紅である。

この樹とよく似た葉をもつ妖草・竜華草は、憎悪を苗床とする、常世の草である。

「竜華樹の下から世界の激変がはじまる。同じように、竜華草も、この世を激変させる大いなる力をもつ」

——妖草妖木は他の妖草妖木を呼ぶ。竜華草の花は、この吸引力が——一際強い。他の妖草の数十倍から数千倍という圧倒的吸引力で、常世の植物群を、人の世に引き込む。

つまり竜華草が何本かあれば……人界を常世に変えてしまうことも、不可能ではないのだ。

「わしは、この竜華草を妖草城内でそだてておる。かの花は今、蕾《つぼみ》をふくらませておる。開花はもうじきじゃ。これが開花すれば、我ら田安軍は、常世から無尽蔵の武器の補給を受けられる」

敦安は甲州妖草城で竜華草一本をそだてるのとは別に、本所の古塚でも如一に一本そだてさせていた。

こちらは、武器の供給のためというよりも、敦安が憎む幕府の中枢がある地を……カタストロフィに陥れるためだ。

ところが、如一にまかせたこの竜華草の育ちがどうも悪く、重奈雄を本所におびきよせた敦安は、その憎悪を煽《あお》って、竜華草を一気にそだて、江戸に立ち直れないくらい大きな打撃をあたえようと考えた訳だが、この目論見《もくろみ》はしくじっている。

敦安は宣言する。

「我らは、勝つ！　まずは重奈雄を血祭りに上げることから、我らの戦ははじまる」

「——お待ち下され」

もっとも年かさの侍が、敦安の話を止めた。

「……殿のご真意のために戦うと、小笠原様は仰せになられたが……そのご真意、如《い》何様《かよう》にしてたしかめられたのか？」

「それについては、ある極秘の妖草をもちいた」

「その極秘の妖草について、教えていただけぬか？　我ら決死の覚悟を固め、三百諸侯、さらには……上様とも矛を交えねばならぬかもしれませぬ。その大切な一戦をはじめるに当っての殿のご真意、この胆《きも》の処が不確かですと――」

「不確か、とな」

敦安が眉を顰《ひそ》める。

「……どうも、殿が上様に恭順の意をしめされたらしい、斯様《かよう》な噂を小耳にはさんだゆえ」

常世先手組の面々から――ざわつきが起る。

「腰抜け侍！」

鋭い罵声《ばせい》は、おりんから飛んだ。牛蒡種を髪に隠した女、おりんを、老侍はきっと睨《にら》み、

「何？」

「お前、うるさいんだよ。静かにおなり」

おりんが、笄《こうがい》の傍に手をやった。

瞬く間に老侍の心臓は止りバタリと斃《たお》れている。

敦安は無表情、おりんは妖笑を浮かべ、如一は眉根をよせていた。常世先手組の多くは刹那でおとずれた悲劇に、唖然《あぜん》としていた。

死んだ老侍のもった杖で、飼い主をなくした鉄棒蘭がうにょうにょと蠢《うごめ》いていた。

「おのれ、叔父上に何をしたのだ！」

逞《たくま》しい長身の若侍と、小兵のその朋輩が殺気立ちながらおりんを見据える。

「お止め下さい！　兄上」

如一が止めるのも聞かず――今度は敦安が胸に手を当てた。

面貌を赤黒くした若侍二人は、体を激しく痙攣させ――折り重なるように斃れている。

二人を一瞬で殺《あや》めた敦安は酷薄なる声で告げた。

「殿のご真意に逆らい、我意を通そうとしたゆえ、天罰が下ったのだ！」

「………」

青ざめ萎縮《いしゅく》した常世先手組に、冷気をまとった敦安は、

「怖《お》じ気づき、今、この男が申したようなことを再び口にしたり、持ち場をはなれ、ここから逃げようとした不埒《ふらち》者は、同じ目に遭うと心せよ！　まずは、重奈雄との一戦じゃ。これは我が殿に日本の舵取《かじと》りをしていただく、厳しい戦いの大切な緒戦である」

侍たちがうなずくと、

「では、各自の配置をつたえる」

逃げたらどうなるかを十分思い知らされた常世先手組だったが、さらに二人の男が、脱走をはかる。が、物見櫓《やぐら》に立っていた敦安に見つかった。

敦安が胸に手を当てる。

灌木《かんぼく》に身を落として、枝葉を搔《か》き分けながら走っていた二人は——弾かれたようになって、原野に転がった。

兵士の脱走と、思わぬ諍《いさか》いにより、元々六十人いた常世先手組は、四十四人になっていた。

彼らが守る妖草城に今、重奈雄たちが近づいている。

*

「あれが、田安家採薬所……通称・御花畑屋敷の入口にござる」

永井頼母が言った。

険しい面持ちであった。

そこは——甲斐国内、笛吹川《ふえふきがわ》上流の山地だった。

陰気なモミが、瘦せた肩をよせ合った林を、一本の山道が貫いている。ごろごろ石が転がる荒れた道で左にゆっくりまがっていた。

侘《わび》しい門がつくられている。

その門の向うに——建物はない。

黒々とした木下闇《このしたやみ》が、殺伐《さつばつ》たる山道を呑み込んでおり……肝心の御花畑屋敷とやらは、まだずっと先にあるようだ。

とりあえず重奈雄たちは——門前まできた。

黒く古い柱をつかった、くたびれた二脚門で、萱葺《かやぶき》の屋根がのっていた。

郡上の青天狗の根城から、枝折垣《しおりがき》を除去したような光景である。

この門に不釣り合いなほど立派な筆跡で「御花畑屋敷」と書かれた額がかかっていた。

田安宗武の筆らしい。

屋敷が見当らぬため、不審をにじませる重奈雄や重吉、そして、火盗改めの役人たちに、頼母が告げる。

「御花畑屋敷とは申しますが、その実態は小笠原敦安発案の常世先手組の、詰所にござった。我らは……ここまでと、させていただきとうござる」

あとはご自由に、ということだろう。

田安家中がことさらにくり返す「小笠原敦安発案」なる言葉が、重奈雄は引っかかる。常世先手組の創設に——宗武はどこまで深くかかわっていたのだろう。ともすれば、オオトカゲの尻尾《しっぽ》になってしまった敦安が、何処か不憫《ふびん》ではある。しかも相手は元をたどれば同族、おまけに敦安の先祖は、重奈雄と同じような志をもつ人々だったのだ。

（だが、お前がしようとしていること、お前がしてきたことを……俺は許せぬ）

青天狗の凶行で皆殺しにされた人々を、綾の涙を、思い出す。

さらに、本所の妖草が横溢《おういつ》した場合、大いなる災いに見舞われたであろう江戸の町、そこに暮す人々を心に浮かべる。

「承知した」

言いながら重奈雄は門の下に足を踏み入れた。

同時に、敦安との決着を、深く心に期している。

「庭田殿。道なりに、真っ直ぐおすすみ下され。しばらく行くと窪地《くぼち》があります。その窪地の底に在るのが、御花畑屋敷にござる……」

「かたじけない」

田安兵に見送られながら重奈雄たちは前へすすむ。

モミがつくる暗い日陰が、一行を両側から呑んだ。


まだ、日は高いはずだが、かなり暗い道を重奈雄たちは歩む。

夏の暑さも——この山内の異界を避けているようだ。

ずっと此処《ここ》に蹲《うずくま》ってきた冷たく古い山気が一行をつつみ込んだ。

モミの根は、シダを中心とする下草に隠されていた。

天眼通が——右方、シダに伏せた、細く強靱《きょうじん》な妖気を見切る。

(鉄棒蘭か。向うが襲ってこぬなら、よけいな戦いはしたくないな)

鉄棒蘭同士の戦いは、鉄棒蘭が消耗する。

強敵との戦いを前になるべくそうした消耗を避けたかった。

重奈雄の注意は、叢《くさむら》に隠れた鉄棒蘭に集中する。

と——白く透き通った虫のようなものが重奈雄の目の前を飛んで行った。同時に細やかな妖気の高速飛行を、天眼通がおしえる。

鉄棒蘭に集中しすぎていた重奈雄は、はっと顔を青くし——白く飛ぶものの行方を睨んでいる。

「――」

タンポポの綿毛のような奴がモミの幹にくっつく。

ぎーっ、モミが呻《うめ》いた。

「まずい、走れぇぇっ！」

重奈雄が、怒鳴る。

総員、走る。

最後尾の者のすぐ後ろにさっきのモミがどたーんと倒れた――。

「けさらんぱさらんか」

妖草・けさらんぱさらん――持ち主に巨大な幸運をもたらす空飛ぶ草。敦安の幸運は、重奈雄の不運。今の倒木は、敦安のけさらんぱさらんが、元々弱っていた樹にくっついたことで起きた怪異だった。

おびえた火盗改めの役人たちは、まだどたどた走っている。

と、重吉が、何かに気づき、

「みんな、止るんやっ！」

役人たちが慌てて静止する。

すると、すぐ眼前に——また別のモミが勢いよく倒れ込んできた。二つ目のけさらんぱさらんが起した倒伏だ。

重吉と役人たちは、重奈雄を中心とする円陣をつくり、次は何処から樹が倒れ込んでくるかと、青筋を立てて辺りを見まわす。

一方、重奈雄は、瞑目。——妖気の行方を静かに追っていた。

重奈雄の桜桃《ゆすらうめ》の如き唇が開く。

この異常の状況を、楽しむ顔で、

「もう、けさらんぱさらんはいない。……安心してすすもう」

——樹を倒したことで、妖気をつかい果たしたけさらんぱさらんが、枯れたのを天眼通が見切ったのだ。

底知れぬ冷気が、さあ襲いかかろうと、手ぐすね引いて待ち構えているのを、天眼通が知った。

「あそこに、一見、紫《むらさき》華鬘《けまん》の如き花が咲き乱れておろう」

重奈雄は行く手を指している。

華鬘——仏殿の欄間などの飾りである。今、自然界がつくった紫の華鬘が、道の両側にびっしり咲き乱れていた。

「あれにふれてはならぬ。あれは、寒《さむ》華鬘という紫華鬘そっくりの常世の草。あれにふれると——恐ろしい寒気に襲われ、身動きできなくなる」

「………」

一同は寒華鬘にふれぬよう用心しながらすすんだ。

しばらくすると、山道は左方に弓なりにまがりはじめる。

道の右側はかなり広い窪地になっていて、底の方に幾棟かの建物が、円をつくるように建っていた。この建造物群を緑色に淀《よど》んださほど深くなさそうな水堀がかこんでいる。

円の中心は——丸い空き地になっており、空き地の真ん中に、天を衝《つ》くような槐の大木が、厳めしく立っていた。

黒ずんだ板屋根、板壁の建物が多く、一階建てもあれば、二階家もある。また、倉庫と思われる高床式の建物、井戸もあった。

いくつかに千切れた霧が、槐の梢《こずえ》の辺り、井戸の近く、高床式倉庫の足許辺りをたゆたっている。

「高床式の倉か……」

　重奈雄は言う。

「往古、庭田の家も、妖草刈《くさ》りにつかえる妖草を高床式の倉庫に保存し、草倉《くさぐら》などと呼んだとか。関東妖草師にはその古いやり方が脈々と受け継がれていたのだな……」

　——天眼通はここが、妖草妖木の密林のようであることを、ひしひしと感じる。

　今まで重奈雄が感じた妖気をそよ風とする。ここは……台風だ。

　途方もない妖気の雲、百鬼夜行のジャングルのような有様で、ここにあつめられた妖草妖木をつかえば、十分天下を引っくり返せる気がした。

「……数え切れぬほどの妖草妖木がひしめいている」

　重奈雄は警告する。

「極めて危うい場所だ。何が起きても、おかしくない」

　——妖草がひしめく砦《とりで》は、油断を誘うためか、静まり返っていた。

　予想を遥《はる》かに超えた圧倒的妖気を前に、重奈雄は、

「俺や重吉は、いくつかの妖草で武装している」

　重奈雄は鉄棒蘭や楯蘭《たてらん》などいくつもの妖草、重吉にも楯蘭、知風草等があたえられている。

「だが貴方がたは……」

渡辺半十郎《わたなべはんじゅうろう》という侍に率いられた火盗改めの面々に、重奈雄は妖草対策によくつかう塩、砂糖、銀の小刀をもたせていた。また、本所で回収した妖草・知風草を、さずけている。

妖草師と戦う前に一応の仕度をしてきた面々であったが、この場に渦巻く只《ただ》ならぬ妖気には――それらの装備では不十分と思わせる凄味《すごみ》がある。

「一応の備えはしてきたが……軽装の感は否めない。貴公らは、ここで、またれている方が安全である気がしてきた」

「いや、何を言われる、庭田殿」

半十郎が、

「我ら火盗改め、いつも役目の時は……身に剣刃《けんじん》がおよぶ覚悟をしてござる。甲斐まできて何もせずに傍観しておれば、物笑いの種。――何としても同道いたす」

と、ゆずらない。

重奈雄は言った。

「大変……心強い。だが、十分気をつけてくれ。また、俺の指示、注意によくしたがってくれ」

「承知しました」

闘気をにじませた一行は堀にむかって降りる。

抽水植物・フトイの円柱形の茎が、堀の一角に立ち並ぶ。

緑色の蓋《ふた》が、幾枚も、堀の水面をおおっている。重奈雄はその鬼バスらしき水草が微弱な妖気を放っているのを見切った。

皆に、

「あの鬼バスに見えるのは妖草・毒鬼バス。今、取り除くゆえ、まっていてくれ」

妖草・毒鬼バス——人の世の鬼バスと瓜二つの姿をした、常世の浮葉植物である。

水面に浮かぶ緑の満月に似たその葉は、直径五尺にもなる。毒鬼バスはその葉の縁、水中に隠れし長い茎に、鋭い棘《とげ》がびっしり生えている。人が水に入ると、近づいてきて、体中に生えた棘で苛《さいな》む。

この時、棘から、五体を痺《しび》れさせる毒液をにじませるので、かなり物騒な妖草と言えよう……。

重奈雄は塩を出す。

まいた。

毒鬼バスは慌てた様子で、一斉に遠ざかっていった。

「この妖草は塩を苦手とする。もし、水に入って、近づいてきたら、塩をまいて退かせよ」

浅い堀には、普段は板橋などがかかっているのだろう。だが、今、それは取り除かれていた。

水に入る。

腿《もも》まで、濡《ぬ》れた。

毒鬼バスが何枚か近づいてきたが——火盗改めの役人たちが、塩を散布、退かせた。

と——重奈雄は汚れた水中を急速度で、自分目がけて泳いでくる妖気を直覚している。

右手は布でつつんだ杖をもったまま、左手で楯蘭を出すや、水に入れ、己の尻にかぶせた。

間髪いれず恐るべき速度で突っ込んできた妖気が楯蘭にぶつかり、枯れた。——楯蘭の妖力がはたらいたのだ。

重奈雄は枯れた妖藻《ようそう》をつかんでみた。

ぬるり、とうなだれたそれは――水杉菜に似た妖藻で、先端は鋭い錐《きり》の如く尖《とが》っていた。

重奈雄が言う。

「河童藻《かっぱも》。この棘で肛門に刺さり、そこから入って内臓に穴を開ける。恐るべき常世の藻だ。尻子玉を抜くという河童の言い伝えは……この妖藻から生れたのやもしれぬな」

河童藻の骸《むくろ》を重奈雄は堀にすてている。

同時に、

パンパンパンパンパン！

妖異が隠れた水堀を進行する重奈雄たちに、けたたましい音が降りかかる。

「いかんっ」

言いながら重奈雄は――布でつつんだ、杖を思い切り振る。

鉄棒蘭が躍動する。

その先っぽには、別の妖草が縄で固定されていた。

――楯蘭。

　楯蘭は鉄棒蘭にふれると、鉄棒蘭を枯らす。重奈雄はこれをふせぐために——京都庭田屋敷からもってきた、和草《わそう》と呼ばれる大変希少な妖草でこさえた縄をもちいていた。

　和草は——対立する甲乙二種の妖草の働きをやわらげたり、甲草を枯らそうとする乙草の働きを薄めたりする。和草で縄をなうと、その働きは強まる。

　重奈雄は和草の縄で楯蘭を鉄棒蘭に固定しているため——鉄棒蘭は枯れていないのである。

　妖草の攻撃をふせぐ堅牢な楯となる楯蘭の幅広葉が、空中を猛速度で動く鉄棒蘭によって、自在に宙を縫う。

　楯蘭と鉄棒蘭——ありえない二草の取り合わせが、まるで堅い絆《きずな》でむすばれし主従の如く、空中を旋回。いくつもの火花を散らしつつ、重奈雄たちに襲いかかってきた釘《くぎ》状の物体を叩き落としてゆく。

「庭田重奈雄よな？　なかなかの手並みじゃ！」

　いつの間にか開いていた二階の窓から声がかかった。

　若い男が一人、こちらを、見下ろしていた。

鉢巻に襷《たすき》がけという田安兵だ。

「常世先手組一番隊・小林《こばやし》　兵馬《ひょうま》じゃ。――命、もらい受ける！」

小林兵馬は……鉄砲でも弓でもなく、ただ一輪の花をもっていた……。

事情を知らぬ人は青二才が何を生意気なと失笑するであろう。

だが、堀の中に立つ人々は――さっき、兵馬がもつ枯れた花から、パンパンパン、と音がして、鉄釘みたいな奴が恐ろしい数、鉄砲玉の勢いでこちらに飛んで来たのを知っていたから、固唾《かたず》を呑むばかりであった。

重奈雄、硬い面差しで、

「――矢風草《やかぜぐさ》か」


この頃エゲレスの植民地であった北米大陸に――アメリカセンダングサなる草が、ある。

アメリカセンダングサの花は、秋、褐色の棘塊《きょくかい》と化す。このしつこい棘は、人の衣にたやすく引っかかり、移動する人に揺られて……極めて長い距離を、旅してゆく。

妖草・矢風草は――人の世のアメリカセンダングサの如き形状で、釘に似た硬く鋭い棘を固まらせる。

妖草の中には鉄棒蘭のように――人間の意志にしたがって、動くものがある。闘志を苗床とする矢風草がそれだ。

矢風草は、闘気がむく方に――目にも止らぬ速さで棘を飛ばす。

その飛行速度は飛ぶ銃弾と同じくらい。棘の硬さは、鋼《はがね》を凌駕《りょうが》する。当然のことながら、棘の雨に打たれた者は、惨《むご》たらしく傷つき、命を落とす。

さっき、小林兵馬は、闘気を重奈雄たちにぶつけた。

この闘気の軌跡に沿う形で豪速で降った棘の雨を、やはり凄い勢いで宙をまわった椙蘭が……受け止めた訳である。

「あれが降ってきたら、知風草で身を守れ」

重吉たちに告げた重奈雄は、

「小林殿！」

二階にむかって、

「貴殿は、話の通じる御仁のようだ。我らは公儀の特命により、この地をしらべに参った。これ以上、仇《あだ》なすと、お主らを謀叛人と見なさざるを得ぬが、それでもよいか！」

「――謀叛を起しておるつもりはないが、そう思われるなら、思われてもよい。当方は、いかなる話し合いにも、応じぬ」
　重奈雄は険しい顔で、
「……あくまでも戦う。それが、敦安の意志なのか」
「左様。もはや、問答無用。――参る」
　まるで花でも活けるように――小林兵馬が矢風草をすっと振る。
　同時に、重奈雄は楯蘭付き鉄棒蘭を、動かす。
　猛速で乱れ飛んだ棘の雨と楯蘭がぶつかりいくつもの火花が咲いた――。
　と、また別の窓が開き、そこにも二人目の武士の影が立ち、矢風草をむけてくる。
　――殺気の雨が降りそそぐ。
　火盗改めの者たちが知風草をかざすも間に合わぬ。
　渡辺半十郎と二人の仲間の体に、次々に棘が刺さり、鮮血がしぶいた。
　喉、そして片目から、川のように血を流した半十郎の絶叫が、水堀にひびいている。
「渡辺殿！」
　叫んだ重奈雄は、ウドに似たある妖草を取り出した。
　半十郎以下三人の火盗改めの者がドボンと大飛沫《おおしぶき》を立てて崩れ、息絶えた。
　二人の常世先手組は二輪目の矢風草を構えている。

重奈雄がウドに似た軸を毟《むし》り、

（つかいたくはなかったが……）

――――！

緑の閃光《せんこう》が飛んでいる。

必殺の嵐を飛ばそうとした二人の敵を緑雷が貫き、黒焦げにする。

妖草・草雷《くさかずち》である。

妖草をつかっての殺生《せっしょう》をなるべく避けたい重奈雄は、できればこれをつかいたくなかった。だが、草雷を飛ばさねば、多くの味方が、矢風草に切り刻まれていたろう。

冬の夜の如く沈んだ重奈雄の面から、苦悩が垂れそうである……。

パパパパパ！

高床式倉庫の方から、二人の常世先手組が現れ、鉄釘の雨のような矢風草の攻撃をくり出す。

重吉が知風草に息を吹く。

突風がうねり、敵二人、さらに彼らが放った矢風草の棘が、勢いよく吹っ飛ばされる――。

地に打ちつけられた二人を突き伏せようと、堀から上がった火盗改めが槍をもって喚《おめ》きかかった——。

重奈雄と残りの味方も堀から上がった。

と、常世先手組二人が、黒袋から桔梗《ききょう》に似た一輪の花を出し、

「妖草・天人花《てんにんか》！」

すると、どうだろう。

世にも眩《まばゆ》い閃光が放たれている。

妖草・天人花——常世に咲く桔梗という。

常世では常に眩く光り輝いている天人花だが、人の世ではただ一度だけ眩い光の狂奔をくり出す。

そのあまりにも眩《まぶ》しい光は、黒い袋か筒に入れた天人花を取り出す時、かなりの確率で起きるという。

「——くっ」

火盗改め二人が掌《てのひら》で目を押さえる。

その隙に駆け寄った二人の敵は、刀で味方二人を斬殺《ざんさつ》した——。

びくびくとふるえながら大量の血を撒《ま》き散らし、二人のたのもしき味方が倒れる。一人は女房の名を叫びながら宙を掻き毟り、息絶えた。

(おのれ)

妖草師として、多くの妖草や、闇の妖草師と対峙《たいじ》してきた重奈雄。今日ほどむずかしい敵を前にするのは初めてであった。敵は――関東妖草師に鍛えられた、妖草を得物とする兵団である。

血刀を翻《ひるがえ》して驀進《ばくしん》してきた敵は、何かの種を蒔《ま》こうとする。

(ハリガネ人参か)

素早く見抜いた重奈雄は敵が散布した種めがけて鉄棒蘭の先についた楯蘭を振る。楯蘭の妖力により、こちらに投げられたハリガネ人参の全種子が、枯死している。

重奈雄は鉄棒蘭を翻し敵二人を打ち据える。

――二人は、血刀を落とし、悶絶《もんぜつ》した。

重苦しい板壁の建物は、なかなか入口がわからない。いくつもの湿った妖気が建物内でそよいでいるのを感じる。

(……いかなる罠《わな》があるか、知れたものでないぞ)

重奈雄の中で硬質なる警戒心が身構える。

妖気の跳梁《ちょうりょう》を看破する天眼通が、その注意を、高床式倉庫の方にむけた。

一つ目の倉庫内には、強い妖気が隠れている気がした。

（草倉だな）

二つ目の倉庫内には、妖気がない気がする。

草倉を睨み、

「あの倉庫に行ってみよう」

敦安たちが精魂かたむけて収集した妖草妖木がおさまっているだろう草倉。敵のもっとも大切な場所、この妖草城の心臓と言ってもいいのではなかろうか。

草倉を奪って陣とし、そこにおさめられた妖草を奪って敵と対峙する――重奈雄の策が固まっている。

既に五人斃れ、十七人になった一行は、高床式倉庫の方へ移動する。

左方、障子を蹴破《けやぶ》って、鉄棒蘭の杖をもった男二人が躍り出た――。

「それっ」

重吉が――砂ヒジキを投げた。

二人は噎《む》せながらひるむ。

一人目の肩を重奈雄の鉄棒蘭がしたたかに打ち、二人目の胸を火盗改めの槍が貫き、鎮圧した。

重奈雄は恐ろしい妖気が蹲った一つ目の倉庫を杖で指し、

「入口は向うにあるようだ。……俺が先頭を行く」

総員、硬い面持ちで首肯する。

二つの高床式倉庫は、重奈雄たちに背をむけ、円形広場の方に面をむけている。

「二つの倉庫の間を抜ける」

そこに差しかかった瞬間、草倉の高床の一部がすっとはずされ、黒い穴が開いた。

中に隠れていた敵が床をずらしたようだ。

と――

ジャキジャキジャリッ！

その昔、さる手強い妖草師と戦った時、聞いたことのある不快音がひびいている。

深緑の毬《まり》に似た物体が、次々に倉庫の高床からこぼれ――こちらに転がってくる。

四つ、くる。

「ダルマ柊《ひいらぎ》だ！　気をつけろっ」

妖木・ダルマ柊は――西瓜《すいか》より大きい常世の球木《きゅうぼく》である。柊によく似た極めて硬い枝葉が、球形に成育していて、自発的に転がることができる。

ダルマ柊はそのようなやり方で敵に勢いよく突進しつつ、刃物の如き枝葉をさかんに動かし、相手を切り刻む……血腥《ちなまぐさ》い植物である。

怒りに駆られた鉄棒蘭が旋回――ダルマ柊三つを吹っ飛ばした。

鉄棒蘭にすっ飛ばされたダルマ柊が、忍び足で二階家から出、物陰に隠れながら、種子島《たねがしま》銃で重奈雄を狙撃しようとしていた常世先手組の男の顔に当り、面の半分を削《そ》ぎ落としながら、この砦の真ん中にある円形広場に転がり落ちた――。

鉄棒蘭をかわし、こちらに猛進してきたダルマ柊を――火盗改めの者たちがくり出した三本の槍が止める。

柊形の硬い葉と槍の穂がこすれ合う、ざらついた音が耳に痛かった。

重奈雄が楯蘭付き鉄棒蘭を振るう。

楯蘭が――荒ぶるダルマのような妖木を叩く。激発していた敵木《てき》の勢いが、かなり弱まっている。

三本の槍が、強く叩くと、ダルマ柊は遂に動かなくなった。

さっき鉄棒蘭によって飛ばされたダルマ柊が一体、ごろごろもどってくる。

重奈雄の鉄棒蘭は——そのダルマ柊を、倉庫をささえる柱に強引に打ちつけ、叩き潰《つぶ》した。

円形広場に面した草倉の戸が開く。中から、常世先手組が二人、躍り出る——。彼らは二つの倉にはさまれた通路を走ってきた——。疾風を思わせる走力で。

目付きが鋭い二人の敵は、猫の如く大跳躍する。

白刃を振りかざした二人は飛び降り様に味方を二人斬る。

——化物のように素早い。

さらに四人の味方が朱に染まっている。

(韋駄南天《いだなんてん》を嚙んでいるな)

直覚した重奈雄は、

「知風草！」

味方に指示する。

重奈雄に斬りかかろうとした敵兵に——味方の口元から突風が飛ぶ。

強い風力《ちから》がはたらき、返り血をあびた二人はばっと押し飛ばされた——。

土煙上げて敵二人は転がる。

その時、重奈雄の左手はハリガネ人参の種子《しゅうじ》と塩を取り出していた。

二人が踏むであろう所に、それらを撒く。

立ち直り咆哮《ほうこう》を上げて斬りかかってきた二人がハリガネ人参の種を踏んだ。

すると、どうだろう。

あっという間に、細く頼りなげだが、きわめて強靱なる茎がのび、敵兵二人の足にからみつく。

——絶大なる走力をあたえる妖木・韋駄南天の力をかりた二人の男を、対象をがんじ搦《がら》めにして取り押さえてしまう妖草・ハリガネ人参が束縛している。

「おのれっ」

「糞《くそ》！」

怒り狂う常世先手組二人を、火盗改めたちが槍で突き伏せた。

一行は二つの倉庫のあわいを抜け、円形広場に出た。

細い霧が——がらんとした広場を這っていた。

敵影はない。

が、山気の中に——不安を呼ぶ何かが隠れていて、肌が冷たくざわついた。この山に棲《す》むありとあらゆる植物が……夏という季節を忘れていて、得体の知れぬ冷気を体中の穴から噴き出しているようだ。

重奈雄は思わず身震いする。

二つの高床式倉庫には、階《きざはし》を登って入る形になる。階を登り切った所にある戸は固く閉ざされていた。

——何やら狡獪《こうかい》な罠が、手ぐすね引いてまっている気がする。

重奈雄は、重吉に、

「ここでまっていてくれ」

「へい」

重吉と火盗改め九人に草倉正面を固めさせた重奈雄は、ゆっくり階を登る。隣の高床式建物からは、妖気が漂ってこぬから、米倉か何かなのであろう。重奈雄の全意識は草倉の固く閉じた戸にあつまっている。

その中に——妖気の充満がある。

足が、階の途中で止った。

重奈雄は足はそのまま杖だけを、登り切った所に下ろすと草雷を取り出した。

緑雷を放つ妖草を、慎重な手つきで、閉ざされた戸にむける。

登り切る。
——毟った。
緑の閃光が走り、戸が吹っ飛び、中にいた妖草どもを焦がした。
中に常世先手組が一人おり、大火傷《おおやけど》を負ったその男、矢風草を重奈雄にむける。
パンパンパンパン！
横跳びして棘の雨をかわす重奈雄。
しかし、間に合わず、太腿に鋭い痛みが刺さる。
棘の掃射が重奈雄を追うも——重吉が、
「ふっ」
知風草の突風をおくる。
敵は、壁を貫通して向う側へ飛び出、大地に叩きつけられて動かなくなった。
「庭田はん、無事どすか！」
重吉が問うている。
「危うい処であったわ」
重奈雄は杖をひろった。
——その時だった。

全く予期せぬ方から、黒い棒状の殺気が飛び――重奈雄の背をしたたかに打ちのめす。

「あっ」

小さく叫んだ重奈雄は、ひろった杖をまた落とし――地面の方に転がり落ちた。

痛みが、焼け、体から、力が抜ける。

重奈雄を痛烈に叩いた妖草《もの》。それは、鉄棒蘭だった。

その鉄棒蘭を振った男は何の妖気もなかったはずのもう一つの倉庫から出てきたのだった。

男の鉄棒蘭を睨んだ重奈雄は、

（そうか、気消藻《けしょうも》か――）

その法体の男は、目が見えないらしい。

男がもつ杖には鉄棒蘭が着生していた。よく見ると――別の妖草が、鉄棒蘭に巻かれている。

それはサンショウ藻に似ている。

サンショウ藻は――田んぼや溜池《ためいけ》などにそだつ、水生シダ植物だ。丸い葉が茎の両側にびっしりと並び水面に浮遊して過ごす。

妖藻・気消藻は——人の世のサンショウ藻と全く同じ姿の常世の藻である。この妖藻……他の妖草の実力はそのままに、妖気だけを隠す恐るべき力があるのである。

重吉や火盗改めが、重奈雄を守ろうと、男を睨みながら、ざっと動く。足に刺さった矢風草の痛み、背中を叩いた鉄棒蘭の深痛、地に打ちつけられた痛み、それらに苦しめられた重奈雄はふるえるばかりで、とても戦える状態にない。

食糧庫らしき倉庫の前に立つ男は、

「無益な殺生《せっしょう》はしたくないのだ。庭田さん」

「お前は、誰だ？」

重奈雄が訊いた。

「小笠原如一。敦安の弟です」

重吉が、目を細め、

「薩摩の島津公を惑わしたゆう、あの小笠原如一やな？」

「…………」

如一には、天眼通があるが、牛蒡種はない。彼の得物は気消藻を巻きつけた鉄棒蘭。今、重奈雄たち寄せ手は全員が妖草で武装している訳だから、その動きは悉く如一の天眼通で見切られていた。

如一は敦安に、ここに隠れて草倉に入ろうとする重奈雄を奇襲するよう命じられていた。

重奈雄は痛撃に打たれて、その戦力を大幅に減じたが……これでも如一は、少し加減したつもりなのである。

それは、かつらと話すうち——富とか名声に背をむけ、市井の人々を苦しめる妖草禍をのぞくためひた走る庭田重奈雄という男に、敵ながら強い共鳴を覚えていたからだ。

その如一の胸の中で少しずつふくらんでいた共鳴が、重奈雄への渾身《こんしん》の一撃を鈍らせている。

火盗改めが一人、燃えはじめた草倉への階を登る。

「庭田殿！」

叫びながら楯蘭付き鉄棒蘭をつかみ、こちらへ投げた。

刹那――如一の鉄棒蘭が豪速で動き、その男の脳天を直撃した。

頭蓋骨《ずがいこつ》をわられた男は即死した。

己の手で、人を殺してしまった事実は、如一の胸に深く刺さったようだ。痛々しい苦悩がその面貌を走る。

火盗改めたちが如一を槍で襲おうとするも――気消藻付き鉄棒蘭がすかさず、威嚇《いかく》する。

得物をひろいつつ重奈雄は、この盲目の妖草師が敦安の弟にしては心優しすぎる気がした。

重奈雄は、敦安がある種の決め手として、如一をここに置いたように思ったが、今は考えをあらためている。

(この男も囮《おとり》？　だとすれば――)

重奈雄は左手で咄嗟《とっさ》に逆乙女を取り出しつつ、さっと顧みる。

瞬間――恐るべき妖気の塊が、自分めがけて飛んできたが、逆乙女の花がひらりと散って……

(おお、妖気がかえってゆく！)

「おりんっ！」

時を同じくして、敦安は叫んだ。

草倉は円形広場に面していた。広場の重奈雄側にある建物に、あまり重要な施設はない。

常世先手組の宿舎、台所に食堂、湯屋、米や味噌などの備蓄庫、そして、敦安が二流三流と思っている妖草妖木の倉、などだ。

重奈雄が砦の心臓と思ったのは――この倉だった。

槐をはさんだ向う側にある、いくつかの建物こそ大切である。

そこは――妖草についての座学の場である講堂、妖草経、妖木伝がしまわれた書庫、雨天時に鉄棒蘭をつかった武芸などを学ぶ道場、敦安の執務棟、枯れた妖草を弔う妖草供養堂、敦安が真に大切と思っている妖草をしまった本草倉なる高床式倉庫、などが立ち並ぶ。

敦安とおりんは執務棟の二階の窓から重奈雄たちを見ていた。

重奈雄が如一に気を取られている今こそ、討ち取る好機と考えたおりんは、敦安の役に立ちたい一念で、髪の中に隠れた牛蒡種に手でふれた。

同時に――何かに気づいた重奈雄が逆乙女を散らしながら振り返った。

牛蒡種の妖気がおりんに叩きもどされる。

おりんは――風に散る花みたいに、はらりと倒れている。

「おりん！」

青褪《あおざ》めた敦安はおりんを助け起す。

「畜生……」

胸に手を当てたおりんの顔に、鬼の相が浮かぶ。

が、敦安を見ると、ほっとしたように、

「あんた――」

美しく微笑んだおりんは動かなくなった――。

深川芸者であったおりんは、貧しい浪人の家に生れ、幼い頃から牛蒡種の異能により、他の子供たちに嫌われていた。

敦安は牛蒡種の力で人を殺めたことを悔い、身投げしようとしていたおりんを助けている。

何故助けたのかと鋭く問うたおりんに、敦安は、

『そなたとわしは、同じじゃ』

と答えた。以後、敦安の復讐《ふくしゅう》を全身全霊でささえることが、おりんの生き甲斐《がい》になっていた。

「おのれ、庭田重奈雄ぉぉっ！　重奈雄ぉぉっ――っ！」


その咆哮は……かなりはなれた所にいる重奈雄に聞こえたほどだった。

怒り狂い、羅刹《らせつ》と化した敦安は、恐ろしい勢いで階を降りる。

敦安が放った底知れぬ憤怒が、この地に茂る、いくつかの妖草に強い影響をおよぼしたのを、重奈雄の天眼通は感じた。

重奈雄は、厳貌で辺りを見まわす。

如一もまた――何かを感じ、階上から、深刻な相好《そうごう》で槐の樹冠をあおいでいた。

如一が呟く。

「入ってくる……。常世が」

思い詰めた顔になった如一が、杖を頼りに階を降りる。襲いかかってくると思った火盗改めの面々が刀槍《とうそう》でふせごうとするも、鉄棒蘭で振り払われている。

如一はそのまま杖を突きながら槐にむかう。

槐の根元は、濃い白霧に隠されていた。
如一が霧に飛び込む。
と、彼の姿が俄《にわ》かに見えなくなった……。
瞠目《どうもく》した重奈雄は、
(そうか、あの槐は……)
何事か納得したようである。
と、
「重奈雄！」
憎しみの火球と化した敦安が、二階建ての建物から出てきた。
如一が消えた槐の傍を通った敦安は、手ぶらであった。——胸の牛蒡種をつかう気だ。
敦安は重奈雄から数間《すうけん》はなれた所に立ち止る。
重奈雄の足許に散った逆乙女を憎々しげに睨み、
「おりんが、貴様の逆乙女で命、散らしたわ」
悲しみと怒りが、両方こもった声だった。
「気の毒な……。つまりおりんは、俺を牛蒡種で殺そうとして、返り討ちにあったのだな」

重奈雄は言う。

「お前や、お前の一党が殺めてきた者たちに、思いをいたすんや！　敦安」

敦安は重吉を無視して重奈雄を睨みつづけている。

弟と同じく天眼通をもつ敦安は、重奈雄の胸の辺りを観察しつつ、

「お前がもつ逆乙女の数は……」

「…………」

敦安の中で魔情がほくそ笑んだようだ。

「――あと一輪か？」

ずばりと言い当てられた重奈雄だったが――辛うじて動揺は隠す。重奈雄としては牛蒡種をふせぐには逆乙女にたよる他ない。逆乙女の力は、久兵衛、おりんの牛蒡種には有効だったが……敦安の圧倒的に強い牛蒡種に効くかはわからない。

敦安は嗜虐《しぎゃく》的な笑みを浮かべて、ちょっと首をかしげ、

「……わかるのさ。天眼通が練れてくると、どの妖草がいかなる妖気を放つか、わかる。お前の天眼通は近頃、さまになったようだから、まだわからぬかもしれぬが」

都で暮すうち、天眼通の力をなくしてしまった庭田家に対し、坂東の草深き田舎で、妖草妖木と対峙してきた関東妖草師・小笠原家は、天眼通の異能を代々受け継いできた。年季の入り方からして違うので、天眼通の練れ具合は、敦安に分《ぶ》がある。

敦安、挑発的に、

「――うぬは、拙者が胸に手を当てて、牛蒡種にふれると思っていよう？　すると、うぬは、自分の命を守るため、逆乙女を懐から取り出すのであろう？」

図星の読みだった。

「ところが、拙者が牛蒡種にはふれず、懐中から全然別のつまらん妖草でも取り出したら、どうする？」

敦安の懐中に複数の妖草が入っていることを、天眼通は知っていた。

「その場合、うぬの決め手、たった一輪の逆乙女は、つまらん妖草のために散ってしまうな。そうすると、うぬは、当方がいよいよ牛蒡種にふれる時、それを唯一ふせぐ、楯をもたぬままわしに対峙する形になるな」

敦安は重奈雄を揺さぶっている。

「同じ妖草師としての親切心から、忠告してやっておるのじゃ。……予告してやろう。拙者は必ず――初めは牛蒡種ではなく、つまらん妖草をくり出すぞ。そこに嘘はないぞ」

策にたけた敦安のこの言葉を、どう受け止めていいか重奈雄は迷う。

敦安の言葉を信じ――初めに、つまらぬ妖草が出てくると考え、逆乙女をつかわないとする。

道は二つにわかれる。

一つは、敦安が嘘をついていた場合。

この場合……牛蒡種をふせぐ、一応の壁、逆乙女という防壁が立てられていない訳だから、重奈雄は間違いなく即死する。

いま一つは、敦安が真を口にした場合。

一度目の攻撃で重奈雄が死ぬということはない。敦安が牛蒡種にふれた時の奥の手、逆乙女は取りあえずは在りつづける。

だが、この後も、牛蒡種と他の妖草、どちらをつかうかという敦安の揺さぶりに、重奈雄が惑い、つまらぬ妖草に逆乙女を使役したら――重奈雄はこの奥の手をどぶにすててしまう形になる。そして、奥の手たる逆乙女が、敦安に対して、本当に奥の手なのかわからぬ処が、勝負の行方をさらに不穏にさせる。

(どっちなのだ……? 言葉通り、つまらん妖草を出してくるのか、それとも、これ

は引っかけで、いきなり牛蒡種がくるのか）

逆乙女の使い時を間違えれば確実に死が訪れる。

そして、圧倒的な敵意を漂わせつつも、ニヤニヤ笑んでいる敦安は——重奈雄をその間違いに引きずり込もうとしているようだ。

「——では、参る。老婆心からいま一度言う。他の妖草をつかう」

敦安の魔笑を凝視していた重奈雄は、思う。

（牛蒡種でくる。この男は、そうする！）

重奈雄は懐の中の最後の逆乙女に手をかけた。

敦安が、手を一気に動かす。

重奈雄が、逆乙女を出す。

逆乙女の桃色の花が儚《はかな》く散った。

——地獄が手をのばしてきたような一瞬が、過ぎ去った。

両雄の心臓に異変はない。

重吉たちが、生唾《なまつば》を嚥下《えんげ》する。

敦安が重奈雄に投げようとした掌形の妖草が……敦安にもどり、腿に付着していた。

（羅刹紅葉《らせつもみじ》……！）

重奈雄は青ざめ、歯嚙みする。その足元では……奥の手だった逆乙女が悲しく散っている。

敦安は……言葉通り、他の妖草を重奈雄に投擲《とうてき》してきた。それはモミジの葉のような形をした、吸血妖草・羅刹紅葉だ。

羅刹紅葉に軽く血を吸われながら、敦安は、

「——ふふん。何故、拙者の忠告を信じなかったのじゃ？」

険しい形相で敦安を睨む重奈雄は、もはやある妖草で敦安を討つ他ないと考える。

ところが、その妖草、取り出すだけでは力を発揮しない。もう一手間くわえねばならない。

つまり、重奈雄は——二つの手間を経なければ、その妖草の力を発動できない。

これに対し敦安は胸に手を当てるというたった一つの手間で重奈雄を殺し得る。

この勝負、明らかに、敦安に分があった。

思考が高速でまわる。

(何とか取り出しながら、妖力を放出させる他ない。かなり危うい賭けだが……これしかない)

胸の動悸《どうき》を強めながら、重奈雄は眉をピクリと動かす。

重奈雄の微細な変化を胸に悪魔をかかえた敵は見逃さぬ。

「――何を企んでも無駄ぞ」

細やかな注意力をもつ敦安の言の葉が重奈雄の心の奥襞《おくひだ》にまで潜り込もうとする。

敦安は、まだ手を動かさなかった。

重奈雄も、動かなかった。

関東妖草師と上方妖草師、東西の横綱は、息を潜めて睨み合う。

けたたましいホトトギスの鳴き声がした。

――敦安が、一挙に動く。

重奈雄も妖草・草雷を激しく掻き毟りながら――取り出した。

自分や重吉などがいる方にむいた軸を間違って毟ってしまえば、草雷は味方を滅ぼしてしまう。重奈雄の賭けは……

――――!

緑の稲妻が幾匹ものたうつ大蛇となり、二つは敦安の胸と腹を貫通、残りは敦安の執務室の大黒柱を突き破って、建物ごと倒壊させ、講堂の壁にも、大穴を開けさせた。

牛蒡種が生えた胸は黒焦げになっている。

敦安は、呻き声を漏らして倒れた。

敦安の最期、そして主要な建物の倒壊を見た常世先手組の半数は、取るものも取りあえず逃走した。

残り半数は、悲壮な抵抗をこころみて倒れるか、もはや戦意をなくし、重吉や火盗改めのお縄に大人しくつくかした。

これが田安徳川家が密かにつくった、御花畑屋敷の顚末《てんまつ》だった。

重奈雄と重吉はかつらをさがす。

が、かつらは、どの建物にもいない。

円形広場に出た重奈雄は槐を見、

「――やはり、あそこか」

槐の樹の下は、霧が渦巻いていた。

また、樹上には只ならぬ妖気が在るのを天眼通は知っていたが、それは先刻より強まってきたようだ。

楯蘭をもった重吉に、

「俺は、あの槐の中に行ってくる」

相手は訝《いぶか》しむ。

「詳しい話は後だ」

壁に穴の開いた講堂の隣、さっきの高床式倉庫と別の草倉を指し、

「あの中に妖草がいろいろあるようだ。俺がもどるまで、手をつけないでくれ。ただ、中の妖草が勝手に表に出てきたりしたら、その楯蘭で撫《な》でろ。大方の妖草は枯死するはず」

「……承知しました。どうか、御無事で」

「うむ」

重奈雄は、霧に足を踏み入れている。

重吉は瞠目した。

重奈雄の姿が、俄かに見えなくなったような気がしたから。

一方――重奈雄は恐ろしい濃霧の向うに、黒々とした巨大な城門がどんと口を開けてまっている威容を、硬直した面差しで仰いでいた。

「やはり、霊槐《れいかい》であったか……」

南柯《なんか》の夢という話がある。

唐の徳宗《とくそう》の頃、広陵《こうりょう》に淳于棼《じゅんうふん》なる男がいた。

彼の宅の南には古い槐の巨木が聳《そび》えていた。

ある時、酔っぱらった淳于棼、槐の木陰で寝ていると、紫の衣を着た二人の男が俄かに現れている。

「槐安《かいあん》国王のご下命により、淳殿……貴方をお迎えに参ったのです」

淳于棼は、二人について槐の洞を潜《くぐ》ると――巨大な城門の前に出た。

そこで国王の娘を妻とした淳于棼は、二人の優れた友にも出会う。槐安国王から南柯郡太守を任じられた淳于棼は二十年かけて、郡を豊かにし、敵国との激しい戦も経験する。

そんな中、妻は死んでしまい、大きな功績を立てた淳于棼は一度は宰相に任じられるも、謀叛を疑われ、国王は彼を広陵にかえした。

はっとした淳于棼は――真っ白い驚きにつつまれた。

何と彼は、もとのまま、家の南の槐の陰でうたた寝をしていたのである。

不思議に思い、槐の穴を下僕にさぐらせてみると――中に恐ろしい数の蟻《あり》が蠢いているのがわかった。

槐安国は、蟻の王国だったのである。

この逸話は——妖木化した古い槐が、人を小さくしてしまう特殊な力を発揮することを、物語っている。

重奈雄の体は今、妖力をもつまでに古い槐——霊槐の力により、蟻ほどに小さくなっている。

眼前にそびえる大岩壁は幹であり、そこで黒々と口を開けた大きな門は、幹に裂けた洞だった。

重奈雄は霊槐がつくった恐ろしく高い塔に足を踏み入れた。

無限につづくと思われる、螺旋状の階段を、如一は登っていた。さっきずっと下方で大音声《だいおんじょう》が張り裂けている。

兄と重奈雄の戦いがはじまった気がした。

樹液が樹を愛撫《あいぶ》する音が、そこかしこから聞こえた。大木がつくった巨塔を登る如一は、かつらが幽閉された部屋の前で足を止める。

しばしのためらいの末、如一は——鉄棒蘭で板戸を叩きわる。

中にいたかつらが、はっと起き上がる気配があった。

「逃げるのだ」

如一は告げる。


それまで、かつらは——忘れられた浜辺に、いつとも知れぬ昔に打ち上げられて、船虫の住処《すみか》となった流木のように、一切の動きを止めて、灰色の床に転がっていた。

そうやってかつらはいろいろなことを考えていた。

如一を信じ、早稲田田んぼにつれ出されたあの日の全てが——自分をおびき出す罠だったとしたら。

だとすれば、あの早稲田の百姓も、敵の一味なのだろう。

だが、本所の庵や、早稲田を見下ろす高台で語った如一の思い——かつらの思いと重なっていた——の全てが、偽りだったのだろうか。

どうもそうは思えない。

かつらの思考はいつもそこで、堂々巡りしてしまうのだった。

そんな時、いきなり戸が外側から叩き壊されている。

粉塵《ふんじん》の向うに、如一が立っていた。

「逃げるのだ」

如一は言った。

半身を起したかつらは、口をあんぐりと開けていた。足が痺れていた。

苦悩を漂わせた顔で、如一は、

「……恐ろしい思いをさせてすまなかった」

この状況をどう受け止めていいか、かつらは測りかねている。

如一はつづける。

「わたしは、全て嘘をついた訳ではない」

「…………」

「そこは、つたえたかった」

——その時だ。

「如一殿、何をされているのです」

異変に気づいた上の番所の武士が降りてきたようだ。

「この人を、ここにとらえておく必要がなくなった」

「……怪しいですな。それは、敦安殿がご判断されること」

武士はすかさず疑う。

「……敦安殿のご下命でしょうか?」

如一は、常世先手組の武士に、

「……そうだ」

「貴方は嘘がつけぬ御方だ」

――鯉口《こいぐち》を切る音がした。

如一の口から、咆哮が迸《ほとばし》った。

板戸の裂け目が鉄棒蘭の杖を振るう如一の姿をかつらに見せてくれた。

くぐもった悲鳴と共に武士は倒れたようだ。

如一は、かつらに、

「わたしは上に行く! この世を常世に変える恐ろしい草が、花開こうとしている。兄の憎しみが……蕾に力をそそいだ。常世のものが溢《あふ》れてくるかもしれぬ。貴女は、下に逃げなさい! もし間に合わなければ、窓から飛び降りよ。千尋の峡谷に飛び降りる心地がするかもしれぬが……その実、ここは槐の樹の中なのだ。打ち身は負うかもしれないが、命は落とすまい」

かつらは――勢いよく立ち上がっている。

「いいや、あたしも上に行く！　訊きたいことがある」

「駄目だ」

「行くと言ったら、行くんだっ」

かつらは、吠えた。

「聞き分けがない」

言いながら如一は階段を登りはじめる。

刹那、
パンパンパン！

乾いた音が、ひびいた。

さっきの武士が矢風草の枯れ花を如一の背にむけたのだ。

かつらが牢から飛び出た時、人が倒れる音がした。

まず、階段に足を投げ出し、背中を壁にもたれさせて、鉄棒蘭に打擲《ちょうちゃく》された武士がいた。

その向う——灰色の階段を登ろうとした如一が、背中から血を流して倒れている。

「如一殿！」

かつらが叫んだ。

武士が、花を半ば散らした矢風草をかつらにむける。
かつらは——素早い手刀を武士の手首にくらわし、矢風草を吹っ飛ばす。
返す手刀が武士の頰を張り、高い音が裂けた。
武士は怒号を上げながら刀に手をかける。
それより疾《と》く、如一の鉄棒蘭が叩き——武士は息絶えた。
青ざめたかつらは、如一に駆け寄る。
(背中から、血がっ)
釘のような凶器が幾本も肉が薄い背に刺さっていた。
如一は、荒い息をついている。
まだ命があったことが、かつらは嬉しかった。
「しっかりするんだ、立てるか？」
かつらは如一を立ち上がらせようとする。
如一がふるえながら、
「上に行かねば……。竜華草が花咲かそうとしている」
妖草・竜華草については——かつらも重奈雄から学んでいた。
「……肩をかしてくれないか？」

悲壮なる表情から、如一は声を絞り出す。弱い声だ。かつらは如一を強い心をもつ人と思っていた。その如一から出た声の弱さが、かつらの魂を激しく揺さぶった。

決意の顔様で、かつらは、

「わかった」

武士の屍《かばね》から刀をもぎ取った、かつらは如一に肩をかす。

二人は、長く辛い階段を登っている。

如一の背からは血がぽたぽたと垂れた。

霊槐により、蟻ほどに小さくなった庭田重奈雄は——かつらをさがし、果てしもない螺旋階段をひたすら登っていた。それは幹の中にできた小さな通り道であった。

かつらと如一の行く手が、明るくなってきた。

階段を登り切った二人は、外に出た。

不気味な緑が天をおおっていた。

（槐の葉）

かつらは、理解する。

左と右にかなり大きな灰色の塔があり、その上部は緑空《りょっくう》に隠れている。

二人は今、大槐の上方にある樹の股におり、二つの塔はさらに上に行く幹と思われた。

少しはなれた所に木が立っていた。

これは槐の樹の股に生えた草であるが、今の二人の目には木のように大きく見えるのだった。

妖気を察した如一が、

「――あれだ」

二人はよろよろとその木、いや妖草に歩み寄る。

それは――補陀落《ふだらく》浄土とも言われるセイロン島に生える竜華樹（セイロンテツボク）のような葉をもつ植物だった。

まるで、宝珠のような薄緑の蕾がいくつかぶら下がっている。

「竜華草……憎しみを苗床に、生じ、この世を常世に変えてしまう妖草《くさ》。これを倒すには、丈夫な茎を手折《たお》る他ない」

もし、ありのままの大きさの二人だったら、それはたやすいことだったろう。

だが二人は今、南柯の夢を見た淳于棼の如く小型化しているから、非常な難事に思えた。

――花が開きかけているようだ。

蕾から、甘ったるい香りがたゆたってくる。

背中から血を流した如一は、

「鉄棒蘭で、やってみる！　少しはなれて」

よろよろと立った如一は――渾身の一撃を振るった。

だが、木のような草はびくともしない。

刹那、かつらの真上から漂う芳香が、ねっとりした妖気の靄《もや》のように変った。思わず鼻を押さえたくなったかつらは、

（まずい、開花する）

と――開きかけた花の周りに異常の現象が起っている。

水に映った景色の如く、もう一つの世界の様が、そこだけ二重写しになって見える。

それは、鉄棒蘭や楯蘭、背高人斬り草や天変竜胆《てんぺんりんどう》が生い茂る異界であった。

（あれが――常世――）

同時に、抹茶色の常世空《ぞら》をたゆたっていたある一本の妖草が、こちら側にふらりと入ってきた。

のたうつ蛇の如く体を波打たせて空飛ぶそれは、短剣状の葉を整然と茎に並ばせている。

「背高人斬り草……」

妖草・背高人斬り草は、人を斬り殺す力がある草であるが、さしたる大きさではない。しかし今の二人にとっては……竜のような巨大さだ。霊槐の樹下に漂う霧をあびると——あらゆる生物は小型化する。元にもどるにはまたあの霧をあびねばならない。

巨大な背高人斬り草が、猛速でかつらに突っ込んでくる——。

かつらは思わず、悲鳴を上げた。

如一が動く。

如一はかつらにおいかぶさる形で、転がった。

殺人妖草は葉を如一にこすりつけてから、もう一度飛ぶ。

かつらは、生暖かいものを浴びる。

如一は言った。

「怪我はないか？」

「うんっ、如……」

「……よかった」

それが——如一の最期の言葉であった。

「ああ……如一殿っ」

涙をこぼしたかつらは血だらけになった如一の体をきつく抱きしめた。主をなくした如一の鉄棒蘭がその傍らで、所在なさげに蠢いていた。

葉を赤くした背高人斬り草は、興奮したように、空中でくねっている。

凄気《せいき》を漂わせたかつらは、如一からはなれるや——鉄棒蘭の杖をひろい、恐ろしい形相で大きな魔を睨んだ。

「打ちのめし、切りきざんでやる。——こいっ！」

——きた。

緑の突風が。

かつらは雄叫《おたけ》びを上げながら、鉄棒蘭に念をおくる。

鉄棒蘭をもっての戦いは初めてであったが、重奈雄からそのコツをおそわっていたし、何よりも剣の修行が効いた。

かつらは——突進してきた敵を、ぎりぎりまで引きつけ——すっと、かわし、当てがはずれた相手の茎めがけて、渾身の一打をくり出す。

この一撃が、決った。

茎が折れかかった背高人斬り草、飛行力が……大分へっている。

羽を少しもがれた鳥のように、高く飛べず、低めの跳躍をくり返すことしかできなくなった。

それでも、相手は大きい。

またその斬撃は脅威である。

かつらは——慎重に鉄棒蘭の杖を構える。

相手は、かつらの首を刺そうと真っ直ぐ這ってきた——。

凄い勢いだ。

が、読んでいたかつらは、

(ここか)

黒い風圧が真上から、ビシーンッと、背高人斬り草を打ち据えた。

灰色の地面——槐の樹の股である——に崩れ込んだ背高人斬り草を、憎しみの咆哮を上げたかつらは、鉄棒蘭で乱打する。

元々敵も硬い妖草であるし、体格差がかなりあるから、鉄棒蘭はすぐにぼろぼろになった。

背高人斬り草は全く抵抗しなくなったが——まだぴくぴく蠢いている。

この妖草に、如一を殺められたことをかつらはあらためて、噛みしめる。

背高人斬り草めが……まだぴくぴく動くことが、かつらはどうしても許せなかった。

さっきの刀を強くにぎり、

「許さぬ、許さぬ、許さん！」

憎しみのあまり、鬼の形相になったかつらは、鉄剣を背高人斬り草に振り下ろした。

硬いもの同士がふれ合い、火花が散る。

二振りめで刀は二つに折れた。

と——

（……何だ、この香りは？）

吐き気を催すような甘い香りがいつの間にか辺りに立ち込めていた。

背高人斬り草との戦いに、夢中になっていたが、もう一つ別の妖草がここにいたことを、かつらは思い出す。冷たいものが背中全部に広がっている。

かつらは、恐る恐る上をむいた。

「——」

竜華草の蕾が悉く……白い花を開きかけていた。

薄く唇を開けた蕾たちは、花粉からなる歓喜の靄を、次々に噴き出している。

（……何てことを……）

――そう。

この妖草は憎しみを苗床とし、憎しみによって花開くのである。

開きかけた蕾の周りには全て、常世の姿が蜃気楼《しんきろう》のように重なって見えた。

絶望が濁流となって、かつらの中を渦巻く――。

（これが、如一殿が恐れていたこと。それを、あたしが引き起してしまった……）

凄愴《せいそう》たる面差しになったかつらの気持ちが形になったのか。恐るべきものが三つ、頭上に現れた。

黒い長虫に似たもので、その長大さは、竜華草を超えている。

咲きかけた蕾近くから下に落ちたそれらは、くねくね蠢く。

かつらは、一瞬、それが何だかわからなかったが、やがて、

「鉄棒蘭……」

と、わかった。

さっき、かつらが背高人斬り草を叩いた鉄棒蘭は、如一と共に小型化したもので、

おまけにかなり弱っている。今現れた鉄棒蘭は生気に満ちていて、しかも実寸であるから、かつらから見たら巨大であった。

竜華草が花を完全に開こうとする。

——有象無象、また、多くの妖草がこちら側に溢れようとする。

三体の大きな鉄棒蘭が鎌首をもたげ、かつらを叩き潰そうとした。

かつらは折れた刀を構え歯を食いしばる。

その時であった。

「大分、またせてしまった」

聞きなれた声がしている。

そして、

————！

緑雷が飛び、鉄棒蘭一つと、木のように大きく見える竜華草の茎を、焼き焦がしながら貫いている。

「シゲさん！」

かつらが吠える。

微笑を浮かべさっきの階段から颯爽《さっそう》と現れた庭田重奈雄は、鉄棒蘭の杖を傍らに置き草雷を竜華草の方に構えていた。

　電撃をくらった竜華草がどさりと倒れる。開きかけていた花も、緑雷に焼かれ、黒焦げになっていた。

　重奈雄はかつらに、

「かつらさん、よくぞ、無事でいてくれた」

　かつらは涙を流し、自分でも何故そうしたのかわからないが、首を横に振る。

　まだ、鉄棒蘭が二本いる。

　そ奴らは一瞬たじろいでいたが、さっと重奈雄を襲おうとした。

　重奈雄は韋駄南天の粒を嚙むや――驚異的速度でかつらに駆け寄り、引っつかむと、

「恐れるな」

　遥か眼下――雲海にむかって飛び降りた。

「わぁぁ！」

　かつらは、悲鳴を上げている。

　雲海の中に重奈雄とかつらは入る。

　刹那――激しい勢いで、地面に叩きつけられた。

　かつらは命が飛び散ると思ったが、そうはならなかった。

地面に打ちつけられた衝撃が強い痛みになって、腕や足にのこったが、血は流れていない。

「かつらはん、ようご無事で！」

白髪頭の目明し、重吉が眼を見開き、駆け寄ってくる。

重奈雄、かつらの体は樹上からは雲海に見えた根元近くの霧にふれたとたん、蟻くらいの小ささから、もとの大きさにもどったのである。

重奈雄がきっと頭上をむく。

二本の鉄棒蘭――もうさっきの大蛇のような大きさではない――が、梢の方から降下、二人を襲おうとした。

重奈雄は楯蘭付き鉄棒蘭を薙《な》いでいる。

楯蘭が、落ちてきた鉄棒蘭どもにふれるや――二本の敵は瞬く間に枯れ、力をうしなった。

「あたしが甘かったから……敵にさらわれてしまった。だが……如一殿は、関東妖草師・小笠原如一は、最後にあたしを守ろうとしてくれた」

かつらは目を光らせ、語った。

重奈雄は、かつらに言う。

「救出が遅くなってしまった。……もっと早く、きたかったのだが」

かつらは首を横に振る。

「後始末は、俺と重吉でやる。かつらさんは休んだ方がいい」

重奈雄の言にかつらは、

「――いや。この後始末にかかわらず、どうして妖草師と言えるだろう」

こうして、かつらは、敦安らがあつめた妖草の後始末にもつき合ったのである。

田安家、島津家の企み、妖草をつかって天下を引っくり返そうという関東妖草師の謀《はかりごと》は、このような結末を迎えた。

この一件により重奈雄は――関東で今後、妖草にまつわる事件が起きても、かつらがいるから安心だと強く思っている。

＊

七月七日。

西本願寺、対面所。

滝坊椿は綾を助手とし、多くの寺僧や寺男に見守られながら花を立てている。

楓の梢から、じりじりと焦げるような蟬時雨《せみしぐれ》が聞こえる。

一筋の汗が椿の頰を流れる。

真に青竹を真っ直ぐに立てた椿は、副《そえ》に翌檜《あすなろ》をつかった。今はその周りを紅色の百日紅《さるすべり》、青い桔梗、黄色い女郎花《おみなえし》で飾ろうとしていた。少し前に江戸からもどった舜海は、この晴れ舞台を椿にまかせ、後でそっと見にくるという。

椿は——重奈雄にも、七夕立花を見てほしかったが、江戸と甲斐で解決したという一大事件の公儀による調査などへ協力しているらしく……その帰京は遅れていた。

（ほんまは、一昨日あたり、こっちにかえっとるはずやったのに）

こんなことを考えながら綾から百日紅を受け取った椿の耳に、きな臭い音が入ってきた。

ギーッ……。

釘などで固定した翌檜が、呻いている。

「あ！」

椿と綾は、倒れようとする翌檜を懸命にささえる。

翌檜が倒れれば、巻き添えをくらって、高価な花瓶が濡れ縁に転がり、大変な惨状が引き起されるかもしれない。

椿、綾は、腕をふるわし、汗を噴き出させて、翌檜をささえた。

見物の人々が息を呑むのがわかる。

と——翌檜に押し負かされそうになった腕が、俄かに楽になった。緑の小袖をまとった腕が翌檜を力強く元にもどす。

その緑衣の男は、言った。

「ここを固定すれば、いいかもしれんぞ」

「シゲさん……」

庭田重奈雄は、桜桃に似た唇をわずかにほころばせ、

「今もどったぞ。椿」

「……はい」

嬉しさに、蟬時雨が遠のく気がする椿だった。

引用文献とおもな参考文献

『郡上宝暦騒動の研究』　高橋教雄著　名著出版
『近世国家の展開』　津田秀夫編　塙書房
『蕪村全句集』　藤田真一　清登典子編　おうふう
『京都花散歩』　水野克比古著　光村推古書院
『京都時代MAP　幕末・維新編』　新創社編　光村推古書院
『別冊歴史REAL　完全保存版　江戸の食と暮らし　和食の原点は江戸にあり』　洋泉社
『仏典の植物事典』　満久崇麿著　八坂書房
『新装版　仏教植物辞典』　和久博隆編著　国書刊行会
『京の町家案内　暮らしと意匠の美』　淡交社
『山海経　中国古代の神話世界』　高馬三良訳　平凡社

ほかにも沢山の文献を参考にさせていただきました。本当にありがとうございました。

自作解説

武内　涼

小説には、自分で最初の一歩を踏み出したものと、他者からのインスピレーションで初めの一歩を踏み出したものの、二種類がある。

妖草師は後者である。

始まりは、群馬県高崎《たかさき》市の居酒屋だった。

——植物をテーマとした時代小説を書いてほしい、こういうオファーをいただいたのだ。

徳間書店の編集者と、とある書評家の方との酒席だったと思う。聞けば、編集の人は、拙著『忍びの森』の森の植物描写が、とても気に入っているという。

植物をテーマとした時代小説……？

さて、どうしよう、というのが初めに思ったことだった。

高崎の家で迷いに迷った私は、玄関ドアを開け、表に出た。

私の家は高崎駅から、かなり離れている。

とても歩いて駅に行ける距離ではない。

そこに住む住民に欠くべからざるもの、それは車だ。

春には麦畑が、秋には稲田が広がる。

鬱蒼《うっそう》とした雑木林からは雉《きじ》の声がさかんに聞こえ、夜には狸《たぬき》が蠢《うごめ》く。コンビニの前に止めた自転車のベルによく赤蜻蛉《あかとんぼ》が止っている。

そうした豊かな緑の中を私は歩きながら、その豊かさが私が子供の頃に比べて、大分減っているような気がしたのである。

子供の頃、クワガタを探した雑木林は、その数、面積を年々減らしていた。

天然の溝であった用水路では、かつてメダカが泳ぎ、田の中には、源五郎やタガメ、水蟷螂《みずかまきり》などがいたのだが、今は違う。コンクリートの水路の中に、魚影はなく、青田の中を探っても、カブトエビという外来の節足動物の群れがいるばかり。

小学生の頃、同級生と林にわけ入ったり、葦《あし》を掻《か》き分けて河原に降りたりして、そこで自ら遊びを創って、遊んでいた。

ところが今、そうした林や河原に子供たちの姿はない。

人は熱帯雨林の尊さや、北極に近い針葉樹の森の気高さや、満天の星に飾られた南の海の優雅さを知っている。

だが、小さな溝を泳ぐメダカや、田の脇の数輪の野菊、そうしたものがまとう、命のきらめき、今自分が生きる町の周辺に息づく沢山の植物や動物の尊さというものは、ともすれば、忘れがちになっているのではないか？

そうした植物、動物との距離は年々広がっているのではないか？

こんな思いに、散歩しながらとらわれたのである。

そうすると――荒々しく茂った雑草どもや、寺の境内に聳《そび》える古い大樹などが、怒りとか闘気を帯びて、襲いかかってくる気がした。

そんな妖しい植物が思う存分暴れまわる小説が書けたなら、どんなにか楽しいだろう、もしかしたら、私が感じた距離感のようなものも、縮まるかもしれない。

これが、獣の如《ごと》く動く妖しの植物ども――妖草、妖木を思いついたきっかけである。

舞台は京と決った。

何故、江戸ではなく、京にしたか。

それは、魅力的な大都会たる江戸には、人間の活力が強すぎて、植物の存在感が後退しているようなイメージがあったからだ。あるいは、京が山の町なら、江戸は海の町というイメージを持ったからだ。

北山、東山、西山。京は三方を山に囲まれる。

それらの山は当然、森や林に覆われている。

一方、町屋がひしめく洛中《らくちゅう》にも、「魔界」のイメージがある。

江戸にはないこの魔的なイメージは一体どこから来るのだろう?

私は、寺社に相違ないと考えている。

京の寺は彩豊かな庭園を古くから育《はぐく》んできた。それらの庭では、植物どもがひしめいている。

一方、神社は太古の森を、触れてはならぬものとして、残してきた。

そうした寺社の緑は、闇に沈んだとたん、魑魅魍魎《ちみもうりょう》の巣の如く、昔人には見えたのであろう。

山々に囲まれ、魔界と呼ばれ、沢山の寺社の庭や社叢《しゃそう》がある町。

植物の妖異と戦う物語「妖草師」の舞台として、これほどふさわしい所はあるまい。

テーマと場所は決った。

あとは、江戸時代のどの辺りにするかということだ。

江戸時代の京がもっとも、クローズアップされる時代というのは、幕末ではないだろうか？

薩長《さっちょう》勢力と幕府が睨《にら》み合い、草莽《そうもう》の志士と新撰組《しんせんぐみ》が刃を交え、多くの陰謀や歴史を動かす大事件の舞台ともなった京。

初めは私もそれを考えた。

だが、新撰組、妖草、桂小五郎《かつらこごろう》や坂本竜馬《さかもとりょうま》、妖木……、これらを頭の中に並べてみると、どうもうるさすぎるような、ごたごたしすぎているような気がしてきた。

妖草が、歴史的な事件に変に絡みついて水を差してしまう気もしたし、幕末の血《ち》腥《なまぐさ》さが、妖草が咲かす妖しの花を萎《しお》れさせてしまうかもしれない。

あれこれ迷った私は、もう一つ、江戸時代の京が輝いた時期があることに気づいた。

宝暦《ほうれき》年間。

伊藤若冲《いとうじゃくちゅう》、曾我蕭白《そがしょうはく》、池大雅《いけのたいが》、与謝蕪村《よさぶそん》。

多くの芸術家が京に暮し、その才華を存分に咲かせた時代。

動植物への並々ならぬ愛情を絵の中で爆発させた若冲、妖気を絵筆から滴り落としたとしか思えぬ蕭白、雄大な自然を描いた大雅、花や鳥、小動物を鋭く観察し、句を詠み、絵を描いた蕪村。

彼らがいた京こそ、暗殺や陰謀が渦巻き、戦火に燃えた京より、この妖草師という小説の舞台としてふさわしい気がした。

このように始まった妖草師、重奈雄と次に戦う妖草をさてどんな奴にしようかと考えるのが、とても楽しくもあり苦しくもある瞬間だった。

著者自身が楽しみながら書いた妖草師シリーズが、徳間文庫大賞、さらに、「この時代小説がすごい！２０１６年版」（宝島社）で、高く評価して頂けたことは、とても嬉しかったです。関係者の皆様に心より御礼申し上げます。

妖草師はこの第五巻『謀叛花《むほんばな》』が最終巻となります。

結末にふさわしい、大がかりな話になったと思います。これからという方は、楽しみにお読み下さい。

最後になりますが、数年間にわたったこのシリーズを温かく見守り、応援して下さった読者の皆様、本当にありがとうございました。

そして、作品の着想を与えてくれて、様々なアドバイスで物語を磨き上げてくれた徳間書店の柳さん、とてもスタイリッシュ、かつ妖しいデザインとイラストを手がけて下さった岡本歌織さん、いわや晃さん、いろいろの御提言を寄せて下さった皆様、真《まこと》にありがとうございました。

二〇一八年十二月

この作品は徳間文庫のために書下されました。

徳間文庫

妖草師

謀《む》叛《ほん》花《ばな》

2019年1月15日 初刷

著者 武《たけ》内《うち》涼《りょう》

発行者 平野健一

発行所 株式会社徳間書店

東京都品川区上大崎三−一−一 〒141−8202
目黒セントラルスクエア

電話 編集〇三(五四〇三)四三四九
販売〇四九(二九三)五五二一

振替 〇〇一四〇−〇−四四三九二

印刷 製本 大日本印刷株式会社

ISBN978-4-19-894429-2 (乱丁、落丁本はお取りかえいたします)